读客® 这本史书真好看文库

轻松有趣，扎实有力

张鸣重说

晚清民国

最受欢迎的大学教授，讲教科书级别的历史段子

张鸣 著

台海出版社

图书在版编目（ＣＩＰ）数据

张鸣重说晚清民国 / 张鸣著. -- 北京：台海出版
社, 2016.5（2017.9重印）

ISBN 978-7-5168-0761-3

Ⅰ.①张… Ⅱ.①张… Ⅲ.①随笔—作品集—中国
—当代 Ⅳ.①I267.1

中国版本图书馆CIP数据核字(2016)第093211号

张鸣重说晚清民国

著　　者：张鸣

责任编辑：刘峰　　　特约编辑：乔佳晨 盛亮　　　装帧设计：读客图书
版式设计：读客图书　　　责任印制：蔡旭

出版发行：台海出版社

地　　址：北京市东城区景山东街20号 邮政编码：100009

电　　话：010－64041652（发行，邮购）

传　　真：010－84045799（总编室）

网　　址：www.taimeng.org.cn/thcbs/default.htm

E－mail：thcbs@126.com

经　　销：全国各地新华书店

印　　刷：三河市吉祥印务有限公司

本书如有破损、缺页、装订错误，请与本社联系调换

开　　本：680mm×990mm 1/16

字　　数：207千字　印　张：17

版　　次：2016年6月第1版　印　　次：2017年9月第2次印刷

书　　号：ISBN 978-7-5168-0761-3

定　　价：39.90元

目录

自序 活在笔墨之间

这些年来，差不多每到岁末，就会积攒一堆文字，差不多够一本书了，然后就被出版商拿走。总有人说，你写得太快，快则未免糙，应该慢一点，慢工出细活。也许，这话放在别人身上是合适，但对于我，好像不是这样。我写的东西，多数其实都是读书笔记，读到哪儿了，忽有所感，要把它写出来，于是就出来了。如果放一放，搁一搁，肯定变味，就跟隔夜的饭菜一样，即使不馊，也不新鲜了。所以，非当时写出来不可。有的时候，当时看书，没有感觉，看过之后，人在外面，感觉来了，手头又没有笔，就在手机上先记个提要，赶回家，什么都不做，扑到电脑前，赶紧写。

很多学者都有大目标，要完成若干伟业。我这个人自我感觉不算学者，也没有什么宏图大志，有的时候，觉得某个事儿值得一写，就俯下身去查资料，折腾若干年，把这个事儿弄明白，写出来了事。这期间，也依旧会乱翻书，翻到哪儿，有感觉，就来一篇随笔，一两千字，兴之所至，兴尽辄止。因此，我在写大块东西的时候，依旧会有这种零碎的小东西问世。

你说我写得多，其实我也不是故意的，一直在不停地读书，肯定就会不停地有东西写出来。写得好与不好，糙与不糙，有没有价值，都是我没法说的。换句话说，这些东西，即使搁上三年，其实也好不了太多，更大的可能，是失去了新鲜感，反而更糟了。

大千世界，人是千差万别的。有的人写东西要磨，磨得越久，活儿越是好，而我则不大一样。有些东西，多改几遍是可以好一点，有些则不然，越改越糟。喜欢我文字的人，不以我粗陋，看就是，不喜欢，沾都别沾。记得在微博上，有人说得了友人赠送的我的书，马上就丢到垃圾桶了，挺好，不喜欢就丢。当然，最好卖给收垃圾的，环保。

活到这把年纪了，虽说当年做过几天兽医，但手艺这么多年没碰，也搁下了。这些年讨生活，除了讲课卖嘴，就是卖笔墨了。走到今天，说是煮字疗疾，已经有点过。温饱早就没有问题了，读书和写作，其实只是出于惯性。活着，不能不吃不喝不睡觉，也就不能不读书不写作。吃喝睡觉积攒的那点能量，无论按今天时髦的说法，是不是正能量，都会耗在读和写上。这算本事吗？当然不算。这个世界，最没用的，就是文人，一辈子只能读书写字。写出来的东西，能影响谁，不好说，也许随出随灭，过不了几年，就被人忘了干净。这还是那些有心读你书的人，这个世界，更多的人，其实不读书。要读，也就是读于丹的"论语"，或者《货币战争》。

我不断地写，不是为了迎合哪个（我一直就这样写，风格没有改变），争取销量，也不指望改变谁，或者澄清什么，还事件以真相。我只是在活着而已，这年头，有人活在脂粉之间，有人活在麻将桌边，有人活在股市里，有人活在酒桌上，有人活在老板椅上，我活在笔墨之间。

下面的这些文字，都是我在过去的一年里陆续堆起来的。跟以往不同的是，以往到了该出书的时候，堆起来的文字，都是发表过的。但是，这些年纸媒已经死或者半死了，网媒也没有活起来，即使不死，也没有多少人让我开专栏了。但是，我依旧积习不改，还是这样的写，于是有好些文字，都没有发表过。

　　对于我这样一个活在笔墨之间的人，留下的文字，就是我生命的一部分，你们看到的，就是我，一个还在挣扎的我。所以，也就这样了，天生一副臭皮囊，上不了高雅场所。

张鸣

2015年12月16日，于北京清林苑

第一章

乱局下的赌徒们:
晚清的政客和民国的军头

爱皇帝胜过爱自己

一个汉人们搞的清王朝的复辟，在某种意义上，其实就是一些戊戌变法时的维新人士，试图找回他们的好皇帝。

历朝历代都有爱皇帝胜过爱自己的人，当然，清朝也不例外，梁鼎芬就是一个。此人少年登第，早早地点了翰林，却因为弹劾李鸿章，被一撸到底，干脆辞官不做，自刻一章：年二十八而罢官，回家吃老米去了。当然，那个年头敢骂李鸿章，而且因此而丢官的人，是饿不死的，自有人给他饭辙儿，这个人就是张之洞。

其实，梁鼎芬一点都不保守。张之洞的那点洋务事业，从办学到办新军，都亏了梁鼎芬帮忙。张之洞帐下幕僚虽多，但梁鼎芬怎么说都是排第一号的。戊戌维新起，梁鼎芬相当热心，只是，此公不喜欢康有为，觉得这家伙有野心，担心他日后要做皇帝。一次，梁鼎芬跟章太炎谈起此事，章太炎说，想做皇帝很正常，但是，康有为不是要做皇帝，而是做圣人。章太炎这样一说，梁鼎芬倒是有点放心了。他最担心的，是康有为谋朝篡位，因为他太喜欢光绪了。

戊戌政变后，康梁主张的新政全部废了。但湖北张之洞名下的新政，却还保留着。这里还是亏了梁鼎芬，湖北新学堂办得好，后来的新军也是全国一流的。别的地方挑新军，个子大身体壮就行，湖北还得进行文化考试。新军里面，还有图书馆，办得像个学校似的。

庚子以后，朝廷办新政，张之洞奉调进京做军机大臣。梁鼎芬也以三品京堂候补，但是，他却不去找张之洞，一直到张之洞死，他一直在候补。1908年，光绪和西太后一起死了，梁鼎芬哭得稀里哗啦，死去活来。西太后的陵寝，多年经营，很是辉煌。但光绪这个傀儡皇帝，可怜虫，生前受气，死后的葬地也不像个样子，地下地上，什么都没有。山上光秃秃的，连树都没有几棵。这事儿，成了梁鼎芬的心病，可是满朝文武不管不问，他一个候补官儿能顶什么呢？一拖二拖，武昌起义，他梁鼎芬参与练的新军，闹了大事，清朝就完了。

小皇帝退位了，光绪陵草草完工，山上没树这档子事儿，当然没有人管了。但是，他梁鼎芬要管。他上了东陵，去种树了。种树也要银子，他没有怎么办？他订制了一批陶罐，每个里面装了一点据说是光绪陵上仅有的几棵柏树上的雪，然后下山进京，找到前朝的王公大臣，挨家挨户送，凡是收了陶罐的人，就得出钱，不出钱，他就堵着门大骂。就这样，还真的把种树的钱凑齐了，光绪的陵上从此不再童山兀兀了。光绪的陵，后来受西太后的连累，一并被孙殿英给盗了，但陵上的风景，还是不错，这亏了梁鼎芬。

梁鼎芬后来进了紫禁城，做了废帝溥仪的师傅。别的师傅，总是变着法地让小皇帝赏他们古玩珍宝，但梁鼎芬却不，什么都不要。还是溥仪打听到梁师傅喜欢刻章子，特意赏他好些珍贵的石料。但是，这些石料带出宫去，需要搜身。梁鼎芬受不了这个，只好让太监替他送到家，但送到家的东西，每每被替换，他也受之不疑，从不计较。

当年的溥仪，身边的人居心不良之辈颇多。但前有梁鼎芬后有王国维，却是两个实心人，一心想着小皇帝的安危。张勋复辟，小皇帝再坐龙庭。梁鼎芬没有反对，但是心里却一直打鼓，担心此事不靠谱。虽说复辟抬出来的是宣统皇帝，他、王国维、郑孝胥、沈增植这些遗老，心里最惦记的其实还是光绪。一个汉人们搞的清王朝的复辟，其实就是想回到戊戌。可惜，小皇帝溥仪，不是光绪载湉，而他们依仗的武人张勋，也不是什么燕人张翼德之后。复辟不成，几个人都灰头土脸，在北京的沈增植和梁鼎芬，尤其气闷。不久，梁鼎芬就死了。他们的复辟，在某种意义上，其实就是一些戊戌变法时的维新人士，试图找回他们的好皇帝。

老子反动儿革命

经商也就罢了，居然革命，而且还间接促成了另一次共产革命。

在晚清，李鸿藻是个大人物，同治皇帝的师傅，同光年间的重臣，还是清流党的领袖。清流是跟洋务派对着干的，一般来说，只要不外放做地方大员，思想大抵保守，对于西方多有戒心。而李鸿藻，则一辈子都待在京城，即便出去，也无非是做乡试主考，所以守旧是他的底色。李鸿章办洋务那阵儿，经常给这位同姓的大爷添堵。但就是这样一个人，在甲午之后，也知道让儿子学点西学，找了一位号称通西学的先生做西席。没想到，这一下让儿子李石曾越走越远，整个崇洋媚外了。反正老子在戊戌变法之前就已经完了，所以儿子怎么折腾，他都无从知晓。

按说，李石曾和他的哥哥，都是李鸿藻60岁之后才得的儿子，宝贝得不得了。作为李鸿藻的爱子，李石曾天资聪慧，很会读书。打小就被老子领进宫里，见过慈禧。老子战战惶惶，汗不敢出，小子居然一点都不害怕，行礼如仪，进退有据，对答得体。慈禧摸着他的头，大加赞赏，说是此子日后必成大器。如果李石曾老老实实按照世家子的道路走，即使捐官进入仕途，他老子弟子门生满天下，肯照顾他的人，大把大把的，出息肯定错不了。

然而，李石曾硬是不走科举之途，也不捐班，先是进了同文馆学法文。同时，还在北京，跟齐如山一起，开起了买卖。然后又随着清朝派驻法国大使孙宝琦（他老子的门生）去了法国，开始了他的留学生涯。学成了什么说不清，反正这个公子哥儿，灵机一动，打算在法国做豆腐生意了。

豆腐是个好东西，据说这玩意儿，应该是中国的第五大发明，而且是最有益于人类的一个发明。老外不知道便罢，一旦知道了，放到实验室一测，蛋白质优良，低脂肪，低胆固醇，而且口感还好。放到市场上，即使为了这点新鲜劲儿，也会大卖的。但是，豆腐这玩意儿，李石曾也就是吃过，要想做豆腐，非得请中国农民来不可。那年头，李石曾老家直隶高阳一带的农民，农忙下地干活，农闲就做豆腐烧酒。做豆腐的手艺，农民都会。

这时候已经到了1908年了，李石曾在巴黎开豆腐公司，从老家高阳招了30多个青年农民为他打工。这些农民，饭量极大，每人一顿吃若干长面包，还不够饱儿。这些人来法国，是从西伯利亚坐长途火车，每次上厕所，都不习惯坐便器，非得蹲在上面才能解决问题。每方便一次，就把厕所弄得脏兮兮的。李石曾每次都得派人跟着打扫。到了巴黎，这些留辫子的中国农民成了巴黎的一景，大人孩子都来看，李石曾顺便就给中国豆腐做了广告。

李石曾的豆腐事业大获成功，发财了。发财之后的李石曾，却一副中国土佬的样子，穿着西服，腰间却系着中国腰带。西服的兜里，必定装着大蒜，没事就咬上一口，这味道，让老外老远就能闻到，每次进银行，人家都想把他赶出去。其实，他进银行是办一件非得自己亲自办的大事，就是给孙中山汇钱。因为他和另一个浙江的富家子张静江一道，不知怎么，居然对孙中山的革命有了兴趣。张静江告诉孙中山，只要你需要钱了，给我打个电报，就给钱。孙中山要钱不客气的，张、李二人前前后后给了他不少的钱。李石曾在北京的买卖，也没少给革命党打掩护，辛亥革命的时候，北方革命党人就在他的庄子里试验炸弹。

就这样革命成功后，世家子弟李石曾成了革命元勋，再后来变成了老国民党人。跟别的革命党人不一样，他跟日本没有关系，跟法国人关系密切。后来法国人在北京办中法大学，他也跟着掺和。留法勤工俭学这事，基本上就是他一手操办的。留法的穷学生中，居然有好些最后都变成了共产党。

如果他的老子地下有知，知道他的爱子居然干了这么些事儿，经商也就罢了，居然革命，而且还间接促成了另一次共产革命，估计得气得再死不止一回。

梁敦彦的清室奇遇

他感慨道:"我在美国十年,何尝不知民主的好,但中国不行,民众没有教育。要干,只能君主立宪。"

梁敦彦祖籍广东顺德,但也可以说是香港人。香港1842年开埠之前,仅仅是个小渔村,满打满算,没有几个人。居民大多是开埠从四方来的,其中的一个就是梁敦彦,他父亲当时在香港经商,把他送进了香港的一所书院读书。正好赶上容闳替曾国藩办理幼童留美事宜,满天下找不到乐意去美国读书的人家。徐润这些买办,在自己的家乡凑了一些,不足之数只好在香港找了。于是,幸运就这样降临在了梁敦彦头上。

梁敦彦在美国十年,从一个香港少年变成了美国人。相对来说,他比那些内地来的同学，基础更好，因为在香港多少学了一点英文，思想也更开化。据说，就是因他带头剪了辫子，才惹得留学监督陈兰彬告了黑状，让朝廷把好端端的幼童留美事业给腰斩了。留学计划结束时，这些幼童中，只有詹天佑和欧阳庚两人大学毕业，别的人都还没完成学业，有的人还在读中学。梁敦彦当时在耶鲁大学，学的是法律，还差一年毕业，也只好回国。尽管当年的中国，根本没有几个留学生，但这些稀罕的宝贝，还是给发到下面，从基层做起，好些人做了水师兵舰上的水手。梁敦彦还算幸运，被发到天津北洋电报学堂做了英文教习，同为教习，但比老外待遇差一截。干了没多久，便借父丧开溜，回到广州不回单位了。

梁敦彦在广州，无事可做，荷包渐瘪，一天正在街上溜达，听到有人喊他梁老师。回头一看，原来是他在天津电报学堂的学生。这位学生现在在两广总督张之洞麾下做电报房的头儿。于是，梁敦彦就屈尊在昔日的学生手下，干起了电报事业。不久，就被张之洞发现，拉入其幕中，然后一步步升了上去。到了1907年，已经被任命为驻外公使。在赴任前，接受皇帝召见。西太后一见，一下子发现这位喝过洋墨水的先生相貌堂堂，而且对答如流，博学得很。这下子，不用走了，留下在御前公干，给西太后娘儿俩讲课，做顾问。活儿也不能白干，赏头品顶戴，然后升外务部右丞，再升右侍郎，实际负责主持外务部工作。前后不过两个月工夫，梁敦彦就成了朝廷的重臣。转眼到了宣统朝，摄政王载沣当家，但按照西太后留下的懿旨，梁敦彦升任外务部尚书。成立责任内阁，一共才四个汉人大臣，就有梁敦彦一个，任外务大臣。耶鲁大学也凑趣，给这位当年没有毕业的学生，补发了毕业证，还赏了荣誉博士学位。

当年众多留美幼童，多半被袁世凯收在帐下。袁世凯一倒，大家都受牵连，唯有梁敦彦是张之洞的人，所以虽然改朝换代，他反而春风得意。在清朝覆灭之际，他是当年留美幼童中，官位最高的一个。

进入民国之后，袁世凯待他也不薄，让他做了当年最肥的交通总长。可惜，这个位置竞争太激烈。总统府秘书长梁士诒，过去长期在铁路上干，视之为禁脔。所以，梁敦彦没干多久，就去职他去，再次成为闲人。因此，在梁的记忆中，最受重用的时刻，恰是清末的时光。而待他有知遇之恩的人，不是别人，而是那个人人讨厌的西太后。

这就可以理解，为何1917年张勋复辟，这个留美十年的洋学生，住洋房，最早有私家车和私人游艇的人，会"从逆"做了复辟小朝廷的外务部尚书兼议政大臣。当年被派了"伪职"的人多了，一半以上什么都没干，但梁敦彦可是真的尽职尽责，兢兢业业地为张勋打开外交僵局，成为小朝廷中最活跃的人物。复辟失败，张勋被拖进了荷兰使馆，他也在里面，一并成为国民政府的通缉犯，几个月后才解除通缉，从此再也没有重返政坛，直到1924年去世。

晚年，人们问及复辟之事。他感慨道："我在美国十年，何尝不知民主的好，但中国不行，民众没有教育。要干，只能君主立宪。"在他眼里，张勋复辟的小朝廷，恰是他君主立宪理想的一种寄托。这种寄托，只能放在清室上面。其实，有这样想法的人，当时还真的不少。但是，发动复辟的张勋，也是这样想的吗？

不走运与走运

满人当年，十几万人就打了天下，运气好得不行。两百多年后，好运气都用光了。稍微能干一点的满人官僚，良弼死了，端方死了，瑞澂栽了。而不能干的，却活得好好的。天下不丢，没天理。

辛亥年武昌起义士兵的对手，是湖广总督瑞澂。这个瑞澂，经常被人弄错，以为他跟同时代另一个叫瑞徵的，是同一个人（两者名字偏旁不同）。众口一词，说他昏庸贪货，只是因为是隆裕太后的兄弟，因而得以步步高升，别人参也参不动，最终送了大清的江山云云。其实，真正跟隆裕太后有亲的，是瑞徵，不是瑞澂。瑞澂是鸦片战争期间，被人骂为卖国贼的琦善的孙子，跟隆裕太后一点关系都没有。

其实，无论是鸦片战争时的琦善，还是清末新政时的瑞澂，在当年都是满人里的能吏，一等一的好家伙。琦善在当年，跟林则徐一样，都是禁烟得力的疆臣，担任直隶总督，算得上是疆臣领袖。跟英国人谈判，其实也没有卖国，或者昏庸到撤去广州的防务。如果当年道光真的按所谓的《穿鼻草约》来办，中国方面的损失，会比后来的《南京条约》少多了。被革职之后，再度起用，还是一个好家伙，用到哪儿，都能让皇帝放心。

虎祖无犬孙，琦善的孙子瑞澂，在晚清也是一把好手。新政期间，跟端方齐名，开明，也能干。武昌起义之后，起义士兵打开藩库，发现里面有上千万元的钱，这里面也有瑞澂一份功劳。至少，他不是一个败家子。在江苏布政使任上，训练新式内河水师剿匪。在湖广总督任上，办理长沙抢米案，名声都不错。他栽就栽在武昌起义上，处置不当，激成事变，然后还没怎么着呢，就全家逃到楚豫兵舰上，让一群乱兵成了大事儿。在今天看来，也就是危机处理的功夫还差点火候。当然也赖身边的马屁精，关键时刻，居然出主意让他闪了，这一闪，把他们的祖宗江山就给闪没了。

这事儿，如果放在那个瑞徵身上，效果只能更差。瑞澂至少还在楚豫舰上指挥了几天反攻，要是瑞徵，估计多半得让下人抬上兵舰，然后一溜烟跑掉。这个瑞徵，当年官拜杭州将军，官儿一点都不比瑞澂小。只是，这个将军对舞枪弄棒和带兵打仗，一点都不摸门。人倒是不坏，一个标准的八旗贵公子，该玩的东西都会，正经事儿却一点不干。单玩蟋蟀一项，就有几大间房子、众多佣人，蟋蟀罐子和斗蟋蟀的盆子成百上千，个个都价值不菲。

瑞徵是世袭的公爵，爵位在满人堆里不算高，但由于是皇亲，才做了实缺的将军，所以相当的有钱。瑞公爷为人不错，家里的下人，都不怎么怕他。但是，如果惹了他养的猫和狗，那可是要翻脸的。养猫养狗，是瑞公爷的另一好。家里到处都是猫狗，尽是名贵品种，但德国狼犬一个没有，因为公爷不喜欢凶的。因此旗人大爷都喜欢的遛鸟什么的，瑞公爷就不能了。猫狗依仗主人的宠爱，到处横行，无论厅堂还是内寝，到处都是猫狗的爪子印。食物都是最好的，猫吃的鱼，连内脏和鱼头都不能有。若干公爷最宠爱的猫狗，天天跟公爷一并用膳，有的时候，是猫狗吃剩了，公爷才吃。公爷吃完，猫狗会来舔公爷的嘴巴和胡子，一个舔完了，再换一个，舒坦得不行。乘轿子出门，轿子里也得带上猫狗。上海的报纸画漫画，画瑞徵将军出行，仪仗盛大，但轿子里头伸出两只狗头。公爷见了，不以为忤，反而挺高兴，好像人家夸他呢。

将军府里的猫狗，都对将军绝对忠诚，不往别处去。因为将军抽大烟，烟瘾极大。用的烟膏，都用人参汤熬过，说是特别的补。烟枪也特别讲究，有翡翠枪、象牙枪、各色优等木枪，还有甘蔗枪。每个心爱的烟枪，都有名字，分别以他最喜欢的京剧名伶命名，什么尚小云、谭鑫培、梅兰芳等等。烟抽多了，府里的猫啊狗啊，连带蟑螂老鼠，都跟着抽二手烟，染上了烟瘾。如果到了别家，没有这样的免费鸦片可吸，一天都混不了。将军离任之后，府里的所有活物，都犯了瘾了，天下大乱。猫狗可以带走，蟑螂老鼠跟不走，悉数自杀。

比较起来，不能干的瑞徵，比能干的瑞澂命好。瑞澂武昌起义之后，逃到上海，连北京都不敢回，只能躲在上海地产大亨哈同的家里，寄人篱下讨口饭吃，没几年就死掉了。而人家瑞徵，在辛亥前一年，就被调离回了北京，又有机会可以做票友唱戏了。第二年革命爆发，杭州将军府也被攻打。如果不走，枪子没长眼，瑞公爷没准也就死了。有福之人就是这样，不需要本事，不需要张罗干事，走到哪儿，都是有福。

满人当年，十几万人就打了天下，运气好得不行。两百多年后，好运气都用光了。稍微能干一点的满人官僚，良弼死了，端方死了，瑞澂栽了。而不能干的，却活得好好的。天下不丢，没天理。

自视甚高的段祺瑞

比起他的主公，段祺瑞不仅气场不够大，而且用人方面有特别大的缺陷。说起来，他是过于自负了。其实，不论于围棋还是政治，他都不是真正的高手。

_____

袁世凯临终之时，为北洋选择的接班人是段祺瑞。其实就在几个月前，袁世凯和段祺瑞之间，关系闹得很僵。对复辟帝制不感兴趣的段祺瑞，被投闲置散，搁在西山养病。袁段两家一直密切的来往也有中断之势，袁世凯送来的参汤，段祺瑞都不敢喝了。然而到了帝制终结，老袁一病不起的时候，袁世凯还是选择了段祺瑞，做他的接班人。不仅在帝制运动中上蹿下跳的袁克定被无视，连北洋的元老徐世昌、北洋三杰之中的王士珍和冯国璋，也没入袁世凯的法眼。

袁世凯一生，一步棋走错，全盘皆输，但是他识人天分之高，却依旧无人能及。他看得很准，当时的天下，能够接班的，也就是段祺瑞了。此人的大局观和政治头脑，在北洋系的众将官中，首屈一指。

　　徐世昌在晚清位极人臣，威望极高，但他虽然跟北洋系关系密切，毕竟跟武人有几分隔膜。让他接班，在一个武人跋扈的时代，恐怕压不住。而王士珍是个杰出的参谋人才，人缘好，办事能力强，但缺乏政治眼光。冯国璋是员战将，领兵打仗没有问题，但同样缺乏政治头脑。只有段祺瑞，大事从不糊涂，肚量大，而且跟北洋众将关系密切，不是师生就是部属，也留过洋，有世界眼光。

　　在北洋三杰之中，袁世凯最为看重的，就是段祺瑞。辛亥之年东山再起，只有段祺瑞最为了解袁世凯的意图，在这一年波谲云诡的风云变幻中，段祺瑞与袁世凯配合默契，顺利地把袁世凯送上了临时大总统的宝座。袁世凯主政之后，段祺瑞一直担任最重要的陆军总长，替袁世凯掌握着军权，也帮他度过了掌权之初的艰难岁月。

　　在这个过程中，段祺瑞对袁世凯一直初衷不改，甚至也不是像后人说的那样，他坚决反对袁世凯称帝。只是，段祺瑞从来就不是一个马屁精，办事有自己的风格和个性。登上极峰的袁世凯，马屁被拍多了，对颇有个性的段祺瑞，渐渐不满意了。尤其令袁世凯不满意的是段祺瑞凡事都听徐树铮的，而徐树铮则是一个好玩权术、行事胆大的"小扇子"，很不合袁世凯的口味。更重要的是，权力巅峰的袁世凯，一旦位子坐稳了，独裁程度加重，对军权不能直接掌控，总是有些不放心。所以，成立大总统统帅处之后，段祺瑞的实权就开始丧失，徐树铮更是被排挤。在这种情况下，段祺瑞就是想恋栈，都难了。两人的关系，没法不变糟。

　　段祺瑞一生，没有别的嗜好，不抽大烟，不好麻将，也不好女色。对于钱财，一辈子都不沾，无论手里过多少钱，从来不给自己家买一亩地、一栋房。如果下野没钱了，自有过去的下属会给他钱花。他唯一的爱好，就是下围棋。在他的府邸，总有几个围棋高手，做陪他下棋的清客，每月在陆军部开支，工资还不低。后来到日本学棋，打败日本所有围棋高手的吴清源，当初就是受他的资助，东渡日本的。在当年的中国，凡是跟段祺瑞对弈的人，都会让着他，但只有吴清源不让。但由于此前段祺瑞几乎打败过国内所有的顶尖高手，所以，尽管败给了吴清源，他依然以为自己棋艺很高，只是下不过吴清源而已。其实他不知道，人家都是让着他，而且让得很高明，令他无从知晓。但是，打败了段祺瑞的吴清源，却令段祺瑞特别高看一眼，这也说明了段祺瑞气量还真是不小。

段祺瑞用人不疑，只要相信了哪个，你做什么，他都不会过问。惹出了麻烦，无论麻烦多大，他都给你担着。他最信任的人是徐树铮，此人替他办了不少事，但也惹了无数的麻烦。甚至可以说，段祺瑞后来的失败，多半是因为徐树铮的独断专行。但是一直到徐树铮被人害死，段祺瑞都没减少半分对他的信任。

段祺瑞用人，手笔也大，只要他手里有钱，从来不吝啬，要多少钱给多少钱。他自己不贪钱，但对于所用之人贪腐，却睁只眼闭只眼，能满足尽量满足。正因为如此，在他的帐下有能干的人，也有那种只会说大话而且特别能贪钱之辈。真的到了要较真章的时候，他手下这些饭桶，不坏事才怪。

比起他的主公，段祺瑞不仅气场不够大，而且用人方面有特别大的缺陷。袁世凯虽然也把钱给自己所用之人，但却有约束，钱每每要用在该用的地方。但是，段祺瑞却像是在滥撒钱，钱撒出去了，但每每撒在了水里。虽然说他有政治头脑，大事不糊涂，但是所用之人不当，在关键时刻坏事，依旧会导致失败。说起来，他是过于自负了。其实，不论于围棋还是政治，他都不是真正的高手。

维持会长北洋龙

谁都不得罪，老是抹不开面子的王士珍，就这样无灾无害地过了一辈子。每次出来过渡维持，官儿都不小，但什么事都没干过。好事没有，坏事也找不到他。

袁世凯麾下有三员大将，人称北洋三杰，龙、虎、狗——王士珍、段祺瑞、冯国璋。比较起来，段祺瑞和冯国璋在历史上露脸的机会多，名声大。而号称北洋之龙的王士珍，相形见绌，登台倒也常登台，但绝少唱主角。每每到了过渡时期，就被拉出来，顶个角色，然后就谢幕了，好像一个维持会长。

但是，至少在三杰这个名头问世的时候，王士珍的名头挺响的。此人办事稳重，富有条理，为人谨慎，待人诚恳，求起来方便，救人急难，颇有人缘。无论在什么时候，办什么事情，只要人选提的是他，基本上不会有人反对。所以，在三杰之中，一直到清末，王士珍的地位最高。辛亥武昌起义之后，袁世凯东山再起，重组内阁，陆军大臣，没用段祺瑞，也没有用冯国璋，用的是王士珍。

跟冯国璋一样，王士珍政治上相当的保守，对清朝感情颇深。陆军大臣的椅子还没坐热，南北议和，清帝退位。王士珍立马辞职，回老家正定吃大馒头去了。这期间，只要有人去劝驾，他都穿着清朝的朝服接见，让来人先参拜清帝赐给的福字，然后再说话。所以，一直到1914年春，他都在老家待着。然而这一年，正做着陆军总长、帮老袁度过转型时光的段祺瑞，不再被看重，老袁要自己亲掌军权了，这时候想起王士珍了，派自己的长子袁克定亲赴正定，劝王士珍出山。袁克定说，如果王士珍不跟他去北京，他就不走了。

为人浑和的人，总是抹不开情面，况且，袁世凯怎么说也是他的老主公，待他不薄。于是，王士珍只好出山，做了袁世凯大元帅统帅处的办事员。这个办事员，比当年的各部总长级别还高，但是充其量也就是袁世凯的军事幕僚。最妙的是，陆军总长段祺瑞也是一个办事员。做了这个办事员，陆军的掌军大权，也就被收了。

袁世凯死后，黎元洪做了总统，王士珍的老把弟段祺瑞做总理，两人闹起了府院之争，争到不可开交，黎元洪一激动，把段祺瑞的总理给解职了。这一下，可捅了马蜂窝。北洋系的将领立马炸窝，对我们老大如此不客气，就是羞辱我们。大家纷纷表示抗议，不仅要独立，而且声称要进军北京。黎元洪慌了手脚，马上表示，我不是对北洋系来的，下一任的总理，一定找北洋的人来干。先找徐世昌，徐世昌不肯，再找王士珍，死活堵在门上就不肯走了。但是这回王士珍也没法答应，因为答应了黎元洪，就等于得罪了老把弟。没办法，实在抹不开情面的王士珍，推荐了李经羲，李鸿章的侄子。这个纨绔子，觉得北洋系就是从淮系演变的，他当然可以镇得住，居然答应了。

再后来，冯国璋做代理总统，跟段祺瑞也弄得不可开交，段辞职之后，冯国璋死拉王士珍接班，王士珍居然答应了。因为一来段是自己辞职的，二来冯国璋是北洋自己人，还是他的老把兄。在整个北洋政权的历史上，这样的事儿王士珍干了很多很多次。但有空缺，需要填补之时，人们就会想起王士珍。王士珍一般都给面子，送往迎来，成不了事儿，也败不了事儿。

唯一一件他真乐意干的事儿，是张勋复辟。张勋进京复辟，这事儿王士珍其实知道，事先的策划倒是没有他，但是真到了复辟时刻，他王士珍却很激动，跟着张勋进宫，很主动地跑上跑下。而且私下电告他的门生，一向听他话的第七师师长张敬尧，带了一个旅前来参加复辟。由于来得匆忙，上朝的时候，连里面的军裤、脚上的靴子都没换下来。复辟之后，论功行赏，王士珍变成了六个议政大臣之一，排在张勋之后。可惜，复辟第三天，王士珍的老把弟就在马厂誓师，宣布讨逆。见讨逆军势大，王士珍又见风使舵，让张敬尧赶紧走人，随后，他也溜边了。最后清算，段祺瑞说，王士珍是被裹挟的，无罪。

谁都不得罪，老是抹不开面子的王士珍，就这样无灾无害地过了一辈子。每次出来过渡维持，官儿都不小，但什么事都没干过。好事没有，坏事也找不到他。

小聪明坏大事

在民国波谲云诡的风云中,其实谁也不比谁傻。老是显摆自己那点聪明,不能容人,处处挤对人,显得自己高明,到处用那点权术权谋。实际上,这样的做派,是真正的愚蠢。

段祺瑞的圈子,人称皖系。皖系里的人,不见得净是皖人,段祺瑞手下最受信任的徐树铮就是江苏萧县人。徐树铮在民国,人称小徐,以区别于徐世昌的老徐。小徐是个秀才,很早就跟上老段(指段祺瑞,另外一个段芝贵被称为小段)做记室。那个时代,秀才属于文人,文人大抵耻于跟大兵为伍,不得已进了军营,也是为口饭吃,断不会跟大兵混在一起。但是,小徐却喜欢跟士兵一起出操,扛枪打靶。这让老段很是稀奇,找过来一谈,深得其心。老段做了统制,就

想办法把小徐送到日本士官学校。于是，文人小徐摇身一变，成了徐将军。

从老照片上看，小徐一脸聪明相，只是有点滑头滑脑的。懂麻衣相法的人，也许会说，此人薄命，有横死相。但是，小徐的确是个聪明人，文章写得漂亮，经常跟林纾、柯劭忞等一班儿文士往还，品位见识都不错。北洋系里另一个聪明人陈文运说，小徐是他仅见的可以五官并用之人，像《三国演义》里的凤雏庞统一般，可以一边批公文，一边跟他说话。北京城里的电话号码，他都背下来了，打谁的电话，根本不用查，一拨即是。

小徐不仅聪明，而且能干、肯干。段祺瑞长期主掌陆军部，小徐为次长，但部务基本上是小徐在管，事无巨细，都是小徐说了算。老段经常不去办公室，门口的卫兵，都不认识他。但是老段的可爱之处，是肯担责任，不诿过于下属。就是小徐把事儿干砸了，老段也认账，一股脑儿，把责任都揽下。那个时代，自比诸葛亮的人很多，小徐也是一个，人称小扇子，爱用《三国演义》上的那点权谋机诈。不过，他是老段的诸葛亮，只为老段效力。在忠诚方面，的确跟诸葛亮有得一比。袁世凯在世的时候，就死活看不上这个小扇子，甚至不掩饰自己的厌恶之情。但这一点都不损害老段对小徐的信任。老段对儿子，都没对小徐那样放心和关心。大事小事，能告诉徐树铮，却未必告诉儿子段宏业。

小徐聪明，天分高，但问题是他从不知道掩饰，绝不肯藏拙，还动不动就恃才傲物，用自己的聪明嘲笑他人。用今天的话来说，就是比较爱显摆自己那点能耐。扬才露己，是所有才子的痼疾，小徐也不能免俗。只是，小徐的才气过大，聪明过甚，显摆多了，未免让人受不了。在政坛上，即使面对大人物，他也照样语含讥讽，连嘁带打。弄得好些人不敢见他，见他就如芒刺在背，黎元洪就是一个。在袁世凯死后，黎元洪和段祺瑞搭档之初，黎元洪对段祺瑞的要求就是，不能用徐树铮做国务院秘书长，但是，段祺瑞却非用不可。每次小徐拿了公文到总统府盖章，黎元洪稍微问一句，小徐就不耐烦，一句话就给堵回去，一点好脸色都不肯给。府院之争如此快就陷入恶化，小徐要负很大的责任。

小徐不仅令圈子以外的人难堪，对盟友也不客气。梁启超和他的研究系，一直都是段祺瑞的盟友，在讨伐张勋复辟之时，梁启超还帮了大忙。之后改组国会，也都是研究系在设计张罗。但是到了真正选举的时候，徐树铮却策动各省督军，把研究系的人统统玩掉，哪怕硬性舞弊，把票箱里的票全部换掉，也要卡住研究系的人不让当选。结果，把这些笔杆子都赶到了敌对势力一边，"五四运动"时上街的人们，臭的就是当家的皖系。经过"五四运动"，当家的皖系就被臭成了媚日的卖国贼。

对自己一个圈子里的人，包括段系的骨干，小徐也不肯让着哪怕半分。当年有公认的段系四大金刚——靳云鹏、徐树铮、曲同丰和傅良佐。曲和傅，都是带兵人，听喝（听人喝令）的，进入不了决策层，只有靳云鹏和小徐有得一拼。靳云鹏是小站第一拨的士兵，虽说是段祺瑞的下属，但属于小站旧人。跟段祺瑞，是亦师亦友的关系。按北洋的辈分，比小徐要高。他在清末已经做到第十九镇的总参议，在段祺瑞的圈子里，地位一直是最高的一位。而且，靳云鹏的本事也不小，在段祺瑞放弃总理不做，退而身居边防军督办，用靳云鹏做内阁总理的时候，他这个总理，居然有本事把山东督军张树元给撤了。这样的事儿，连袁世凯都办不到。虽说玩了点阴谋，不仅把张树元上面的奥援离间了，而且策动了他下面的军人拆他的台，但毕竟做到了以中央政府的名义，撤换一省的督军。在段祺瑞编练参战军（后来改为边防军）的时候，经常拿靳云鹏的榜样来激励士兵，说是当年在小站的时候，靳云鹏就是他麾下的一个小兵，现在已经做到政府总理了。

然而，这样一位能干的自己人，也要受徐树铮的挤对。编练参战军，是段祺瑞培植嫡系武力的关键一招。参战军全部用日本的武器装备武装，教练也来自日本，连拉炮车的战马都从日本进口。靳云鹏是在小站时代就做过教练官的人，所以主持练兵很有一套。参战军最初的编练，就是他来负责，也很有起色。但是，这事儿徐树铮一掺和，就开始变了。徐树铮是喝过洋墨水的，对靳云鹏这种土包子，压根就没放在眼里。段祺瑞重视参战军的编练，让两员大将都负责此事，结果，徐树铮明里暗里挤对靳云鹏，连起码的尊重都没有。小站的现成经验被放弃，取而代之的，是全套的日式训练。所有的军官，用的都是军官学校的毕业生。高级军官，还是士官生，有经验的老兵，都被弃用了。

更要命的是，在徐树铮和靳云鹏之间，段祺瑞并不中立，越来越倾向于前者。毕竟，虽然靳云鹏跟他关系更早，但对于小徐的才华和能力以及对他的忠诚，老段更放心些。最后，编练参战军或者边防军，就变成了小徐一个人的事儿，靳云鹏彻底被排挤了。到直皖开战，边防军已经练成三个师四个旅。不仅武器装备优于各军，而且军官漂亮，士兵整齐。但是，小徐毕竟从士官学校毕业之后，就没有从基层做起。没有实际做过统兵官，也没带过兵。编练军队，花架子比较多，实用性差。而且，整支部队都是没有经过战阵的兵。故而直皖开战，一上阵，就露怯了，根本不是经过扎实训练的吴佩孚部队的对手，败得稀里哗啦。而被排挤的靳云鹏，后来居然离开了皖系，投奔了皖系的对头。

除此而外，小徐还干了一件得罪奉系张作霖的事儿。原本张作霖被小徐用钱和进口的枪械收买了，变成了皖系的盟友。在对南方的作战中，奉系还出了兵，给小徐挂了一个副总司令的头衔。但是，小徐居然用这个名义，不经过张作霖，擅自调遣奉系进关的军队，这就犯了大忌。最终，把这个盟友也推到直系一边。最后直皖交恶，奉系也在背后插了皖系一刀。

不仅如此，小徐在直皖关系越来越紧张之时，还干了一件让所有北洋人都皱眉头的事儿。段祺瑞有个老对头，是当年小站时期的同事陆建章。此人跟冯玉祥是至亲，在段祺瑞武力统一的进程中，总是暗中捣乱。小徐在挂名奉军副总司令的时候，设计将陆建章骗到了北京，背后一枪结果了他的性命，然后宣布罪状，由政府公布。陆建章是北洋旧人、陆军上将，用代理总统冯国璋的话来说，就是有一万条罪状，也不能由一个北洋后辈，用这种方式枪毙。坏了规矩的小徐，由此引起了各方的强烈反感。问题是，就是这样引发一系列反弹的行为，老段依然为他背书。这事儿，直接导致了皖系的不得人心，对后来的失败，有间接的影响。当然，也由此种下了导致徐树铮横死的种子。后来冯玉祥得势，侦知徐树铮前来北京与段祺瑞会面，半道就给截下，以陆建章儿子陆承武的名义，依样画葫芦，一枪干掉。时年徐树铮45岁。

当年的小徐，的确聪明过人，才华也过人。但是，这样的聪明，只是小聪明。在民国波谲云诡的风云中，其实谁也不比谁傻。老是显摆自己那点聪明，不能容人，处处挤对人，显得自己高明，到处用那点权术权谋。实际上，这样的做派，是真正的愚蠢。老段的事儿，在很大程度上，就是败在小徐的聪明上了。

尽管如此，小徐的死，还是让老段如丧考妣，哭得稀里哗啦。老段还真是痴情。

抠门办不了大事

冯国璋为人厚道，重然诺，出格的事儿干不出来。再加上抠门，舍不得花钱，所以，就是比不过老把弟段祺瑞，一辈子都矮他一头。

———————————

都说北洋三杰龙、虎、狗——王士珍、段祺瑞和冯国璋，但他们三个当初结拜，冯国璋却是老大。三杰之中，王士珍名声不小，可是在晚清到民国的政坛上，真正显赫的，其实是北洋虎和北洋狗。

三杰是袁世凯的三杰，袁世凯的行事风格，大手笔，舍得花钱。只要是用得着的人，多大的本钱都舍得。而且给钱，给东西，还能让你接得舒舒服服，一点不丢面子。段祺瑞在这点上，跟他的主公类似，手笔有时甚至比袁世凯还要大，只要有钱，就花得跟流水似的。但是，冯国璋不一样，比较抠门。

冯国璋是直隶河间人，出身农家，小时候日子过得挺苦，所以即使后来发迹了，也是能俭省就俭省。最喜欢吃的，就是家乡的大个馒头，再放点肘子，就幸福死了。每次袁世凯吃这个，都要派人给冯国璋送一份儿。对自己抠的人，待别人也大方不了。

进入民国之后，冯国璋是个大人物了，坐镇东南，一举一动，牵动全局。本该能干点大事的，但是由于他的抠门，好些都办不成。袁世凯复辟帝制失败，退回去做总统，反袁势力依然不答应。局势动荡，各省的军头，心下慌乱。由于冯国璋像个老大，大家说好了到冯国璋这里开南京会议，商议对策。可是，冯国璋舍不得花钱招待，结果被徐州的张勋抢了风头，南京会议变成徐州会议。

袁世凯一死，黎元洪接任总统，北洋之虎段祺瑞实际当家，做了内阁总理，冯国璋被选为副总统。身为副总统、坐镇东南的冯国璋，理所当然，是各省督军的老大，但"武林"盟主却给徐州的张勋做去了。接下来，张勋复辟，旋踵失败，黎元洪不好意思再做总统，离职到天津赋闲，冯国璋接茬儿做了代理总统，窝子从南京搬到了北京，进了中南海。没过多久，就觉得钱紧。按说，总统的工资不低，而且还有各种特别费，但是跟富裕的江南比起来，冯国璋总还是觉得日子紧巴。有人建议说，中南海里，有大量明清时放生的鱼，都捞起来卖钱，能得不少的银子。于是，中南海里的鱼就这样没了，北京大小馆子，都在大吃其鱼。一时间，好事者纷纷以"南海鱼"与"北洋狗"做对子，调侃冯大总统。其实张罗着捞鱼的人，是别有怀抱。好些放生鱼身上，都有皇帝放生金片，鱼卖给了餐馆，金片归了哪个，谁知道。

这事儿，抠也好，不抠也罢，没什么要紧。要紧的是，政坛上的大事。最大的事儿，对于冯国璋来说，就是他和段祺瑞谁说了算。按道理，虽说段祺瑞讨伐张勋复辟，赢得了三造共和的美名，但是，毕竟手里头没有一兵一卒。冯国璋麾下的长江三督，江苏的李纯、江西的陈光远和湖北的王占元，都是嫡系，对其言听计从。身边又带着由原来禁卫军改编的第16师。军阀时代，拼的就是实力，而讲实力，冯国璋绝对占优。

张勋复辟失败后，孙中山和广西的陆荣廷、云南的唐继尧搅在一起，另立政府闹分裂。冯国璋主张和平统一，但段祺瑞主张武力统一。段祺瑞武力统一的第一拨进攻失败，冯国璋拉下脸来，任由段祺瑞辞职之后，好不容易央求老把弟王士珍出来做总理。连派人去南方联络，冯国璋都不肯出钱，一个劲儿让王士珍来想办法。结果，王士珍也不肯帮忙了，转过来又让段祺瑞占了上风。在段祺瑞手下大将徐树铮调来张作霖入关，以武力相威胁的时候，只能假装南巡，坐上火车跑路，走到蚌埠时被亲段的安徽军头倪嗣冲带兵截下，只好乖乖地回来，从此做了段祺瑞的俘虏——一个盖印的总统。当年在中国势力很大的日本人，在北洋虎和北洋狗之间，也更喜欢前者多些。把大笔贷款经手贷给段祺瑞的日本人西原，在日记里就老说冯国璋的坏话。

民国的体制，总统是要由国会选的。段祺瑞折腾出了第二届国会，目标之一就是选出一个合他心意的总统。冯国璋也没有闲着，也在拉人准备竞选正式大总统。结果，还是舍不得钱。让内阁总理钱能训拉拢议员，给人家一个自己开的银号里的存折，里面有五万元，但需要打五五折，只能取出来27500元。这点钱，连徐树铮安福俱乐部里的一顿夜宵都不够。最后，冯国璋发现，钱虽然陆陆续续也花出去不少，但几乎没有议员肯投他的票。无奈下只好下台回老家吃大馒头去了。说起来，冯国璋确实钱也不多，跟众多军头一样，他也经营了好些现代产业，但是，抠门的人干这种事儿都干不好，经营得越多，赔得越是厉害。死的时候，留给儿子的股票，基本上都是空的。

新上任的总统徐世昌，也是北洋老人。徐世昌会做人，也会坑人。自己做了总统，却下令两个做过冯国璋警卫部队的师，依旧归冯国璋调遣。其中一个师，是当年禁卫军演变来的，鼎革之际，冯国璋对这个师有过承诺，不离不弃。冯国璋也就不好拒绝。这样一来，已经退休、没有地盘而且年迈的冯国璋，时不时地还要为这两个师的军饷费心。操心多了，来回奔波，感了风寒，遂一病不起。

冯国璋为人厚道，重然诺，出格的事儿干不出来。再加上抠门，舍不得花钱，所以，就是比不过老把弟段祺瑞，一辈子都矮他一头。

吴小鬼练兵

"吴小鬼"的叫法是有贬义的，一方面说他是后辈，一方面则骂他"鬼"，行事鬼，打仗鬼，不按规矩出牌。搞不过他，羡慕嫉妒恨。

在民国，吴佩孚是个大人物。中国人上美国《时代周刊》封面的，他是头一个。在他最神气的时代，据说，还有洋女人看了报道想要嫁给他。苏俄向东发展，在中国寻求合作者，首先想到的，也是他。

但是，即使在吴佩孚最神气的年月，有一个外号也跟他形影相随，这就是"吴小鬼"。不仅他身属的直系外面的人这样叫他，直系里面的人，背后也这样叫。从辈分上讲，吴佩孚是北洋系的第二代，是曹锟的下属，不管是否真的赏识，毕竟是曹锟提拔了他。所以，第一代的北洋人，说他是小鬼，也是可以的。张作霖算不上北洋系中人，但后来也靠上了袁世凯，多少沾点边儿。辈分跟曹锟相若，还是亲家，他最喜欢管吴佩孚叫吴小鬼，吴佩孚也只好随他。当然，"吴小鬼"的叫法是有贬义的，一方面说他是后辈，一方面则骂他"鬼"，行事鬼，打仗鬼，不按规矩出牌。搞不过他，羡慕嫉妒恨。

吴佩孚身材矮小，身高不超过一米六，作为一个山东人，多少有点愧对祖先，跟同为直系的冯玉祥走在一起，要矮一个头。如果是一同检阅部队，总免不了有人会失声发笑。其实，人家不尽然是笑吴佩孚个子小，而是笑这种高矮搭配的参照效果。但是，吴佩孚个矮心虚，总觉得人家是在笑他。难怪他跟冯玉祥总是搞不到一起，不仅带兵打仗上有瑜亮情结，连身高上也觉得不自在。吴小鬼的"小鬼"，跟这个个头儿也有点关系。

吴佩孚是北洋军里不多的秀才，冯国璋是当了兵之后才考的秀才，而吴佩孚在当兵之前就已经是了。吴佩孚有道德洁癖，做了秀才，不知天高地厚，当地大户人家办事唱戏，他觉得里面有点黄（这是常态），有伤风化，前去搅和，结果在家乡立足不住，逃了出来，穷极无聊，才当了兵。那么小的个子，当兵也只能当戈什哈（护兵马弁），还是一个文案的戈什哈。幸好这个文案爱才，当发现自己的马弁居然是秀才之后，就托关系把他送进了北洋系统的测绘学堂。于是吴马弁变成了吴军官，一步步升上去，成为北洋的后起之秀。在这个过程中，偏偏那个做了那么多年军校总监的段祺瑞，没有看上这个小鬼，因此留下了这个小鬼后来给段祺瑞闹事，最后打翻了皖系的伏笔。

秀才出身，同时也是军校毕业的吴佩孚，做了师长之后，偏偏不喜欢军校学生。所用的军官，都是自己在教导队里培养的。识几个字，但没有受过军事教育，经过他亲手调教，这样的人他用着才放心。吴佩孚的谋士，也是李大钊的同窗好友白坚武，多次劝谏吴佩孚要用军官学生，但一点用都没有。

吴佩孚最欣赏的人是成吉思汗。他认为成吉思汗战无不胜的秘诀，在于他建立了一支怯薛（蒙语，护卫的意思）禁卫军。这支一万人的怯薛军，都是顶尖的能征善战之士，平时用于护卫自己。战斗最关键的时刻，就把他们派上去，披坚执锐，总能克敌制胜。自从吴佩孚做了第三师的师长，就想把这支部队练成自己的怯薛。直皖战争之后，吴佩孚做大了，第三师膨胀到3万左右，比别人的三个师人数还多。

扩军是当年军头们的最爱，但吴佩孚不一样，他对于练兵很是上心，不像其他的军头，只求数量。成吉思汗怎么练的兵，其实于史无考，但吴佩孚却认为自己得了真传。当年蒙古有小厮蒙古兵，他也跟着学，自己的部队里有幼年兵。十四五岁就将人家招入部队，边学文化课，边进行军事训练。在他看来，所谓练兵，就是把兵练得能吃苦耐劳，翻山越岭，如履平地。新兵入伍，先练"拔慢步"，又叫出小操。迈一步，从抬腿到落地分成四个步骤，非常慢，也非常累。练上三天，两腿就会肿，抬都抬不起来。但是这样练出来之后，腿脚的力量和耐力就练出来了。当年直系的部队，尤其是吴佩孚直接控制的部队，训练时间都比别的部队长而且残酷。凡是练出来的，吃苦耐劳是不成问题了。吴佩孚对于练兵，督促得很紧，经常自己到各个部队查看，发现训练不卖力的，当场纠正。甚至自己做示范，当场演示几招。对于军纪风纪，吴佩孚也很在意。无论何时，只要发现部下衣冠不整，马上纠正，处罚其长官。吴佩孚也不爱财，有了钱，一定投在军队上，也能跟士兵同甘苦，吃饭不讲究，军队吃什么，他就吃什么。

北洋军在袁世凯小站练兵时代，是严禁吸鸦片的。只要发现了，不管官多大，当场处决。但是，后来的北洋军暮气日重，抽大烟的人越来越多。好些部队，烟枪和洋枪并举。但是，在吴佩孚这里，绝对不许抽大烟，只有一个例外，就是他发迹之后来投奔他的恩人，曾经推举他去军校的前文案郭绪栋。此人烟瘾颇重，不抽要死的。所以，全军上下，只有这个人可以抽，别的人，哪怕你是师旅长，也不行。

吴佩孚的兵，纪律还可以，但某些积习，也跟别的军队差不多。比如体罚，下级犯规上级责罚，老兵打新兵，新兵伺候老兵。吴佩孚认为，这种积习，对于锻炼新兵，有好处，所以不加禁止。但是，不管老兵新兵，乃至长官，在训练上都得过关。行军打仗，军官也得跟士兵一样，跋山涉水，身体力行。

其实，这一套，当年袁世凯小站练兵的时候都用过，而且挺有效。但是，民国之后，兵越招越多，军人也越发骄横，管不了了。所以，大家都骄奢淫逸起来，训练就成了儿戏。军官连马都不乐意骑，军装也不乐意穿了，平时在家，一身长袍马褂。打仗的时候，弄顶大轿，让轿夫抬着上前线。

当年的中国，交通不便，总共就那么几条铁路，公路几乎是零。打仗必须得靠两条腿，不吃苦耐劳，不能翻山越岭，根本打不了胜仗。那些坐轿子上前线的军人，一旦部队垮下来，轿夫先跑了，自己就只好做俘虏。这样的军队，无论有多少军校学生，甚至有留学生，都不及吴佩孚这种土造的部队能打。所以，当年几个以练兵著称的北洋第二代将领，比如吴佩孚和冯玉祥，都比较土，手下一个留学生都不要。只要能扛着七斤半（步枪）翻山越岭，就是好家伙。他们的部队，文化素质都比较低，炮兵不会使用仪器，间接射击，机枪手机枪出了故障，只会拼命地浇油，简单的故障，都不会排除。但那个时候的战争，烈度不高，只要士兵能扛得住折腾，多半能够打赢。

人是有精神世界的，士兵也一样。吴佩孚的部队，不仅练得比较能吃苦，相对而言，对他也比较忠诚。吴佩孚是个读过书的人，很喜欢对部队进行"精神讲话"。他认为，进入民国之后，传统道德由于君主的缺失，出现了危机。但是作为军队，不讲究忠孝仁义是不行的。没有了君主，也要讲究"忠"，忠于长官，忠于上司。他自己率先垂范，尽管他的上司曹锟不怎么样，但他却事曹不贰。当然，也希望下属同样效忠于他。只是，那个时代没有麦克风，他一口山东蓬莱话，又有点口吃，所以每次精神讲话，其实至少有一多半人听不明白。不仅如此，他还亲自写了军歌《登蓬莱阁》，让所有的部队传唱，很多当过他士兵的人，多少年后依然记得歌词。那些从小就当兵的幼年兵，从小耳濡目染，对吴大帅的尊崇，就更是不同旁人。

当然，他的嫡系部队能打仗，而且凝聚力比较高，在很大程度上是因为他打仗胜多败少，而胜多败少，也不见得是他战略战术如何高明，如何神机妙算。在很大程度上，是因为当年中国整体现代化程度比较低，交通不便，武器级别不高，只要那支部队能走、善走，肯吃苦，耐得了辛劳，一般就会占便宜。能练兵、会练兵的将军，每每就是常胜将军。吴佩孚在第二次直奉战争里，自己阵营里跟他很相似的冯玉祥临阵倒戈，抄了他的后路。这个时候他的兵再能吃苦，也撑不住了。兵败如山倒，对他的效忠也谈不上了，练好的兵，不是死掉，就便宜了别个军头。此后，即使有一次东山再起的机会，手下没有了他的怯薛，也就成了空架子，撑不住多久了。

流氓的运气

张宗昌这个流氓军人，最后还是栽在了正经军人手里，在北伐的浪潮中，他的众多军队，像雪崩一样垮掉。任何人，哪怕是流氓，都有走好运的时候，但好运不会永远伴随着你。

民国的将军中，军校出身的多，有洋的，也有土的。除此而外，有出身土匪的，也有出身流氓的。这两部分人，一般是受到军校出身的人的排斥的，嘴上不说，目笑存之。出身流氓的，大部分都是混出来的，所以经常被挤对。但是，出身土匪之辈，大多是靠实力打出来的，看不起可以，真要挤对起来则困难点。只有个别人，凭运气可以存活下来。运气特别好的，在一段时间还混得不错。张宗昌就是一个。

张宗昌本是闯关东的山东人，闯劲儿大了，跑崴子（即闯荡海参崴）到了境外。那时候，乌苏里江以东虽说早就割给了俄国，但俄国的远东还是一片荒芜。像海参崴这样的城市，如果离了中国人，还真就什么都不是。因此，沙俄当局对于中国人的涌入，也就睁只眼闭只眼。海参崴中国人特别多，这个城市的繁荣几乎全靠闯关东的中国人。十月革命前的俄国政府，为了让远东的俄国人能活下去，对中国人的存在还比较宽容，而革命期间，好几年海参崴实际上处于无政府状态，所以中国人混得还行。张宗昌个子大，身材魁梧，能喝酒，也讲义气，在海参崴的华人中小有名气。因此俄国人用他做了华警，负责管理那一带的华人。凭借这个职位，张宗昌水涨船高，不免风生水起。不仅当地的地痞流氓都奉他为大哥，连东三省的马贼，有不少也是他的拜把子兄弟。谁来这个码头，都得拜他。外面来的雏妓，第一夜肯定得是张宗昌的。

辛亥革命期间，革命党人感觉需要骑兵，于是跑到东北，联络绿林马贼，组织骑兵。通过张宗昌的关系，拉了一支山里的马贼，南下参加革命，张宗昌也跟着来了，大约是想见识一下繁华的上海。结果到了南边，原来的马贼头目被张宗昌挤走，队伍归了张宗昌。这支骑兵队伍，没有用来打仗。革命成功，南北和谈，黄兴淘汰了近十万的"革命军"，但张宗昌的队伍居然被保留下来。再后来，"二次革命"，张宗昌摇身一变，归顺了北洋军冯国璋，不仅没有被整顿掉，还扩编成一个暂编师。后来冯国璋进北京做总统，江苏督军由直系的李纯来做。正经军人出身的李纯，显然不喜欢流氓出身的张宗昌。趁着段祺瑞政府想要对南方用兵，就把张宗昌这个师给派到了湖南前线。

也活该张宗昌倒霉，到了湖南，虽然他并没有跟南军玩命，一直保持实力，功夫都用在了跟老百姓较劲儿上，烧杀淫掠。但是，1920年直皖闹翻，直军主力吴佩孚从湘南撤军，南军大举反攻，所有的北军都稀里哗啦地败下来，张宗昌也没幸免，跑得慢点，大部分被吃掉，残军逃到江西，被江西督军陈光远趁火打劫，整个缴械。张宗昌光杆司令一个，逃回了北京。到北京后，他不知怎么就买通了陆军部的人，通过结算历年积欠的军饷，一下子领到了二十几万大洋，打算东山再起。直皖战后，是直系的天下，直系的首领是曹锟。1922年，曹锟过60大寿。为了走曹锟的门路，张宗昌倾其所有，定制了八个黄金的寿星，跑到保定，送给了曹锟。当时，曹锟正在势头上，收的贺礼不少，但八个纯金的寿星，个头不小，摆在厅堂里，还是很扎眼。这就是张宗昌的风格，要送礼，就一把送够，让对方得到充分的满足，一击倒地。曹锟得了礼物，当然很高兴。但当年的直系，真正的当家人，其实是吴佩孚。这八尊金寿星，打动了曹锟，却也惹翻了吴佩孚。吴佩孚不论真假，向以清廉自好，生平最讨厌的事，就是请客送礼拉关系。加上张宗昌做流氓的前科，更惹吴佩孚不高兴。所以，曹锟想用张宗昌，吴佩孚就死扛着不肯。一拖再拖，连中间人都拖得心情大坏，干脆拉着张宗昌改换门庭。就这样，张宗昌再次回到了东北。

按说，张宗昌在海参崴混的时候，东北王张作霖在东北也做过马贼，算是土匪出身的将军，跟张宗昌有类似的境遇。只是，张宗昌熟悉的马贼，是占山为王的那种。而张作霖干的，则是几个村庄的保护队。两下没有交集，俩人也不相识。但是，张宗昌来投之际，正是第一次直奉战争张作霖新败之时，急于延揽各方人才。张宗昌怎么说，也是做过师长的人，加上又是东北老乡（当年的东北人多为山东闯关东之辈）。所以，尽管一尊金寿星也没有了，张作霖还是收留了他，给他一个宪兵营长干干。

张宗昌以前师长的身份，屈尊做了营长，但人在矮檐下，怎能不低头。该忍，只能忍，营长就营长。忍了没多久，机会来了。吉林原来的督军孟恩远是被张作霖挤走的，一口气一直没咽下去。趁奉系新败，在关内直系的帮助下，孟恩远的外甥高士傧带了些人，回到吉林，拉起旧部还联络了胡匪想要光复旧业。奉系新败之余，士气大衰，一时间在吉林的部队还真就抵挡不住高士傧的攻势。张作霖的大部队，还要留着防备关内的直系，远水救不了近火。没办法，死马当活马医，收拾库底子，找出来几百支单响枪，给了张宗昌，让张宗昌再招点人马，带上他那些吊儿郎当的宪兵，上吉林顶上一阵。原本没打算张宗昌能顶事，但顶一天是一天，他这里再想辙儿。

哪知道张宗昌到了吉林前线，发现对阵的胡子匪帮，大半是他的老熟人。吉林挨着海参崴很近，这帮人，原来就常到海参崴找张宗昌吃喝嫖赌，都是道上的朋友，见面叫大哥的。即使没见过的，也闻知张宗昌的大名。高士傧拉拢这些胡子替他打江山，原本就是给钱干活的买卖。恰好这个时候，钱花差不多了，真正的东家孟恩远又抠门。这回大哥来了，大家伙遂一哄而散，都奔张宗昌来了。就这样，不费一枪一弹，张宗昌不仅平息了吉林的叛乱，而且白得了一大批人枪，就势编了三个团。张作霖为了酬谢他，给了他一个旅长，算是吉林省的省防军。

谁说福无双至？好事每每接着来。这个时候，俄国十月革命后的内战进入尾声。大批白俄军队在国内无法立足，逃到了中国的东北。由于张宗昌在海参崴混过，会几句俄语，方便沟通。更重要的是，这些白俄军人觉得张宗昌比较好相处，出手大方。于是，他们都乐意在张宗昌手下混事，把军队交给他收容。就这样，陆陆续续，张宗昌收容了一万多白俄兵，还有大批的武器，都是相当好的俄式步枪，还有几十挺机枪和大炮。收容的白俄军人，其中有不少是技术兵种。后来，张宗昌借此建立了中国第一支铁甲车部队，一色的白俄兵。那个时候，中国军人被洋人打怕了，打仗的时候只要看见洋兵，就怵得慌。张宗昌每逢战事，就让这批白俄兵打头阵，高鼻梁黄头发的白俄毛子哇哇一叫，挺身一现，对方就垮了。到了这个时候，张宗昌的实力，已经比当年在南边做暂编师师长还要雄壮了。

　　但是，被挤对的命运，并没有完全离开张宗昌。自从晚清新政以来，中国军队正规化的运动，已经成为潮流，这是学习西方包括学习日本的一个产物。这样的潮流，在民国不仅没有退潮，反而一浪高过一浪。凡不是正经出身的军人，自己就不安于位。南边曾经很牛的绿林将军陆荣廷，正在被手下军校出身的小排长们挤得退出历史舞台。北面的胡帅张作霖，也整军经武，大力进行正规化改造。张宗昌尽管有实力，但在奉系内部，依旧是异类。其实，自打张宗昌再次成气候，奉系那些出身讲武堂或者日本士官学校的正牌军人，还是看不起这个流氓出身的家伙，想方设法把他抹掉。跟张学良关系特铁的郭松龄，就老是打算把张宗昌的队伍给裁了。但是，到了这个境地，即使这些人想要淘汰掉张宗昌，也还是有麻烦。毕竟，军人是讲实力的，人多，枪好，能打仗，就是一切。第二次直奉大战，张宗昌不由分说，就被推到了第一线。他知道，此番如果打败，他在军中的命运也就算结束了，为此，他都做好了落草为寇的准备，跟自己的亲信说，如果真的不行，就跑了吧（落草）。

　　但是，命运之神再一次垂顾了这个流氓。这次大战，由于直系内部冯玉祥的倒戈，奉系居然大获全胜，张宗昌跟着大部队杀进了关内。在这里，他的铁甲车和白俄军团发挥了威力，每战必克，最后，张宗昌回到了自己的老家山东，做了直鲁联军总司令。偃武修文，开始学作诗了。势力最大的时候，连上海和南京，都在他的掌控之下。那两年，是他最神气的时候。人们说他是"三不知将军"，就在这段时间，不知自己有多少钱、多少枪和多少姨太太。全国各地的流氓、土匪，都来投奔他。手下光军的编制，就有十几个。这些流氓土匪，今天来，明天走。他也无所谓，来了就收，走也随你走。说起来，都是他的部下。另一位有名的流氓孙殿英后来说，跟了那么多的人，就数跟张宗昌最舒服。这样的军队，纪律当然糟得不得了，张宗昌自己的老家山东，也顺便被糟蹋得不成样子。打张宗昌开始，破了一个例：以前所有的军阀，对自己的家乡，都是不错的，糟害哪里，也不会糟害自己的家乡。但唯独张宗昌，却对自己的家乡下手。未必是他想下手，说到底，是他部队的流氓本色决定的，到了这个田地，他已经身不由己了。

张宗昌这个流氓军人，最后还是栽在了正经军人手里，在北伐的浪潮中，他的众多军队，像雪崩一样垮掉。靠白俄军人打天下的程咬金三板斧，一旦被人识破，也就不中用了。白俄兵被打败之后，法宝没了，张宗昌的军队遂一败再败，直至没有一兵一卒。最后，他本人还被冯玉祥的前部下给算计了，丢了小命。任何人，哪怕是流氓，都有走好运的时候，但好运不会永远伴随着你。

杨森治川

杨森气粗，因为人家打着现代化的旗号。有了这个旗号，干什么缺德事儿，都理直气壮。现代化，也抹不掉一切罪过。

————————————————————————

民国时代，各地军头除了少数绿林出身的以外，大多是军校毕业。其中，大抵分土鳖和海龟两派。海龟除了极个别美国和欧洲回来的，多数出身于日本士官学校。而土鳖则五花八门，从北洋各个学堂到各省的讲武堂。这其中，有些省份还设立过军官速成学堂，这样的军校毕业生，属于土鳖中的土鳖，档次最低。而我们说的杨森，就出身于四川军官速成学堂。

好汉不怕出身低。土鳖杨森高大威猛，性格刚毅，从小排长混起，一路磕磕绊绊混成一方人物。1924年春，依靠执掌北京政权的直系军阀吴佩孚的支持，杨森跟同为速成系的同学刘湘合作，打败了原属国民党系的熊克武，占据了成都，成了四川督理（直系把督军改成了督理）。此前，成都已经几易其主，尹昌衡、刘存厚、熊克武，其间还有过云南人当家的日子。不管哪个当家，个个都跟成都人客客气气，相安无事。换督军，无非城头变换旗帜而已。但是，杨森不一样，他要有一番大作为，要在四川建他自己的百年基业，用他的话来说，他就是当年风头最劲的吴佩孚在四川的翻版，川中的吴子玉（吴佩孚的字）。

别看是土鳖中的土鳖，杨森思想却很趋新，立志要在成都搞现代化建设，修马路，建体育场，引入篮球、棒球。而且移风易俗，彻底革新成都人的精神面貌。一时间，到处都张贴着杨森的语录："杨森说，不许缠足！""杨森说，要讲究卫生！""杨森说，不许留长指甲！"各个街口，派了军人组成的纠察队，发现穿长衫的人，一把拉住，当场把长衫剪短，说是节约布料。奇怪的是，倒是没有人拉人剪长指甲。

当年的成都，街道都很逼仄，但商业和生活气息特浓，到处都是商铺，各种小吃店、茶馆、浴室，随处可见。人们随便找个地方，就可以摆龙门阵，打麻将，吃东西。可是杨森一声令下："拆！"大兵开到，喊里咔嚓，房倒屋塌。拆迁补偿？一文钱没有。大户人家还好，拆掉了房屋店铺，还可以找别的房子住，但寒门小户，就是家破人亡。这样的市政建设，古今中外都罕见。一时间怨声载道，民怨沸腾。以骆成骧（四川第一个状元）、赵藩（曾经的四川布政使，武侯祠那幅著名的楹联的作者）为首的成都五老七贤，为民请愿，却碰了一鼻子灰，杨森还放出话来，要拿五老七贤的人头来推行他的新政。这五老七贤，是四川文人的翘楚，一等一的大绅士，从来治川者都对他们十分礼敬。但是杨森气粗，因为人家打着现代化的旗号，有了这个旗号，干什么缺德事儿，都理直气壮。

但是，在那个时代，想让人不说话，有点难。杨森修马路，建体育馆，拆迁不出钱，但修路建房子，总得要钱，加上自己的手下那么多兵要养，辖区内尤其是成都民众的负担，自然就重了许多。成都没有下水道，排泄物全靠农民进城运走，这是南方城市的惯例。杨森上台，下令征收粪捐，按担收取。其他的苛捐杂税，可见一斑。有人贴出揭帖（小字报），上联道：自古未闻粪有税，下联曰：于今只有屁无捐。揭帖传到杨森耳朵里，其大怒，下令追查。偌大的成都，他老兄又没有党团组织，也没有街道居委会，哪儿查去？

你还别说，杨森顶着民怨的压力，硬是把马路修出模样了。没想到，又有帖子出来了，上联是：马路已捶成，问督理，何时才滚？下联是：民房将拆尽，愿将军，早日开车。从字面上讲，没毛病，但人们一见便知，这是要杨森滚蛋。

杨森依旧生气，依旧没有抓到揭帖的作者，这边却起了战火。1925年，杨森的靠山吴佩孚在直奉大战中失败下野。这边民怨沸腾的他，也在四川军阀的混战中一败涂地，差点输掉了裤子。好些在胳膊上刺了一个"森"字，对他表示效忠的部下，居然都倒戈了。杨督理，真的滚了，不过不是用车，而是用腿逃出四川的。后来，杨森虽有短暂的复兴，但总的说来，是越混越差，在川中，只是一个小角色了。

杨森在成都建的马路，到民国结束，一直都在，属于成都最宽最豪华的马路。但是，这条马路背后的血泪，却让人没法饶恕那个好大喜功的杨督理。现代化，也抹不掉一切罪过。

第二章

帝国末世的潜规则与荒诞剧

乱政下的死亡滋味

徐致靖自号仅叟，意思是大难之中，仅剩下的人。此前差不多两年工夫，天天都命悬一线，尝够了死亡的滋味，居然活过来了，真是命大。

————————————————————

戊戌年，西太后发动政变，朝政进入混乱时期。老太婆心里憋屈，要杀人泄愤，头一个想杀的就是康有为和梁启超，可是这俩人都没逮着。第二个要杀的，就是光绪身边的四小军机，谭嗣同、杨锐、林旭和刘光第。这四个，没跑了都被抓住。剩下的还有两个重臣要杀，一个是军机大臣张荫桓，一个是礼部侍郎徐致靖。张荫桓多年办外交，跟外国人有交情，英国公使出面干涉，死罪免了，流放新疆。徐致靖没这样的外国朋友，只好等死。老太婆对他也相当的生气，一家三口，老子做礼部侍郎，两个儿子一个在湖南做学政，一个在翰林院做编修，都卷入变法，特别是这个老子，推荐了大批维新人士，康、梁都在内，简直是非杀不可。至于杨深秀，原本没事，但作为御史的他，在老太婆再度垂帘之后，居然写弹章质问，自己送上门来找死。而康广仁，则是哥哥抓不到拿弟弟顶缸。

所以，政变之后，听说菜市口要杀人，徐致靖的家人，早早地就在菜市口等着收尸。结果，囚车出来，第一辆是谭嗣同，第二辆是杨深秀，第三辆是杨锐，第四辆是林旭，第五辆是刘光第，最后一辆是康广仁，没有他们家老爷子。后来据说是李鸿章出面，托了荣禄，荣禄见了太后，说徐致靖就是个唱昆曲的书呆子，其实不懂新法，而且百日维新期间，皇帝也没有召见过他。西太后一查，果然如此，看在宠臣荣禄的分儿上，饶其一死，改为斩监候（近似于今天的死缓）。而李鸿章之所以这样做，一来他的确同情变法之士，二来他跟徐致靖的父亲是科举同年，交情不错，不忍心看着年兄的儿子这样死掉，出来运动运动。李鸿章毕竟树大根深，荣禄也得给面子。

徐致靖进了刑部的大牢，随着时局的发展，死罪虽免，却依旧命悬一线。因为朝政向后转，保守派猖獗，还是要杀人。在牢里，一开始家人还能探视徐致靖，后来连探视都不允许了。在里面，徐致靖也明白，时刻准备着，什么时候被拖出去砍头，一身朝服总是要穿在身上。而这边闹起了义和团，北京城大乱。英国使馆顾不上中国人了，远在新疆的张荫桓，被补了一刀。在牢里的徐致靖，一时半会儿居然还没事。因为当家的载漪、刚毅和徐桐等人，正在忙着肃清政敌，这个死老虎可以暂时搁一搁。他们最想杀的人当然是光绪，但这事得等西太后把皇帝废了再说。接下来要杀的是李鸿章，但李鸿章已经远飏广州，鞭长莫及。庆亲王奕劻也可恨，但此人滑头得紧，抓不住把柄，而且深得西太后的信任。张荫桓已经假西太后的手给杀了，徐致靖关在大牢里，什么时候要杀，一句话的事儿。剩下的朝臣，但凡有出头对他们所为表示异议的，一个不留。许景澄、袁昶、徐用仪、联元都掉了脑袋。连一向受老太婆宠信的户部尚书立山，居然因为在义和团的问题上跟载漪拌了几句嘴，也被关进了大牢（也有说法，是因为立山跟另一个支持义和团的庄王载勋争一个妓女，结果被载漪和载勋联手黑了），一口气没上来，差点背过气去。还亏了在牢里的徐致靖懂点医术，把他救过来了。可是过了几天，立山这个做了多年内务府大臣，把西太后伺候得特别舒服的公子哥，还是被杀了。这种时候，西太后和一堆保守派大臣基本上半疯了，就是要跟西方决裂，人挡杀人，佛挡杀佛，红眼了。

原本，关在牢里的徐致靖，肯定是要杀的。但八国联军打来得太快，西太后走得过于匆忙，只来得及把珍妃丢到井里，已经来不及派人去刑部大牢了。联军进城，京城的官员衙役作鸟兽散。大牢里的囚犯，一哄而散，跑得一个不剩。但是徐致靖不肯走，说他是朝廷的钦犯，不能就这么被外国人给放了。幸亏牢里有主事的，是他的学生，提前通知了徐致靖的家人，把老爷子给强接了出去。

等到事情过去，西太后逃难回来，再一次要变法了，徐致靖这事儿，也就稀里糊涂了了。一纸赦令，老爷子回到老家，依旧唱昆曲，自号仅叟，意思是大难之中，仅剩下的人。此前差不多两年工夫，天天都命悬一线，尝够了死亡的滋味，居然活过来了，真是命大。

光绪头顶的雷声

这个光绪，还真经折腾。两三年内，经过变法、政变、闹义和团，最终还是活得好好的。西太后的养子，硬是比她的亲生儿子经活。这事儿说实在的，很是给西太后这个女强人添堵。

———————————————

京剧《天雷报》是一出传统戏，故事情节很简单，说是一个襁褓里的婴儿在战乱之中被丢弃，结果被开豆腐店的张元秀老夫妇拾到。老夫妇无儿无女，将弃婴视若己出，起名张继宝，将之抚养大，还送他上学。到了十三岁时，弃儿被亲生父母找到带走。亲生父母是官宦人家，当然境遇不错。张继宝长大后，科举连捷最后中了状元。亲生父母令其将养父母接来尽孝，张继宝十分不情愿，在严命之下，只好上路。张元秀夫妇得知后，欢喜异常，早早就在村口等待。结果张继宝到了之后，薄情寡义，根本不愿意认养父母，给了两百青钱，挥之而去。张元秀夫妇愤而撞墙自尽，张继宝刚要启程，天空阴云密布，被雷电劈死。

在中国古代，这样的不孝子遭雷劈的故事，林林总总，大同小异，反映的是民间对孝道的一种威慑性维持。这个恰好是养父母和养子的故事，跟光绪皇帝与西太后对景。戊戌政变，由头当然是谭嗣同谋划借袁世凯的新建陆军，兵围颐和园。但其实此前西太后早就安了重出江湖的心，事实上已经把光绪的权给夺了，就差从颐和园杀回来，切切实实再度垂帘了。冒失的谭嗣同，正好给了西太后一个最好的借口。时刻密切监视光绪一举一动的西太后，当然知道此事光绪并不知情，但是她一定要将屎盆子扣在光绪的脑袋上。只有这样，她这种严重违背祖制的再度垂帘，做起来才理直气壮。

所以，从颐和园回来之后，面对已经成为她的囚徒的光绪，这个毫无抵抗能力的懦弱皇帝，老太婆需要不断强化光绪的"不孝"，强化到让自己也都相信的地步。在这个过程中，京剧《天雷报》，就成了最好的道具。劈死张继宝的雷公电母，都是真人龙套来扮演的，一般就是一个雷公，一个电母。轮到进宫演了，西太后传旨，雷公电母，各加到五个，组团来劈，非这样不解气。

那一阵儿，都是社会上的名角儿，顶上一个供奉的名义进宫演戏。《天雷报》是政变之后经常演的剧目。扮演张元秀的，是第一号红人谭鑫培，在西太后那里，他叫金福。而演张继宝的，是名小生鲍福山。这个鲍福山，身上的活儿真的好，把张继宝发迹后忘恩负义的丑态，演得活灵活现，特别招人恨。演完之后，西太后传旨，要打鲍福山的板子。演戏打板子，有真有假，关键看太监。太监们都跟这些进宫的艺人混得很熟，当然是假打，假打可是假打，但鲍福山得装出很痛的样子，哼哼呀呀地叫。打的时候，所有人，包括光绪，都得在旁边看着。打完了，没准还得叫光绪发表一下观后感言。板子打在艺人身上，实际上，是在打光绪，当众羞臊这个忘恩负义的皇帝。在西太后眼里，这个养子就是猫头鹰，古代传说吃自己父母的一种生物。

那一阵儿，西太后最想做的事儿，就是把光绪给废了。所以，这边在演《天雷报》，这边一个劲儿地请各地的名医进宫，给光绪看病，说是光绪病重，宫里的太医已经束手无策了。进宫的各地名医，非常知趣地对外报告说，皇帝的确病得不轻。没想到，西方驻京的使节不以为然，他们要求派他们的医生去，进宫给皇帝瞧病。架不住使节的再三请求，法国使馆的医生，被批准进了宫，给光绪检查一通之后，对外宣布，光绪身体挺好的，没什么毛病。

这样一来，西太后想借光绪的"病"，废了皇帝，乃至弄死他的图谋，就不好马上进行了，只好再等机会。为了给自己求个安慰，她甚至迫不及待地提前给光绪找了个接班人，端郡王载漪的儿子溥儁。

这个光绪，还真经折腾。两三年内，经过变法、政变，然后不断地被"雷劈"，最后闹义和团，还时不时地被载漪父子羞辱威胁。最后八国联军打进来了，被西太后拖着逃难，最终还是活得好好的。西太后的养子，硬是比她的亲生儿子经活。这事儿说实在的，很是给西太后这个女强人添堵。

慈禧太后的中秋节

大清的末岁，当家的是一个女主。女人当家，不一定是母鸡打鸣，家门不幸。但是，难免有一些特别的讲究。

只要老佛爷舒坦了，大家都舒坦，老佛爷难受，大家都跟着难受。

大清的末岁，当家的是一个女主。女人当家，不一定是母鸡打鸣，家门不幸。但是，难免有一些特别的讲究。男人当家，如果自己不是性无能，性的方面都不会有欠缺，伴侣有的是。想尝鲜，选秀就是。但是，女人就不一样。慈禧太后一个寡妇人家，不到三十岁就没了男人，而且她又是一个相当正常的女人，这方面的寂寞，没地方排解，就只好整热闹，通过连天的热闹，疏散那说不清道不明的难受。所以，这个女人跟小孩子一样，喜欢过年过节。过年过节，可以连天

看戏，宫里太监演得不过瘾，就招外面的戏班子进宫。身材好、把式强的杨小楼，嗓子亮、唱功好的谭鑫培，都是她的宠儿。当然，众目睽睽之下，苟且之事是没有的，聊以过眼瘾加耳瘾而已。

当然，过年过节，还可以整点其他的动静，吃饭、排宴、弄庆典。反正都是热闹，折腾一下，身心都舒坦一点。单一个中秋节，慈禧就要过五天，从八月十三开始，到八月十七才结束。除了正日子八月十五之外，前两天叫迎节，后两天叫余节。反正宫里的人也都寂寞，跟着热闹，大家都高兴。

过中秋，一个最隆重的庆典是拜月。没修颐和园的时候，宫里的地方小，祭祀月神，又不能动用三大殿，所以动静还算不大。有了颐和园，一个偌大的昆明湖，有水有阁，拜月祭月，再合适不过了。

八月十五这天，早朝时分，太后和皇帝先在排云殿接受文武百官的朝贺，中午则在景福阁大摆筵席，入夜庆典进入高潮，君臣在昆明湖上，举行泛舟赏月灯花宴，边吃边喝边赏月。但开吃之前，先要举行拜月大礼。在最高层的紫霄殿上，预先搭好了祭月台，五丈多高的一个缎子围成的大幄，幄内摆着长案，正中供着月神的牌位。大幄之内用各种各样的装饰，让人入内就感觉像是进了广寒宫一样。拜月典礼上，贡品之盛不亚于祭祖。佛香阁上的所有神佛，此时都要拜服在一个小小的月神之下。

祭礼开始，当然由慈禧主祭，皇帝率王公大臣在左，皇后率嫔妃和王公大臣的福晋命妇居右。慈禧拈香叩拜，皇帝皇后以下众人行礼如仪。民间的说法，男不拜月，因为月亮属阴，是女人的神。但是，到了慈禧这里，男人也得拜月，因为她是女人，拜月拜的就是她自己。就像颐和园一进大门的那个石雕一样，凤在上，龙在下，在宫里，她就是得压着男人一头。月神，实际上是跟着她沾了光。

在过节的吃食上，女人有女人特别的讲究。八月十五吃月饼，民间如此，宫里也是如此。但到了慈禧当家之后，月饼不能叫月饼了，改叫月华糕。因为月饼跟月病谐音，女人家，最怕月病。果品里的藕，叫平安藕，西瓜，改称团圆瓜。男人没了，按道理团圆没戏了，但越是这样，就越要团圆，否则，越发感到孤单。改口之后，宫里上下人等，都得这么叫，谁要是叫错了，太后不高兴，都知道会有什么后果。

作为满人，中秋节是要吃烤肉涮肉的。慈禧别出心裁，用"福禄寿考"四个字，来命名此时的烤涮。所谓的"福"，是鸡肉和野鸡肉，"禄"是麋鹿和鹿肉，"寿"是大尾巴肥羊肉，"考"是松花江的白鱼切片。由于是满人的吃食，所以，烤肉和涮肉用的肉和炭，都得从东北运来。单这一项的贡品，东北地方官每年都得忙活好一阵儿。采集贡品不难，难的是交差时内务府的挑剔。反正不塞包袱，人家肯定不会痛快。

都说乾隆靡费，但其实慈禧太后更靡费。正常帝王的排场她要讲，作为女主额外的排场她也要。为了排解一个单身女人的寂寞，额外付出的国帑，每年都相当的惊人。好在晚清虽说受洋人的欺负，但由于开放，来钱的道儿也多了不少，加上开了厘金，收了商税，民虽然没富，但官家倒是比此前有钱了。有的时候，由于有其他的开销，钱没那么多，以至于皇后的凤冠都偷工减料。但即便如此，谁也不敢对慈禧太后有半点的马虎，半点的节省。只要老佛爷舒坦了，大家都舒坦，老佛爷难受，大家都跟着难受。

饺子里头包硬币

不能死在她讨厌到极点的皇帝前面，这是她晚年最大的心愿。她一生最后的那个金元宝，只不过碰巧预兆了她的结局。人生自古难全，谁也免不了。

过年吃饺子，这是国人尤其是北方人的习俗。这种食物，传说最早出自东汉医圣张仲景，是他赐药的一种形式，但后来怎么变成好吃的食物的就不知道了。反正这东西有历史了，而且很隆重地放在过年的时候吃。在两年的交界点，更岁交子之际，吃饺子代表交子。同时，这食物长得很像元宝，吃了它，寓意着来年发财。煮的过程中，也有很多名堂，开店铺的，第一锅饺子大抵是吃不成的，非皮开肉绽不可，俗称"挣了"。一锅饺子都挣开了，就代表着来年挣大钱。当然，小户人家浪费不起，不求这个彩头，但也可以弄点名堂，这就是往饺子里包钱，一个铜钱就行，下锅后，谁吃到了，谁来年就能发财，有福气。

我小的时候，家搬到了东北，也随俗吃饺子。饺子里一般都会包上几个硬币，最好是五分钱的，实在没有的话，两分的也凑合。钱币洗干净，然后稀里糊涂都包进了饺子里，肉烂在锅里，反正最后都是一家人吃到。我们家，我大概从来就没这个福气吃到包了硬币的饺子，但吃到的，好像也没有什么好运气。下一年，大家还这么干，一直到"文革"才收手。怕人告密，说你家搞封建迷信。

清朝的时候，满人管饺子叫饽饽，煮饺子叫煮饽饽。大年间，第一锅饺子要供堂子。满人信萨满教，堂子就是供萨满神的地方。据说萨满神吃素，所以，第一锅饺子必须是素馅的。其实，供了也白供，这些饽饽，都被太监拿走做了大酱，卖给进宫办事的达官贵人了。第二锅是宫里的人自己吃。在西太后当家的年代，每年大年三十，她老人家都得领着皇后和众嫔妃一起包饺子，说是捏住小人的嘴，让他们再也不能胡说八道。当然，说是亲自动手，但实际上还是太监和宫女代劳，上面的人意思意思就行了。但是，这锅饺子，必须有四只得包一个小的金元宝进去。聪明伶俐的太监，牢牢地把哪个包了金元宝的饺子记住，煮熟之后，捞起来奉给西太后。所以，每年吃饺子，西太后一张嘴，肯定会硌了牙，不会硌狠了，因为她心里有数。吃出金元宝，一个，两个，三个，四个。大家一片贺喜。西太后老佛爷也觉得自己个儿就是有福气，就像《红楼梦》里，贾母打牌，总是能赢一样。她自己明不明白这是人家故意做出来的呢？知道，也不知道。不管知道还是不知道，反正这个头彩是该她拿，她也习惯了。

说也奇怪，1908年也就是她死的那年，老佛爷居然只吃到了三只金元宝，未免让她感到晦气。大清走到这个份上，气数要尽了，太监们也不大负责任了。一不留神，剩下那只元宝让隆裕皇后给无意中吃到了，她没敢声张，悄悄把管事的太监拉下来，塞给了他，太监又把元宝偷偷放进锅了，然后说，也许是饺子挣了，把元宝掉在锅里了。拿捞子一捞，果然捞出了元宝，老佛爷这才算好受了一点，一脑门子官司放下了。但是到了下一年年底，这个老太婆还是得了恶性痢疾，撑了两个多月，没撑住，挂了。

其实，这个老太婆挺有福气，但福气却不是做出来的元宝带来的，否则，甲午年她吃出来元宝，中国还不是惨败。庚子年她也吃出来元宝，八国联军打进来，害得她仓皇出逃。吃出来元宝，什么都不当。那年月，宫里的人得了痢疾，一般都是吃鸦片，有时候管事，有时候不管事。管事不管事，吃多了，真的害了细菌性痢疾，就是再吃别的药也不顶事了。那时候即使是西医，也没有抗生素，所以，74岁的老太婆，到了那个时候，死定了。只是，在她咽气之前，光绪皇帝却不明不白地暴毙。依照当年的情势看，多半是被这个心胸狭隘的老太婆给毒杀了。

不能死在她讨厌到极点的皇帝前面，这是她晚年最大的心愿。她一生最后的那个金元宝，只不过碰巧预兆了她的结局。人生自古难全，谁也免不了。

洋人入城

鸦片战争打完，中英签了《南京条约》，五口通商。然而，兴冲冲前来五口的洋人们，上岸之后才发现，事情没那么简单。

陆续有好些进城的英国人，包括海军军官都遭遇流氓的黑手，起哄、戏弄、喧闹，进城的洋人，就像进城的乡下人一样，总是吃亏。

鸦片战争打完，中英签了《南京条约》，五口通商。英国人得意洋洋，觉得这下子中国的大门终于被打开了。然而，兴冲冲前来五口的洋人们，上岸之后才发现，事情没那么简单。

五口之中，上海仅仅是个小县城。对于进城不进城，洋人没有太大的兴趣。所以，驻在上海的兵备道，把黄浦江和苏州河一带的荒滩租给了洋人，让他们自己解决居住问题。洋人很高兴地就答应了，道台大人还挺高兴，一钱不值的荒滩，居然可以收租金了，还顺便把洋人打发得远远的。没想到，20年后，这些荒滩反而成了上海最繁华的所在，寸土寸金。

但是，其他口岸可就有点麻烦，尤其是省城，比如广州和福州。按条约的英文版规定，所有的五口，英国人都可以自由进去居住。即使按中文版，英国领事也可以进城。可是，老外真的要进的时候，却进不去。中国的城市，有的城与市合一，有的城与市分开。城是政府所在地，有城墙，有守备，而市则不是。城市合一，则市也就沾了城的光，在城墙里面了。如果城市像西方那样，主要是市民和市场之所在，那么洋人进来还是不进来，关系不大。但是，政府所在，有衙门，有官员。官员见到洋人，就感觉不安全，所以打心眼里不乐意让洋人进来。当然，皇帝也是这个意思。签条约时，为了尽快打发人家上路，没有细看，等到签完了，才回过味来。于是安了心，不想让洋人进城。道光皇帝的小九九是，如果洋人进不了城，那么五口即使开了，也等于没开，他老人家依旧可以在紫禁城踏实地做梦。

1844年，英国驻福州的领事李太郭到福州上任，居然被安置在城外的一间破房子里，像一个棚户。这位领事老爷，居然安之若素，待了三个月。其实，洋人并不喜欢进城居住，那时的中国城市，没有上下水道，垃圾乱丢，粪便则全靠农民进城运走。如果农民来得不及时，靠水的，马桶就往水里一倒完事，脏、乱、差、臭，跟中世纪的欧洲城市相似。此时已经开始讲究卫生的欧洲人，当然不乐意进来，这就是为何这位领事老爷能在城外待这么长时间的缘故。但是，进城是领事的使命，不进城，怎么跟中国的官府打交道呢？所以，当英国公使发现他的福州领事没进城时，就亲自出面，一定要李太郭进城，在福州城里于山上的白塔寺附近找间房子。

结果呢，福州士绅们马上应声而动，联名出面抗议。当时的闽浙总督刘韵珂和福建布政使徐继畲，以"民情不顺"为借口，就给挡驾了。当然，洋人真的要进来，鬼点子也是很多的，李太郭已经暗度陈仓，找了乌石山积翠寺的和尚，在积翠寺租下了房间。显然，福州的士绅，对阻拦洋人的官方意图，理解得不是那么透，活儿干得也比较糙。

刘韵珂和徐继畲两位，在当时的地方大员中，还算是明白人。面对既成事实，找来条约文本看过，觉得实在没法把住进来的洋人领事赶出去，只好忍了。但是，皇帝的旨意必须贯彻。刘韵珂就派人传谕各个商家，不许他们跟洋人做交易，同时派人暗中稽查，一旦发现有跟洋人交易者，严惩不贷。让你进来了，什么也干不成，白搭。

与此同时，进城的洋人，日子也不大安生了。领事馆的翻译巴夏礼，仗着自己中文不错，在城里走动，被一群人砖头瓦块伺候，打成重伤。这个巴夏礼后来做了英国驻广州领事，蓄意借"亚罗号事件"，挑起战争。当年，这个仇就结下了。不仅巴夏礼吃了亏，陆续有好些进城的英国人，包括海军军官，都遭遇流氓的黑手，不是被撕去了肩章，就是包被掠走。起哄、戏弄、喧闹，进城的洋人，就像进城的乡下人一样，总是吃亏。告到官府里，一定说是地痞流氓生事，但拿不到人。

其实，欺负洋人的敌意，原本就是官方授予的。不仅福州如此，广州更严重。折腾了十几年，洋人领事，都进不了城。只要进城，就一定会有人民群众同仇敌忾，出来拦截、打闹。那边换了多少任的公使，这边换了多少任的总督，都没办法。皇帝也换了，道光的儿子咸丰上台了，但还是那个旨意，不让洋人进城。闹到1856年，英国人加上法国人，用大炮轰开了广州城，抓走了总督叶名琛。这回，进城了。不仅进城，而且把广州将军柏贵变成了他们的傀儡，吆喝来，吆喝去。还抓来苦力，为他们干活，个个都戴着官员的大帽子。

到了这个时候，在北京的咸丰皇帝，一声不响，他也忍了。

一山二虎的尴尬

在中国，哪怕明摆着的弊端，哪怕根本就不涉及政治正确，真的要想除掉，也是千难万难。

俗话说，一山不能容二虎。因为传说老虎比较独特，有很强的地域感，不到交配季节，一般不跟别的老虎来往。一座不大的山头，如果同时存在两只老虎，肯定有一只是要离开的。当然，这个俗语说的是虎，点的其实是人。无论官府还是民间，强势的权人强人，跟老虎似的，一个地方，只能有一个。

正因为如此，多数朝代，安排地方官的时候，负责长官一般只有一个。即使像宋朝这种特别防范地方的朝代，每个地方，尽管都安排了好些监视主官的官员，但负责任的主官，也只能有一个。但是，元

66

朝之后，有了行省之设，地方行政区划，块头儿特别大，也难怪皇帝不放心。但明代朱家的皇帝应付的办法，不是把行省拆了，恢复郡县，而是平行设置三个省级官员，让他们互相牵制，即布政使、按察使和兵马指挥使（到了清朝，也被称为藩司、臬司和提督），结果牵制是牵制了，但什么事儿都办不成。没办法，只好再派出中央的官员，凌驾于三司之上来协调。于是有了总督和巡抚。总督和巡抚，挂着兵部和都察院的衔，官大一级，虽然名义上是中央派来的官儿，实际上却成了真正的省级首长。

清朝抄明朝的制度，抄得很认真。太认真了，就难免教条。总督和巡抚，一个挂兵部尚书和都察院右都御史衔，一个挂兵部侍郎和都察院右副都御史衔，两者只差半级，但干的都是同样的事儿。明末多事，一个地方，一省或者两省三省，往往因为军务紧急，既派了巡抚，又加派总督，强化管理，便于协调。满人不明就里，原封不动依样画葫芦，但又没有仗可打，有些节制两省或者三省的总督，跟巡抚一样，都成了地方的太平官儿。如果恰好跟巡抚同驻一城，麻烦也就来了。

清朝的两江总督，名义上节制江苏、江西和安徽三省，但人驻在江苏，也就是管江苏多些，好在江苏巡抚驻在苏州，所以，两下政务虽有重叠，但勉强还能分开，各管半个省就是。但是，两广总督和广东巡抚同驻广州，闽浙总督和福建巡抚同驻福州，湖广总督和湖北巡抚同驻武昌，云贵总督和云南巡抚同驻昆明，陕甘总督和甘肃巡抚同驻兰州。督抚之间，抬头不见低头见，管的都是同样的事儿，权力的行使哪里有不打架的道理。

在名义上，总督虽有节制巡抚之义，但是巡抚却非总督的下属，甚至总督对于巡抚，都不能像对藩司、臬司和提督那样，行使监察权。如果非要这么做的话，巡抚同样可以监察总督。两边都可以单独上奏，尽可以互相打小报告。当然，如果真的冲突起来，虽然一般来说，总督要比巡抚稍微强势一点，但是，如果巡抚后台硬，一样可以搞掉总督。更多的时候，是两败俱伤。说起来，前程要紧，有一方能忍，也就罢了，但是，事到临头，能忍的人还真的不多。清朝是满人的天下，一般来说，如果督抚同城，其中有一个是满人，汉人都要让着点，否则，吃亏的可能性会很大。除非你抓住了对方切实的把柄，而且皇帝也在乎这种把柄。太平军初起时，进军湖北，当时湖广总督吴文镕就被满人的湖北巡抚崇纶挤对着，在完全没有把握的情况下，放着坚城不守，出城应战，结果身死城破。后来胡林翼做湖北巡抚，湖广总督是满人官文。胡林翼为了跟官文搞好关系，笼络住了官文的爱妾。在爱妾的枕边风吹拂之下，官文事事都听胡林翼的。反正，胡林翼老是能打胜仗，打了胜仗，头功都记在官文头上，他何乐不为。太平天国被灭了之后，所谓的中兴名臣，排在第一位的，就是这个贪财好色、什么本事都没有的官文。

尽管官文排了首位，但当家的西太后心里知道，这个天下还是汉人替他们保下的。所以，后来曾国藩的弟弟曾国荃做了湖北巡抚，就不大能容忍官文了。两下掐起来的结果，是两个人都去职了。曾国荃是真正的功臣，西太后非得给面子不可。

督抚同城掐架的问题，清季越到晚期，就越是严重。毕竟，像曾国藩、李鸿章、左宗棠、张之洞这样的强势总督，并没有那么多，督抚每每势均力敌。所以戊戌维新，行政改革第一刀，就把督抚同城的巡抚给砍掉了。然而，刚砍了几天，维新失败，西太后尽废新政。结果，督抚同城又给恢复了，让他们接着掐。

在中国，哪怕明摆着的弊端，哪怕根本就不涉及政治正确，真的要想除掉，也是千难万难。

上瘾的"就地正法"

人性原本就有恶的一面，能杀人如麻而不受惩罚，多半就会杀的。让滥权而且不受惩罚的人遵守法律程序，是一件天大的难事，即使上面有皇帝，有太后，都做不到。

———————————————————

有清一朝，对于死刑判决，还是相当谨慎的。全国每个被判死刑的人，都会挨到秋天，由刑部、大理寺和都察院这三法司中，挑选出最为精通法律，也最为清廉公正的八个人，组成秋审司，统一审理。最后把每个确定要杀的人的案情，做成一个简要的情况汇编报给皇帝，由皇帝最后裁决。皇帝还真敬业，仔细审阅。一般来说，皇帝每每会法外开恩，斩刑改为绞刑，绞刑变了斩监候。如果碰上罪犯恰好是单传，而又没有子嗣，还得放他一马，让他娶妻生子之后，才能行刑。而负责秋审的这八个人，官场上认为是不可能受贿误判的，所以，人称"八大圣人"。

但是，这种慎之又慎的死刑判决，只在平时有效，如果碰上战乱，或者别的非常时期，这一套就失灵了。战场上，军事指挥官灵活处置，把投敌者、畏敌不前者就地正法，还可以理解，但地方官也有这样的权限，就不可解了。反正只要出了乱子，无论是土匪攻城，还是民众造反，或者外敌入侵，杀人就成了家常便饭。被就地正法者，往往不限于军人，老百姓只要摊上了，脑袋说没，也就没了。19世纪50年代广东红巾军起义，两广总督叶名琛简直杀人如麻。如麻不是在战场上，而是在刑场上。刚刚回国的留美学生容闳亲眼所见，广州的刑场每日成百的人头落地。被杀的人，都是造反者吗？谁说得清。其实，即使都是造反者，该杀头的，也应该是少数带头的，哪里能这样排头砍去？

但是，这样的杀人，对于拿刀子的一方，是很过瘾的。在镇压太平天国的战争中，像叶名琛这样的杀人法，在湘淮军以及跟着湘淮军崛起的将领手下，相当流行。当年湘军的主将、曾国藩的弟弟曾国荃就说过，一生快意事，就是杀人如麻，挥金如土。曾国藩也有个外号，叫作曾剃头，不是剃人头发，而是剃脖子上的脑袋。李鸿章杀降，一声号令，已经投降了的上万太平军将士，就丢了脑袋，惹得洋枪队的统领英国人戈登勃然大怒，要跟李鸿章拼命。

战争结束之后，这些靠镇压起家的督抚，都成了方面大员。进入和平时期，按道理就该恢复和平年代的司法规矩，别的不讲，至少不能再乱杀人了。就地正法什么的，就该收收了。只要涉及人命，按传统王朝的规矩，都是天大的事儿，怎么也得走司法程序，一级一级审上去，最后把决定权交给皇帝。恢复司法程序，其实不单纯是一个司法问题，而是关乎地方和中央谁在大事上最终说了算。

但是，已经上了瘾的督抚们，并不乐意那么痛快地放弃就地正法。尽管督抚们不乏文人学士，但此时个个都是军头，这种军法从事、杀伐立威的畅快淋漓的感觉，实在是太爽了。沈葆桢是林则徐的女婿，中过进士点过翰林的人，平时温文尔雅，但是经过太平天国战争，也变得视杀人如儿戏。做到福州船政大臣这种省部级大员了，船厂一小工，偷了一件洋人的汗衫，被抓住后，沈葆桢说，你偷洋人的东西，太不给中国人做脸！一声断喝：斩了！小工的脑袋就搬家了。如果按大清律，偷件衣服，顶天不过是打板子，而且还不会太多，一件汗衫能值几何？此公后来做两江总督，莅任三个月，杀人近百，以至于莠民绝迹。这样的杀法，几乎都是就地正法，来不及申报朝廷的。当时在江宁三牌楼，发现一具无名尸体。按道理应该交县级地方官侦破，但沈葆桢却让他自己的营务处来办。这帮武人，胡乱断案，抓错了人，还把人就地正法。一直等到沈葆桢死后，地方当局因为偶然找到了真凶，这案子才翻过来。

　　沈葆桢如此，一班儿湘淮军大将都如此。和平年代照样照搬军法，动辄就地正法。一旦办成错案，连纠正都没有机会。后来还是西太后抓住几个错案，比如杨乃武与小白菜案、王树汶案，拿若干二流的督抚开刀，撤了几个，这才将这个风气稍微刹了一点。

　　任是这样，晚清滥用军法的事情，从来就没有绝迹过。只是有的时候，换了一种形式，比如抓来人，让他们站站笼，关在站笼里的人，站也不行，坐也不行，几天下来，就自己死掉了。当年毓贤做山东曹州知府，每天府衙门前的站笼都是满满的，不用刀，照样可以杀人如麻。

　　人性原本就有恶的一面，能杀人如麻而不受惩罚，多半就会杀的。上了瘾，想要改也难。让滥权而且不受惩罚的人遵守法律程序，是一件天大的难事，即使上面有皇帝，有太后，都做不到。

送礼专家

送礼也是一门学问，学问还挺大。只是1894年，正是中国和日本开战的年份。中国官员的智慧，却有这么多花在了如何送礼、如何避讳上了。无怪技不如人，一败涂地。

———————————————

送礼也是一门学问，学问还挺大，体现在里面的讲究比较多。所以西周的时候，干脆把送礼程式化了，什么人，什么事，送什么礼，制度上有规定，按着走就可以。到时候如果忘记了，查一查典章，就OK了。但是，礼崩乐坏之后，这点事儿就又麻烦了。尤其是在有求于人，或者下级给上级送礼的时候，里面的名堂太多太多。如果这个礼是送给最高层，事儿就更犯啰唆。

晚清的当家人，是个女流。喜热闹，爱收礼，是西太后的个性。

臣子知道这个，投其所好，礼物送得勤。1894年，赶上老佛爷60大寿，大热闹，大收礼，下面的人好一阵儿忙活。送礼归送礼，但送得对不对头，得请教专家。那时候的专家，就是大太监。

有个地方大员从海外订制了一架纯金打造的自鸣钟，报时之时，一个小金人就会举着一副刻着"万寿无疆"的牌子，从下面升上来。大太监一看，说是不好，你这玩意儿，万一卡了壳，只升到"万寿无"这儿，就不动弹了，太后见了，你的命还要不要？大员慌了，急忙求对策。太监说，这事就交给我了，保你没事。当然，后面的事谁都明白，一大笔银子的孝敬是少不了的。大太监得了钱，找人把那块牌子卸下来，改刻成"寿寿寿寿"四个字，再装回去，万事大吉，卡到哪儿，都没有事儿。

专家也不限于太监。仙游县是福建最富庶的地方，谁做了仙游知县，都肥得流油。西太后60大寿，正赶上要征收钱粮之际，闽浙总督派仙游县知县，前去北京送礼。这一去，连来带去几个月，本季的钱粮征收，就得让别人代替。这样的事儿，只要别人替办，那里面的油水，你一分也得不到。那年月，知县的额外收入，全指着钱粮征收，里面的耗羡加摊派，名堂多得不得了。征收一年分春秋两季，一季赶不上，等于荒废半年。晚清候补官儿多，地方好的地方官，做不到两年就得换。能坐上仙游县正堂的位置，当初打点上司，花的银子不少，折损了一季，非同小可。所以，听到这个消息，仙游县知县像热锅上的蚂蚁，愁得不行。这时，师爷里有个人，站出来说，我家有几位先人去世，至今未葬，急等钱用。如果太爷能借我五百两银子，我有办法，让总督大人免了太爷的差事。知县忙问，你有何策？师爷道，这你就别管了，我修书一封给总督，如果成了，你再给钱如何？知县没有不答应的道理，毕竟一季的收益，大大超过五百两银子。

果然，师爷的信一去，这边知县大老爷的差事免了，改派了永福县知县。原来，师爷的信中写道，太后万寿的好日子，咱们这边送礼者为仙游县令，而仙游这个名字不佳。总督忽然一下明白了。仙游，在民间可以解释为驾鹤西游，意思是死了。派这个知县去送礼，万一太后见了犯忌讳，非同小可。改派永福县，怎么都是大吉大利。

太后那边的臭讲究，有没有这么多，其实下面的人也不知道，但是，送礼的时候还就是得考虑周全，这就用得着专家了。只是1894年，正是中国和日本开战的年份。中国官员的智慧，却有这么多花在了如何送礼、如何避讳上了。无怪技不如人，一败涂地。

"公礼"种种

公礼这样的东西，在我们这个国度，可是生命力顽强。公礼盛行的所在，无论是官场还是学校，都至少说明了一个问题，那里的风气是恶化的。官场和学校，都在向黑社会靠拢，最大限度地接近于零距离。

———————————————————

晚清最后十几年，岑春煊是个要角儿。这个公子哥儿出身的封疆大吏，是个狠角色，与人难以相处，参起下属来，毫不容情。但是，据说官声还好，至少不怎么贪钱。他在担任广东布政使的时候，一上任就有人给他送钱。一打听，这些钱是"公礼"，省里的大员人人有份儿的。各行业的商人，例行公事，见一个送一个。不是特别的贿赂，也不是求他办事。岑春煊硬是没要这个钱，这么一来，商人们都很害怕，觉得这家伙是不是要整人了。结果也没有什么特别，于是大家都特别地感激，涕零再涕零。据说，岑春煊调走的时候，一群人拦着轿子，不让走。

岑春煊是不是有这样的清廉，还可以考证。但是，公礼这样的东西，在我们这个国度，可是生命力顽强。哪个朝代到了末岁，一年三节四生、端午、中秋、春节，上司和太太的生日、老太爷和老太太的生日，下属不给上司送礼呢？大人老爷治下的商人，只要店铺有点规模的，当然也得送。谁送了，上司未必清楚，但谁不送，人家肯定门儿清。不送是不是有麻烦？不知道。但几乎没有人敢不送。送习惯了，这玩意儿就不仅是公礼，而且是公例。万一有个不送的，或者不要礼的，大家都觉得不对劲儿——是不是要出什么事儿吧？

所以，只要当官当得足够大，管的人和事儿足够的多，即使不贪污，不索贿受贿，不给人家办那些违法的事儿，一样可以肥肥的。所谓"三年清知府，十万雪花银"，就是这个道理。

这样的规矩，具有强大的生命力，在今天依旧活着。不仅活着，而且泛滥成灾。官员不用说了，一个县，还不是经济特别发达的地方，负责人每年单三节的例行礼金能有多少，不下千万，等于一个中等规模的民企一年的纯收益。县里那些实权部门，也一样有公礼，每年每个企业都会给。现在反腐反到这个份儿上，一个企业家告诉我，每年送出去的卡，基本上还是那么多。唯一的好处，是明目张胆的勒索少了。

不仅孝敬领导有公礼，给教师和幼儿园的阿姨，也有公礼，而且愈演愈烈。哪儿有敢不给的呢？尽管上级部门三令五申，但给的只管给，收的只管收。如果碰上一个不收的，孩子家长心惊肉跳，同事们咬牙切齿。

什么叫公礼？说白了，其实有点类似于黑社会的保护费。黑社会是非法存在的，但在政府无法将之剪除的情况下，一个市场上，人们如果不交这个钱，那么你的摊子就有可能被砸，人身甚至都会受到威胁。交了保护费，他们是否来保护你，不好说，但至少他们暂时是不会再来祸害你了。这个费用，其实不是保护费，而是免于他们伤害的贿赂。或者说，是一种经常性的、低烈度的抢劫。

人们对于官府的认知，虽说都盼望清官，但都知道清官难得，多的都是不清的官。为了防止官员的额外伤害，事先送出一笔银子去，这样的银子就是保护费。跟黑社会的保护费一样，先把钱交了，就免得动手抢了你。今天的人们送老师、阿姨公礼，也是这个意思。我们也不知道你会不会伤害我们的孩子，但是只要存在这个伤害的可能，我们就不敢冒这个险不送。

当然，如果在一个时间段里，官员的声誉一直不错，绝少有人因为没拿钱而动权伤害人的，这样的公礼自然就不会存在。但是，只要吏治差了，贪腐盛行，借公权力整人，或者伤天害命的事儿多了，这样的公礼就自然会冒出来。当然，如果大家都没钱，处于半奴隶状态，也不会有公礼。公礼盛行的所在，无论是官场还是学校，都至少说明了一个问题，那里的风气是恶化的。官场和学校，都在向黑社会靠拢，最大限度地接近于零距离。

末世为官莫当真

地命海心的人，哪个时代都有。这样的人，在王朝末世，下场都不大好。

———————————————

毛泽东在湖南一师读书的时候，有两个最好的朋友，一个是同学萧瑜，一个是青年教师黎锦熙。萧瑜后来进了国民政府，做到农林部的副部长。而黎锦熙一直在教育界，成了著名的语言文字学家。黎锦熙跟毛泽东是湘潭的小同乡，正经的书香门第，祖上几辈子都有做官的。其中，以他的族祖黎吉云最为有名。

黎吉云的仕途，最初相当顺。道光十三年（1833年）中了进士之后，点翰林院庶吉士，散馆之后转正为翰林院编修。形势一片大好，只消老老实实伺候好了上司和皇上，出几个考差，收一堆举人进士的学生，然后就可以平步青云了。可他偏做了御史，做御史也不打紧，只要不得罪太多的人，前程也不会太坏。然而，黎吉云却很较真，正经八百地做个真御史。

清朝到了道光朝，已经是末世了。皇帝倒是挺巴结，眼看着国库空虚，海内外有事，舍不得吃，舍不得穿，总是惦记着把事儿办好点，扭转局面。可是，王朝末世百事哀，最可哀的，就是吏治。王朝初年，玩忽职守、营私舞弊、贪污腐败的，也许只是少数人。到了王朝末期，干这种烂事就成了风气，上下一致，大家一起使坏。哪个要是不坏，上下一起踩他，先把他踩到烂泥里再说。很简单，你挡了人家的财路。

黎吉云被派去当御史，已经是咸丰朝的事儿了。咸丰少年继位，本想有所作为，撤掉了老臣穆彰阿，重新重用林则徐。但是，此人跟他老子一样，生在深宫，长于妇人之手，志向大，脾气大，毛病也大。加上年轻缺乏经验，好人坏人分不清，容易被蒙，人家也就不客气，真的蒙他。

王朝末世的御史，虽说是言官，但却不能说真话、办真事。实在要说，也只能拣点无关紧要的人和事儿说说，能模棱两可就尽量模棱两可。要是上面派差，去调查大员，糊弄一下，说几句"事出有因，查无实据"的屁话，还能借机交几个朋友结上善缘，以后好做官。然而，黎吉云却不这样，拿这个御史当真了。道理很简单，这时候，洪秀全已经造反了，天下多事，他要替皇帝分忧。

皇帝派他去稽查宫里的颜料库，原本是肥差。大内的库房，从来就没有数，是个营私舞弊的好去处。管库的人听说他来，照例上货，上银子，摆酒席，结果都被他挡回去了，调来账本查账。别的不讲，冒领的事儿就有一大把。一百次领料，不过一两次是真的宫里要用，剩下都是冒领出去卖钱了。他一来，这么大的好处，都给人断了。要知道，这冒领的事儿，不光是管库人自己拿好处，得好处的人多了，关系到权力中枢的大人物。虽然说，黎吉云还算手下留情，没有把所有借机捞好处的人都揪出来，但断人财路，已经令人扼腕了。不仅如此，库房里的胥吏和工匠，在收料的时候照例要刁难进贡的人，不给贿赂，就说你进贡的玩意儿不合格，卡也卡死你。黎吉云来了之后，谁要是这么干，就处理谁。于是，刁难没了，但上上下下，都气得不行。黎吉云还不明就里，不知道他们为什么老是黑着脸。

不仅如此，他还上书指出步兵统领衙门的弊端，说这个衙门统兵两万多人，绿营还能勉强当差，而八旗兵则连点卯都不来。因此，他要求切实整顿，凡是不来点卯的，一律不发饷。同时，加强管理，切实操练。实在不行就裁人，用裁下来的人的兵饷，给剩下的人加饷，鼓励他们好好干。此时，太平军已经打到南京了，天下大乱。要求整顿八旗兵马，有错吗？当然没错，但是，黎吉云惹麻烦了。

颜料库的事儿，已经得罪人了，惹到步兵统领衙门，得罪人就得罪大发了。步兵统领衙门，是清朝的近枝王公管的，为的就是方便弹压京里的高官显贵，来头大得不得了。众多八旗兵丁，都是打江山的满N代，吃着皇上的俸禄，谁敢多嘴？一个小小的汉人御史，敢在太岁头上动土，简直是吃了豹子胆。不久，步兵统领衙门没有整顿，黎吉云却出事了。

事情是这样的，由于太平天国的北伐军进军神速，打到了天津附近，一直抱持为皇帝分忧之心的黎吉云忧心忡忡。那时候，御史也分管京城的治安，手伸得长一点，也可以操心一点城防的事儿。听闻太平军到了天津附近，黎吉云未免心急如焚，坐上骡车，各个城门查看。到广渠门那里，发现守城的八旗兵马马虎虎，吊儿郎当，守城之具多未准备。自打入主中原，进了北京，皇帝不放心汉人守城，而满人又不会守城，一切都稀里糊涂。这回狼真来了，也不着急。他们不着急，黎吉云着急。看到这个情形，未免多说了几句。其中有一句是，等明天警讯加急了，城门不仅要关，而且要用大石块堵上。

就这一句话，让黎吉云吃瘪了。守城的将领汇报上去，说黎吉云谎报军情，制造恐慌，要明天关城门。黎吉云是湖南人，所谓的明天，就是将来的意思。然而，早就憋了一肚子火的王公大臣们奏请皇上，将黎吉云交部议处。墙倒众人推，最后顶格处理，降五级调用。黎吉云丢不起这个人，只好辞官回乡吃老米去也。

地命海心的人，哪个时代都有。这样的人，在王朝末世，下场都不大好。一个小小的御史，偏偏要替皇帝分忧，可是皇帝偏偏不领这个情。一腔热血、两肚皮操心的黎御史，就这样热脸贴在了人家的冷屁股上，被一撸到底。末世王朝的皇帝，就是用这样的方式，回报那些一心为他好的人。

讲政治的风水先生

都说风水先生通神，不通鬼，但有的时候，讲的净是鬼话。不过，这种鬼话，只要当场不被戳破，有权有钱的人都爱听。

——————————————

风水先生，古代叫堪舆师。堪者天道，舆者地道。理论根据无非天人合一，讲的就是天地人三者之间的关系，而人怎么在里头折腾，怎么折腾才能够得天地之利，占点便宜。古代的风水先生主要业务有二，一是帮人选墓穴，二是看房子。而到了今天，重点在后，越是豪宅，就越是讲究。要是小户人家，攒一辈子的钱才买个小房间，怎么便宜、性价比高怎么来，也就没心思扯这个了。当然，风水先生一般是不吃寒门小户的饭的。就是他们自己，如果钱不够多，又要买房子，也照样不讲究。

看墓穴这事，挺玄的，选好了能不能兴旺子孙，真的不好说。洪秀全几代贫下中农，一介穷教书先生，从来没有人说过他家祖坟怎么风水好，闹了场大事，做了洪天王，广东人争说他家祖坟好，冒青烟。到了陈济棠主政广东时代，还在迷信，硬是刨了人家的祖坟，换成自己的。结果，反蒋一声炮响，部下纷纷倒戈，花大钱从国外买的飞机、建的空军，一股脑儿都飞到蒋介石那儿去了，自己只好走人，逃到香港。陈独秀他们家，几代都没有发过迹。到了陈独秀这里，秀才考了第一，做了案首，马上大伙就传他们家祖坟风水好。可是，陈独秀一辈子的功名，就停在秀才上了，晚年潦倒而死，连买药的钱都没有。他家祖坟，风水是真好假好呢？

历代的帝王，哪个墓穴不是请风水先生看的？然而，又有哪个没被掘呢？没掘的，那是找不到墓室，或者得到了特别的保护；能找到，又没有人管的，则无一幸免。

过去看房子的风水先生，如果主顾是高官，别的不说，都得讲政治。对于高官来说，对风水的要求，一要保官，二要升官。有官有权，别的都不请自来。所以，财运、桃花运什么的，不用讲。保官升官，必须讲政治。讲政治的风水先生，主要不是选位置，而是折腾。大手笔的，是让你在水库上面架座桥，平白修条路。小手笔的，则改改衙门的进口，加个门楼，或者在门前广场安架飞机。这些折腾，都有针对性。说白了，就是针对主顾的政敌。如果不知道主顾政敌是哪个，这个生意也就不用做了。看风水跟看相、算卦、跳大神一样，都是生意。专门做市场调查倒不至于，但用话把主顾之所思所虑套出来，倒是也不难。

1915年，袁世凯想做皇帝了。帝制运动热热闹闹，请愿团络绎道上。登基大典筹备处的处长，是内政部总长朱启钤，能干，也会弄钱。尽管如此，库里钱紧，巧妇难为无米之炊，大兴土木是不行了，但小打小闹总得有点，这就需要风水先生了。办这样的大事儿，请的都是大师级别的人物。大师也知趣，知道国库没钱，不能大兴宫室，顶多给三大殿刷刷油彩，就打起了正阳门的主意。大太子袁克定请来的大师不怎么靠谱，说是为了太子好，正阳门得重修，里面装两个西洋式的厕所，正门两旁，一边一个。说是西洋厕所是安"腚"的，屁股坐在上面方便，而太子名"定"，有了厕所，太子的位置就稳了。

这主意太馊，拿不出手，还得听朱启钤请来的大师的。这位高明，罗盘一颠，也说是正阳门。这正阳门当然得重修，清朝的时候，乾隆四十五年（1780年），正阳门着火，结果五省白莲教造反，从乾隆年一直折腾到嘉庆年，才平息了。光绪二十六年（1900年），义和团火烧中西药房，延及正阳门，结果八国联军打进来了。现在的危险，是南方红气太盛。正阳门面南背北，事关重要。首先要封住正门，敌楼和正阳门的正门都封住。然后在两侧开两个大门，可以走车的。南方的红气，就压住一半了。最后在敌楼最高处，开两个圆洞。敌楼原来有七十二个炮眼，符合七十二地煞之数，这两个圆洞，正好代表天罡，可以将南方的旺气，全然压制，让他们只好俯首称臣。至于三十六天罡怎么会用俩圆洞代表，大师没说为啥。

这一番鬼话，说得朱启钤还真的有点动心了。况且，正阳门下面开两个大侧门，方便交通。敌楼上弄俩圆窟窿，也不怎么费钱。改造之后，敌住南方，怎么说，都听着吉利。据说上报袁世凯，袁世凯也同意了。只是，还没等动工呢，南方倒是没闹，西南方向却出事了——云南蔡锷讨袁。看来，风水先生的政治，还是不够精通。当初如果早料到蔡锷会闹事，在正阳门上冲西南方架一门大炮不就齐活儿了吗？

都说风水先生通神，不通鬼，但有的时候，讲的净是鬼话。不过，这种鬼话，只要当场不被戳破，有权有钱的人都爱听。

中国人的政治禁忌

这些看起来似乎仅仅是形式上的问题，在当年的北洋海军，都是克服不了的天大难题。因为这点事，事关朝廷的体制。朝廷体制没有丝毫的改动，那么你这边的制度、规矩，包括服装帽子，就都得从权变通。

越是原始的民族，禁忌越多。中国人自我感觉开化早，文明昌盛，但禁忌还真的不少。文化禁忌有，政治禁忌更多。近代中国人学西方，拿来捆自己的，主要是政治禁忌。

中国人学西方，是被逼的。打痛一次，多学一点。西方人是从海上来的，船坚炮利。国人对这一点，印象深刻。一打听，人家是用机器造出来的船和炮。于是，买来机器，造船，造枪，造炮。后来发现，自己造的比买的还贵还不好，于是就买。船有了，没人会开。请外国人驾驶，让中国人跟着学。但是，一上阵，被法国人打了个稀里哗啦。福建水师全军覆没，南洋水师被撵得东躲西藏，北洋水师干脆就没敢露面。

打痛了才明白，光买船不行，请老外驾驶，也不是长久之计，得编练海军。从头开始，办海军学校，走出去，请进来。船得买，炮须添，人得学。有船，有炮，有人还不行，还得用人家的章程、人家的制度、人家的规矩。不这样，船也好，炮也好，就成了摆设。

曾国藩死后，李鸿章担任直隶总督兼北洋大臣。这个世事练达的老官僚，有本事说服慈禧太后，集举国之力，建设北洋海军。添置的大型军舰，都进了北洋，当年沈葆桢办福州船政学堂送出去留学的人，回来之后也都进了北洋。还下本钱请了英国教练，不，教练团，前来训练北洋海军。为了培养海军军官和水手，还学英国，建了北洋水师学堂和后备兵训练营。为了学人家的章程和制度，还派人把英国海军章程抄回来，翻译成汉语，然后稍加删改，就山寨成了北洋海军章程。

可是，学没问题，抄也没关系。但是，有些东西，必须得避讳，即使内容上学了，但形式上还得保持中国特色。比如人家的海军，有军衔制度，将、校、尉官。这个不能学，还得坚持我们的这一套，提督、总兵、副将、参将、游击、都司、千总、把总。坚持中国特色不要紧，但中国特色的武官官阶，此时已经滥得臭大街了。太平天国战争，朝廷为了鼓励士气，官帽子可劲儿发。为了筹饷，开门大拍卖。结果是红顶子满天飞，光从一品的提督就发了七千多顶。其余总兵、副将俯拾皆是。至于千总把总，连妓院里伺候小姐的茶壶，都有一顶。武官滥到这个份上，战争结束了，也不说改改，就让它这么滥着。

如果说，整体上学西方，另起炉灶，海军按新军衔来，里面的人多少还会有点新气象。头衔跟旧军人不一样，高人一等，精神头也不一样。但是，不成，老规矩不能坏，只能坚持中国特色。说是海军，但还是得跟老掉牙的绿营一样，提督、总兵、副将、参将……水师学堂毕业的优秀生给千总，一般的就给把总。如果官衔不滥的时候，也就将就了，千总从六品，把总正七品。但是，人家那边连茶壶都有这个衔儿，都是朝廷给的，货真价实，你这边五年学堂熬出来，也是这个，你还能有那个神气吗？

军衔有麻烦，服装更麻烦。西方的海军，基本上服装是统一的，大抵都是跟英国人学的。什么样？就是今天我们看到的那个样儿。水兵是无檐帽，帽子后面，还有两个飘带。但是，中国人不能学这个，制服当然有，就是绿营兵那个鬼样子，当官的顶戴花翎，身上是袍褂补服，当兵的头巾包头，身上是号衣，前胸后背，一个大大的"勇"字。别看衣服丑，这事关系朝廷体制，改不得，只能这样。即使朝廷允许改，改起来也难，因为官兵们头上的辫子是绝对不能剪的。不把辫子盘起来，操作机器和枪炮，容易把辫子绞进去，出大事。把辫子盘起来吧，这帽子又不好戴了，勉强扣上去，隆起一座富士山来。

这些看起来似乎仅仅是形式上的问题，在当年的北洋海军，都是克服不了的天大难题。因为这点事，事关朝廷的体制。朝廷体制没有丝毫的改动，那么你这边的制度、规矩，包括服装帽子，就都得从权变通。变通完了，你的麻烦也来了。军衔不学，海军将士，下大力气，学了新玩意，在社会上获得不了荣耀感。当兵的无非为了吃粮。当官的，则一门心思琢磨着考科举，对自己的业务马马虎虎，成天背四书五经。至于服装问题，更是啰唆，中国海军的水兵，临战一定要把包头裹好，否则上了船就容易把辫子绞到机器里，平白地比别人多一道手续。

跟中国差不多同时起步的日本，没有中国这种"体制"的讲究，英国人什么样，他们就什么样。不仅军衔，连水兵服都一模一样，民间好一阵儿，部分男女都流行穿水兵服。到了甲午战前，日本海军的英国教练说，日本的海军，已经达到了欧洲的水平。但是，这个时候，中国的英国教练已经被他的学生给赶走了——这又是一个政治或者说文化的禁忌，无论跟西方学什么，中国人一定要早早地实现中国化、国产化。

门包与卖官

卖官这样的好事，一般在开始的时候，都是钱入国库的。最差，也是进皇帝家大内的小库。但是，权臣当道，钱就会流入权臣家的私库，庆亲王奕劻之贪，在晚清无人不知，当家的西太后，当然也知道。但是，西太后当家，与大清的传统不符，必须得拉一个皇族的亲王一起干。

———————————————————

福建人林开謩，系晚清世家子弟，父亲林天龄是同治的师傅。在西太后当家的时代，凡是做过皇帝老师的人，其家人都被另眼看待。因为在西太后的视野里，自己儿子的老师，就是家里的西席老夫子，必须被格外尊重的。林开謩自己，也很争气，中了进士，点了翰林。西太后戊戌政变之后，要废光绪，强立大阿哥，还打算要林开謩做大阿哥的师傅。按说，像这样的人，仕途应该没有太多的问题。可是，还真的就有麻烦。新政时期，由于此前做过一省学政的经历，林开謩被派往江西做提学使。这个官儿，是新政改革的产物，由学政变来的。但管的事务，比学政要明晰，而且事务也多了一些。

学政也好，提学使也好，在晚清，都是既清要又有钱可捞的肥缺，地位很重要，属于地方大员之列。按规矩，地方大员上任之前，照例要遍拜军机大臣。所谓的拜，就是得塞点银子，送点礼。礼数到了，就可以上任做官了。礼数不到，即使上任，也做不久。林开謩把所有的军机大臣都拜遍了，就差一个军机领袖庆亲王奕劻见不到。每次到奕劻家门口，门房都挡驾，说是主人不在。几次三番，连门房都认识他了，最后，他赔着小心，问门房说，我得了任命要上任，就差王爷没见了，请教一声，到底什么时候才能见到呢？门房见他是个棒槌，笑着提醒他，你得给门包。庆王爷家的门包，特别的大，据说分为三等，以新官上任的等级最高，要72两银子。在那个时代，这些银子够一户平民吃好几年的了。

林开謩被提醒之后，指着门口贴着的庆亲王奕劻亲笔严禁收门包的手谕说，王爷有令，严禁收门包，怎么还收呢？门房笑着说，王爷的话，不能不这么说，而大人您的银子，还是不能省。林开謩虽是世家子弟，但毕竟做京官的时间比较长，人又古板，所以，宦囊羞涩。送亲王，不得不咬牙出血，现在连门房都要送礼，一下就是72两，对他来说，是个不小的数目，因此未免踟蹰。正在这个时候，赶上徐世昌来见奕劻，撞见林开謩，问他何事。林开謩跟徐世昌是旧交，遂和盘托出。徐世昌也是军机大臣，来见奕劻，门房不敢收门包，遂行通报。徐世昌进去之后，过了一会儿，奕劻遂请林开謩进去。就这样，提学使大人，总算是成行了。

林大人到任做了一阵官儿之后，接到来自北京的一封信，说你欠我8000两银子。你得这个官儿，别人需要20000两，给你优惠，但也需交8000两。林开謩觉得莫名其妙，置之不理。但是，没过多久，林开謩这个官职，真的就被免了。他只得回到北京，继续候补。回到北京之后，他愤愤不平，跟旧交军机大臣那桐说起此事。那桐说，什么都别说了，我请你喝酒吧。种种迹象表明，这个提学使，是要用钱买的。林开謩的父亲，是同治的师傅，面子大，但也只能打个4折。如果放在别人身上，早就知趣地交钱了，可是林开謩棒槌，不懂事，结果落了个丢官了事儿。

卖官这样的好事，一般在开始的时候，都是钱入国库的。最差，也是进皇帝家大内的小库。但是，权臣当道，钱就会流入权臣家的私库，顺便权臣家的门房，也跟着捞一小票。庆亲王奕劻之贪，在晚清无人不知，当家的西太后，当然也知道。但是，西太后当家，与大清的传统不符，必须得拉一个皇族的亲王一起干，恭亲王奕訢、醇亲王奕譞都干过这个陪绑的角色。而奕訢和奕譞死后，就只能拉奕劻了。因为这样陪绑的亲王，必须符合三个条件：第一，必须是皇族；第二，必须有点能力；第三，必须跟西太后有点亲戚关系。在晚清最后的岁月，满朝符合这些条件的人，只有奕劻一个。

所以，西太后明知道奕劻卖官，明知道他收门包，却始终也不治他的罪。最后三年，小醇亲王载沣上台，调子是满人江山满人坐，当然也不会动他，于是就任他这样猖狂，疯狂敛钱，一直敛到江山易色。可怜的是，敛了那么多的银子，进入民国之后，没多少年就被他的儿子败掉了。

拳民放火

后来，逃难归来的西太后会见西方公使的夫人，谈起拳乱时候的事儿。夫人们诉说她们当时如何惊险，太后则说，当时的她也身不由己，控制不了局面了。这话，有一半是对的。然而，这个乱局，是谁招来的呢？

———————————

我们称之为义和团的人，当时人们多称之为拳民，外国人则叫他们为boxers。当然，这些人不是拳击手，而是一些杀洋灭教的好汉。最初的时候，其源头有义和拳、红拳和梅花拳，拳民之称就是从这儿来的。真成拳民了，人家就不用拳，用刀了。

而且闹大了之后，水掺多了，原来拳会的那些人反而成了支流，多数人练的都是神拳。个个经异人传授，一来功上法，就如有神助，飞拳拽脚，一跃丈余，还可以刀枪不入，不仅可以抵御刀枪，还能以神功放火。说要烧教堂了，这边闭上眼睛念咒，然后一跺脚，说声：着！教堂立刻火起。

拳民进了天津、北京，发现二毛子不仅有信基督教的教民，给洋人打工的肯定也是二毛子，好些用洋货、买卖洋货的人，也不是好东西，不是二毛子也是三毛子、四毛子。所以，他们的刀忙活个不停，杀了又杀，哪怕身上有支铅笔，被发现了，当头就是一刀。京津街头，到处都是被剁成肉酱的人。即使是朝廷命官，如果被发现有点什么不对头的，照样拉到坛口上，焚黄表辨真伪。如果黄表烧了，烟向上飘，则没事，烟向下，则难逃一死。他们的放火神功，也有了用武之地，到处放火。教堂不用说，能烧的都烧，凡是卖过洋货的铺子，也烧得一个不剩。北京的大栅栏当年是最繁华的地带，商铺、酒楼、茶馆、戏园子一个挨一个。有座中西大药房，不仅卖中药，也卖西药，生意一向很好。闹拳了，药铺老板说，我们不卖西药了。那也不行，拳民们通不过，说这是典型的二毛子的买卖，非要给烧了不可。

烧就烧吧，谁敢跟拳民讲理呢？旁边的商铺有人担心了，你们会不会烧到我们呢？拳民说了，放心吧，这都是神功，说着就着，说灭就灭。如果你们不通洋人，绝不会被延烧的。于是，大师兄依例念咒，神神鬼鬼的，说声：着！真的就起火了。知情人说，里面原来就洒了煤油，有人预先躲在旁边，看着大师兄作法，同步点火。这煤油，也是洋货，但谁敢拿这事跟人家说呢？

火烧起来之后，不长眼睛，也不听话，烧着烧着就烧大了，风一刮，殃及周围的商铺。北京城，原来有救火的水会。见着火起，北京的水会出来救火，拳民们不让，让人家等着他们发功。功是发了，火却烧个没完，越烧越大，大栅栏一带，成了火场。两千余家商铺，都成了瓦砾。居民纷纷逃窜，哭喊声震天。趁着乱劲儿，就有人乘机抢劫。到了这个时候，大师兄才放下架子，到坛中请示神仙，神仙也知趣，说是赶紧让水会救火，这哪里还来得及！大火烧了一天，连正阳门城门楼子都被点着，成了一个大火柱子。正阳门是皇城的正门，眼睁睁被烧了，有人觉得这太不祥了。不祥归不祥，谁也不敢说半个不字，人家拳民有大阿哥的本生父端郡王载漪做大首领，西太后老佛爷做后盾。破家的商家们，只好自认倒霉。当年大栅栏有化银的炉房二十余家，这一把火，全给毁了。一时间，北京城里的钱庄，都没法开业了，四大恒（四家著名的钱庄）都歇了。北京城的商铺，也都没法周转了，数十万人生计顿时成了问题。

大栅栏连同正阳门被烧之后，围攻使馆的战事陡起。不知怎么回事，到了真开战的时候，拳民刀枪不入的神功都见了鬼，只能靠董福祥的甘军，洋枪对洋枪硬打。使馆里的枪法准，外面的不准，所以两个来月也没打下。而北京城则乱得一塌糊涂，此前是成群结队地杀教民，现在则成群结队地抢劫，连高官的家里，也遭了殃。曾国藩的孙子曾广銮家、孙家鼐家、钱应溥家，甚至一向拥护拳民的徐桐他们家，也遭了抢。孙家鼐家最惨，被抢到身无长物，只有一身单衣。抢的人里，有没有拳民，只有天知道了。这时候的拳民，又有了另外一个称呼：拳匪。

西太后招来拳民，原本是为了自救，但是，八国联军还没有打到北京，北京城里已经乱成一团。正阳门被烧了，自己的达官贵人被抢了。剩下的人但凡有点办法，都设法出逃，能逃多远逃多远。衙门里头，都没有人办公了。北京城里的骡车，在八国联军破城之前，已经都被人高价雇空了。难怪等到西太后老佛爷要逃的时候，让京兆尹陈夔龙准备200辆骡车，一辆都没有，太后和皇帝只好狼狈地逃出皇宫。

后来，逃难归来的西太后会见西方公使的夫人，谈起拳乱时候的事儿。夫人们诉说她们当时如何惊险，太后则说，当时的她也身不由己，控制不了局面了。这话，有一半是对的。然而，这个乱局，是谁招来的呢？

他们是屌丝，却在追求正统

灭洋教，就是为了崇正学，扫灭异端。为了维持中国的正统地位，所有的毛子，都得扫荡干净。正统在中国被树立的过程，就是一个崇正灭邪的过程，全面的排外，不是缺点，而是义和团自身的逻辑。

─────────────────────

把义和团这伙人称为"团"还是"拳"，其实还是有细微的差别的。义和团兴起的时候，一般都称为"拳"，只有被朝廷明确肯定之时，才被称为团。闹过之后，再次被称为"拳"，而这场运动则被称为"拳乱"。而在老外，对于义和团，无论过去现在，则一概呼之为"拳民"（boxers）。这拳民的称谓背后，有贬义的味道。

拳，明确地表明了他们草根或者今天所谓屌丝的性质。在最初，就是一伙不安分的底层捣乱分子，搞点打砸烧抢，还杀人。只是，他们捣乱的对象，不是官府，而是洋教和洋教中的人，同为中国同胞的教民。随着官府的态度变化，这个屌丝群体，才有别的人包括乡绅掺和进来。

洋教有多坏？不好说。肯定没有传说中的坏，没做过挖人心肝、拐卖儿童、淫人妇女的事儿。好像还做了点好事，比如行医、收养弃婴、办学校什么的。当然这些事儿要看你怎么看，行医你也可以说是借机挖人心肝，收养弃婴你也可以说是拐带儿童，办学可以说是教人学坏。你这么说，有人信，在信的人眼里，洋教就是恶魔。

把恶魔灭了，当然充分有理。官府不动手，草根自己来，当然是义民。义民扎堆儿，就叫"义和"。只是，打打杀杀，干犯法律，在官府看来当然将他们归类为秩序的破坏者，跟以往的农民造反相似，属于"拳乱"。

如果不是戊戌变法失败的政治形势，义和团这样的打教武装团伙，有多少官府就灭多少。一时半会儿灭不了，是能力问题，不是态度问题。戊戌变法，原本是为了应付甲午战后亡国的危机，朝廷学西方变法。忽然一下子，西方不学了，但亡国的危机犹在，而且局面更糟。没有办法，只好病笃乱投医，从内部挖潜。义和团就这样，在纷乱中被选中。一些朝中大臣，满心希望拳民自己吹出来的刀枪不入的法术是真的，于是，拳就变成了团，一门心思指望他们来扶清灭洋了。

把乱哄哄涌进京津的义和团都组织起来，神仙都办不到。但是，西太后给了他们一个大首领，就是那个将要取代光绪的大阿哥溥儁的生身父亲端郡王载漪，这个载漪干得还挺欢，一次居然带了义和团进宫，要废了光绪。西太后还不顾国库空虚，拨了点钱粮，给义和团办伙食。这样一来，天下的义和团，都打着"御封"和"奉旨"的旗号，并且以此骄人。摇身一变，草根变贵族了。好多拳坛的旗号，都变成了"忠义义和团"，第二面大旗就是"扶清灭洋"。

即使没有西太后的青睐，义和团的正统感也十分强烈。这种感觉，几乎是与生俱来的。遍及北方乡野的义和团各处的拳坛，每天都有拳民在上法表演。所谓的上法，就是降神附体。但是，跟寻常的巫婆神汉不同，义和团不屑于那些狐怪鼬仙，他们所要降的神，都是见于戏剧小说里的英雄好汉，以及各类正神。上法的时候，只要喊一嗓子："我是张飞！"这位拳民好汉就觉得自己成了张飞；喊一嗓子："我是二郎神！"就变成了二郎神；喊一声："我是悟空！"他就变成了孙悟空；道一声："我是八戒！"他就成了猪八戒。神怎么来的，不知道，但直到神走了，他才可以恢复原状。

拳民上法时，喜欢哪位上身，实际上是他本人喜欢这个人物。北方数省，成千上万的义和团，上法附体的英雄不知凡几，都是乡间常见的戏剧人物。但是，却有几类戏剧人物，在义和团那里，是很少见到的。一类是水浒人物，除了武松之外，很少有人上法时说我是豹子头林冲，我是花和尚鲁智深。武松在义和团的故乡山东有着特别的地位，实际上已经脱离了《水浒传》，自成一套，所以才得以漏网。还有一类是《三国演义》中曹操和东吴阵营的人。三国戏里，典韦、许褚、张辽、周瑜、黄盖之流，也是家喻户晓，个个英雄了得，但是义和团却不喜欢，连个影儿都不见。此外，《封神演义》里，不在姜子牙麾下的截教中人，也不得入选。连《连环套》里的英雄窦尔敦，照样没人喜欢，人们喜欢的倒是朝廷的鹰犬黄三太和黄天霸。

没人统一培训，也没有人刻意诱导，更没有人统一安排，连一堂德育课都没上过。那么多一伙一伙的义和团，居然如此步调一致，全体排斥所有跟朝廷不忠的，或者曾经不忠的，排斥非正统的，排斥异端，发自内心地展示自己"忠义"的本色。这样的事儿，是奇迹吗？不是，就是本色。草根的捣乱分子，无论怎么调皮，怎么杀人越货，但是只要朝廷有意，他们肯定有情。即使在官府围剿下，扯起了叛旗，他们真心希望的，也是招安。此前官府一直镇压，但只要朝廷用他们，乌泱泱地就都去了，把个京津挤得水泄不通。山东本是义和团的发源地，但是来了个巡抚袁世凯，压根就不喜欢这些拳民。但朝廷有旨，又不好镇压。于是下令，现在洋人都在京津，你们要灭洋，请劳驾北上。凡是不肯北上的，都是假义和团。于是，拳民们就纷纷都北上了，着了袁世凯的道。

　　义和团初起之时，有些跟白莲教这样的民间教门，其实多少有点关系。但是，进北京之后，一旦受了御封，或者自以为得了御封，就翻脸不认人，主动帮助官府剿灭白莲教。你还别说，他们还真在北京查到了一伙白莲教徒，连男带女几十口子人。据说翻出来了纸人、纸马这种白莲教的标志性物件。于是，几十口子人都被义和团咔嚓掉了。也有人说，哪里有什么白莲教，无非是些走江湖卖艺的。所谓的纸人纸马，无非是人家的道具。但是，不管真假，义和团就是要通过这样的行为，表明自己跟白莲教划清了界限。一边是正统的忠义人，一边是反叛的邪教。

　　其实，义和团打洋教本身，也是展示正统性的过程。灭洋教，就是为了崇正学，扫灭异端。洋教是异端，那么洋人也好不了，干脆一块儿灭了。信洋教的人，已经沾染了歪理邪说，当然留不下。进一步，跟洋人沾边的事儿，都不能留，铁路要扒，电线杆要砍，给洋人做事、用了洋货的人，也都有了污染，都成了二毛子、三毛子，一直到十毛子。为了维持中国的正统地位，所有的毛子，都得扫荡干净。正统在中国被树立的过程，就是一个崇正灭邪的过程，自古正邪不能两立，不是你灭我，就是我灭你，当然最好是我灭你。全面的排外，不是缺点，而是义和团自身的逻辑。这个逻辑，也得到思想顽固的朝中大臣的认同，在骨子里他们的逻辑也是这样的。只是，朝中的人，逻辑里的内涵，稍微复杂一点点。端郡王载漪，是因为急于干掉光绪，好让他儿子上位。庄王载澜，则是跟户部尚书立山争一个妓女，醋意大发。刚毅、徐桐之辈，则是看不上洋务派的得意。而最终酿成大祸的西太后，全是因为自己不想放弃权位。想再度垂帘的念头，让这个老太婆被贴上了顽固派首领的狗皮膏药，从而昏了头。大家都在捧义和团，直到把他们捧得飘飘然。

其实，屌丝就是屌丝，被人披上正统外衣的屌丝，也当不了正菜。一旦刀枪不入的法术失灵，他们就被抛弃了。后来剿灭义和团的，不仅有八国联军，还有清兵。

从逼宫夺印到贿选总统的连环戏

其实说起来，曹锟也没干什么大的坏事，但贿选这点事，让他扣了一辈子的屎盆子。

1920年夏天战胜了皖系，1922年春天又将奉系赶出关内，北京政府已经牢牢控制在胜利者直系的手里。此时的总统徐世昌，是段祺瑞捧上去的。段祺瑞倒台，徐大总统赖在大位上将近两年，任期快到了，怎么也不能再赖着不走了。接着做总统的人选，按强人逻辑，就该是直系的老大了。

直系的老大，是曹锟。曹锟在北洋系，有傻子的别称。但傻子也有贪欲，到了这个火候，也想做总统。只是，此时的北洋军人，对于制度和程序还是有那么点想头。按规矩，做总统得议会来选。但是，段祺瑞搞的安福国会，已经给废了。要国会，就得恢复民元的。而恢复民元国会，道理是补足被中断的任期，既然如此，也该补足黎元洪的任期。这个逻辑，别人无所谓，反正吴佩孚是这么想的。而这个主意，据说是民元国会的议员吴景濂出的，叫作"法统重光"，很拿得出手。

曹锟是直系的老大，但直系的仗，都是人家吴佩孚打的。在吴佩孚常胜将军的声望如日中天之时，他发话真的好使，曹锟也不好说什么。毕竟那个时候的人，多少都要点脸皮，吴佩孚说要黎元洪干，曹锟自然不好说他自己要干。况且，他就是要干，总得找个国会选。所以，再怎么想做总统，也得先忍忍。

其实，这个时候，徐世昌这个总统，任期还差几个月。按道理，徐世昌是北洋老人，曹锟的老师，怎么的也得让他做完这几个月。可是，吴佩孚是北洋第二代，没那么多的讲究。那边徐世昌还待在总统府没打算走呢，这边急吼吼地就把民元国会给恢复了。民元国会一恢复，马上就宣布徐世昌是伪总统。徐世昌只有卷行李走人，把地方腾给了黎元洪。

其实，当年张勋复辟的时候，民元国会就是黎元洪给非法解散的。要算账，第一个要找黎元洪。可是，议员们硬是对这个长得像富翁似的家伙狠不起心来，一任他再作冯妇，第二次做了总统。当年张勋复辟，已经把黎元洪弄得灰头土脸，实在不好意思恋栈了，这回居然还真就觍着脸出来了。只是出来之后，多少有点忸怩，不好意思住进总统府，就在自己的东厂胡同的私宅办公。

人人都知道黎元洪是来过渡的，但是，一旦这家伙真的做回了总统，曹锟和曹锟周围的人，都感觉不是滋味。仗打到这个份儿上，强力的逻辑很清楚了，我们打下的江山，凭什么让这家伙享现成的？当年的直系，人称有三派势力，在洛阳围着吴佩孚的叫洛派，在保定围着曹锟的叫保派，还有一个依违于保洛之间的津派。虽说仗是吴佩孚领着打的，但保派的人，并不这么看——你总得考虑领导指挥有方吧？

对于抬轿子的人来说，轿子里的人，地位越高，他们越好作威作福。所以，黎元洪的椅子还没坐热，这边已经开始准备轰他走了。先是打算倒黎元洪的张绍曾内阁，倒张倒得差不多了，就开始驱黎，这就用得着军人了。正好这时，同为北洋第二代的冯玉祥，受吴佩孚的排挤，丢了地盘，被曹锟安置在北京，做了空头的陆军巡阅使，他手下的几万部队，没地方供养。曹锟就把北京崇文门的税收，点名给了冯玉祥。但是这个税收，以前一直是归总统府的，谁跟钱有仇呢？黎元洪当然不干，死活不肯盖印。最后经过大力疏通，从这项税收里扣除十万元，给总统府，才算了账。这事儿惹得冯玉祥不大高兴，此人跟吴佩孚一样，爱兵，也会练兵，但不大讲究北洋的老规矩，能拉开脸，听说曹锟要驱黎，当然乐意效力。冯玉祥的兵，都是他一手练出来的，听话得很。要折腾一个无拳无勇的空头总统，容易得很。一边让官兵脱下军装扮公民，召开公民大会，专门批判黎大总统，单说他张勋复辟时那点恶心事儿；一边派兵包围东厂胡同，跟黎元洪讨薪讨饷。最后，干脆断水断电，让黎大总统享受钉子户的待遇。没办法，黎元洪只得走路，回天津租界去。走归走，黎元洪临走还不忘玩点小把戏，把大小总统十五颗印章悄悄交给自己的爱妾黎本危，带到了东交民巷法国医院。因为他跟法国医院的院长贝熙业关系特好，让爱妾躲进去，没有问题。黎元洪走后，曹锟的人进了东厂胡同黎宅，发现大印没了，立刻电告直隶省长王承斌，派兵到天津车站堵截。王承斌找到了黎元洪乘坐的火车，不让他下车，除非交出大印。这边也查出大印是在黎元洪的爱妾黎本危手里，派警察总监跟这个女人交涉，人家不肯给。在法国医院，警察总监也不敢造次。尽管奈何不了法国医院的黎本危，但却奈何得了天津车站的黎元洪。被逼没办法，黎元洪只好在车站给自己的爱妾打电话，要她交出大印。开始黎本危还不肯，反复几次电话，一直折腾到晚上10点才答应了。于是，这边交印，那边放人。逼宫夺印的戏，演得艰难。总统的位置，总算空出来了。其实，到这时候，黎元洪的任期还没有届满。为了给心急的人腾地方，这些都顾不得了。曹锟急成这个样子，吴佩孚当然也不好说什么。怎么说，曹锟也是他的长官，谁让他成天嚷嚷忠义，要给部下做表率呢？

接下来的事儿，就顺理成章了，国会选曹锟做总统。曹锟是个厚道人，不想像他主公袁世凯似的，派军警扮成公民团，堵住大门逼着人家选。为了保证他一定要被选上，他也有招儿——给钱。那时候，北京政府闹穷，议员的日子也不好过，一阵儿在任，一阵儿又被赶跑。在任上，薪水也不知道什么时候给，打几折给。曹锟要选总统，劳动大伙儿，当然得派钱。投票的，一个人给5000大洋，正副议长给得更多。各派的首脑，因为要召集人马，也得多给点。

这一笔不小的开支，曹锟不想自己掏腰包，布贩子出身的人抠门得很。保派的人，就四处张罗。直隶全省，人人派捐，曹锟贿选总统，最后是百姓出钱。此时的议员，早就没了廉耻，给钱，没有几个不要的。当时，即使不算中断的时间，众位议员，已经届满。为了选举，大家先投票通过议案，议员任期延长，然后再投票选总统。除了票钱5000元，另外还有月费六七百，每开一次会，给出席费20元。这一笔开支，几乎耗干了当年中央政府财源：几条铁路的收入，烟酒税，还要加上直隶等省的临时摊派。直系的政府原本就闹穷，选完总统就更穷了。

当然，5000元大洋不算小数目，现场开卡车拉钱、派钱，议员们背着口袋领钱，也不大像话，只能给支票。但是，中国银行的支票，议员们又信不着，于是转成外国银行的。到正式投票之前，领钱的人，已经逾600，大大超过法定人数。不过，这里面有人声称，可以打对折，只领2500元，自己人不来北京，委托他人代投。说这样的话，可以说是半贿，多少给自己留点脸面。更可恶的是，有人把钱悉数收了，不仅收了，还把收据给拍照了，卖到了报馆，平白多捞一笔。

不管怎么说，终于熬到了1923年10月5日正式投票这天。早上，上千军警搭着帐篷，已经早早就在议院门口守着了。而且议院也给议员们准备了两千份的西餐，足够他们吃两顿的了。比起当年连水都不备一口的袁世凯，曹锟可谓良善多矣。就这样，到点了才来了400名议员，半数都没过呢。吴景濂议长连忙让已经来的议员，乘汽车去拉人，到下午1时，总算拉来了590人。2时起，开始投票。看在5000大洋的面上，有480人把票投给了曹锟，超过出席人数的四分之三，曹锟顺利当选。

曹锟贿选，在他自己看来并没有觉得有什么不妥。既然不能像过去主公那样，霸王硬上弓，逼人投票，那么，让人干活，给人好处，就是理所当然了。此人一辈子，除了卖布，就是当兵，对于选举这事儿，不大明白。所以，整个给钱、拉票、讨价还价的过程，基本上都是公开的，搞得轰轰烈烈，声势浩大。报纸报道这个丑闻，证人多的是，还有证据——贿赂款的收据照片。多数的中国人，当然也没觉得怎样。但是，老外感到非常愤怒。老外愤怒，国内的知识界也愤怒，在野的孙中山更愤怒。于是，曹锟这个总统，就成了猪仔总统，议员也就成了猪仔议员，国会就是猪仔国会。当年卖身或者被卖去美国的人，人称猪仔。这个猪仔，从此印在了直系政权的屁股上，比段祺瑞的安福国会，名声还要不好。但是，这个曹锟和选他做总统的国会，也办了一件此前总统和国会都没办成的事儿，就是把当年被袁世凯废置不用的天坛宪草给通过了。这个宪法草案，实际上是当年国民党人的宪法草案，从条文上看对总统限制颇多。因此，有人认为它是民国期间最好的宪法。但最好的宪法，印上了曹锟的印记，便成为了曹锟宪法，于是，再好的草案也不好了，连孙中山都不再提它。其实被收买的议员，多数都是当年的国民党人，好些后来也是国民党。

当年的吴佩孚，还算洁身自好，而且喜欢赶时髦，喊漂亮的口号。但是，迎头撞上猪仔，自己也干净不了。逼宫夺印和贿选总统两个连环戏，怎么说都不好听，跟吴佩孚的高调，形成鲜明的对比。后来，直奉再战，奉系士气高涨，直系内部分裂，都跟这个贿选的污名不无关系。而曹锟这个买来的总统，屁股坐在宝座上不到一年，就被他的爱将冯玉祥轰下台了，成为民国史上任期最短的总统。其实说起来，他也没干什么大的坏事，但贿选这点事，让他扣了一辈子的屎盆子。

灾官与福官

在那个时代，无论灾官儿还是福官儿，弃官不做的，还不多见。毕竟，清朝过去时间不长，在人们的习惯里，做官还是读书人一个最好的去处。

———————————————

民国自袁世凯挂了，中央政府各个衙门就开始闹穷。因为各个省都不往北京交钱了，大小军头开始割据。割据是割据，可谁也不说把中央政府废了，割据的名头从督军到镇守使，还都得中央任命。如果中央的一纸任命不下来，那么军头就会嚷嚷跟中央脱离关系，嚷嚷完了，心里还是有点惴惴的。所以，脱离也脱离不太久，经人说和一下，关系缓和了，依旧讨个任命，但还是不给中央交钱。

那个时候，中央政府的各个衙门，只有财政部、交通部和外交部稍好一点，人称红衙门。财政部不消说，可以发行公债，每年扣除的庚子赔款的余额、关余和盐余，都要从那里过。有钱从手上过，就穷不了。交通部管着几条铁路，京汉线、津浦线、京张线和京奉线。晚清到民国，铁路都挣钱，有铁路管，交通部也就有钱花。外交部比不了财政和交通，但也有各国退还的庚款过手，所以也还凑合。其他的部门，可就没辙了。只有少数部门的下属机构，由于能在北京管点有油水的事儿，日子好过一点，比如内政部下属的庙坛管理处，下属北海、颐和园几处公园，可以有票款进账，于是成了内政部最肥的部门。

相对而言，段祺瑞的皖系把持中央政府的时候，情况还好点。因为段政府能借到外债，但是借来的外债，都用来打内战了，所以也就是陆军部最肥。海军部就差，舰队经常连煤都买不起，至于总参谋部，更是经常欠薪。到了直系曹锟上台当家的时候，由于吴佩孚不让借外债，所以中央政府穷得一塌糊涂，连一向还不错的外交部也揭不开锅了，各个驻外使节，纷纷下旗回国。

欠薪是北洋政府的常态，没钱的黑衙门，经常十几、二十几个月连着欠薪。当年鲁迅是教育部的佥事，他自己统计，欠薪欠得成年累月，账面上他已经成了"大富翁"了。所以，那时候的公务员，经常会开展讨薪运动，一般都是集合起来，一起到财政部或者总理府和总统府静坐示威，警察也不管。当然，讨薪过于声势浩大了，各部门的首长也会出来想办法，弄点钱打发一下。这就需要各显神通了，比如总参谋部，藏有各地的军事地图，哪个军头要买，拿钱来，钱出得越多，给的地图越细。军头们仗打得越多，他们的生意也就越好。当然，仗打多了，交通部就有麻烦了。各地军头拆铁路，抢车皮，把原本不错的铁路生意，弄得一天不如一天。所以，连交通部的铁路局，也开始欠薪。一急眼，京汉路局把月台上的铁棚子都抵押了，弄到钱，应付一阵儿是一阵儿。

总是遭遇欠薪的官儿，是灾官儿。像鲁迅，就干脆跑到大学兼职，挣讲师、教授的薪水。但没有这个本事的，就只好忍着，经常性地参加讨薪运动，每年讨出来一成两成的薪水，凑合着过。好在那个时候，北京的物价水平极低，有点钱，就能过日子。最痛苦的是，北京政府的主子，经常换人，你当一阵家，我当一阵家。只要大头换了，各个衙门的头儿都跟着换，头儿一换，下面的官员也得跟着换。要紧的部门，肯定换上自己人，其他的人，自己看着办，如果马屁和意思跟不上，职位就得丢了。北洋时代，文官制度还没有建立，所以，各部门的文官，稳定性有点差。

　　有灾官就有福官儿。但凡好一点的部门都超编，一个股可以塞进去百十人，大部分都是吃干薪的。但凡下面有比较好的部门的单位首长，一上任手里就有一大把的条子，各方面有势力的大佬都把自己的亲属、学生、干亲人等往你这里塞。来头小的可以不理，来头大的根本惹不起，只能照办。所以，凡是能发薪的部门，吃干薪的，都非常多。吃着吃着，这些部门也完蛋了，然后再吃下一个。

　　只是，在那个时代，无论灾官儿还是福官儿，弃官不做的，还不多见。包括一些黑衙门的官儿，无论怎样欠薪，人都不辞职。鲁迅先生因为女师大的学潮，被教育总长章士钊免了职，他还跟总长在平政院打官司，打赢了才走人。毕竟，清朝过去时间不长，在人们的习惯里，做官还是读书人一个最好的去处。

皇帝看不见的地方

只要是皇帝能看到的地方，就是造假也得弄得光鲜明亮、金碧辉煌。天下是皇帝一个人的，无论做什么，都是给皇帝看的，从某种意义上说，每个王朝，大家都在做局给皇帝表演。

————————————————

明朝重建北京城的时候，有了石子马路。城内有大小的沟渠，用于排水，也排污。但是，满人从山上下来，当了北京的家。逐渐地，石子路完蛋了，沟渠也塞了。他们不是不懂沟渠需要随时疏浚，而是没这个心思，也没这个习惯。于是，每年疏浚的费用都进了负责此事的大小满官的口袋，隔三年淘一淘最大的那条臭沟，应付一下了事。正好，淘沟的时候，跟举人进京考试之时重叠。所以时人有谣谚曰："举子来，臭沟开。闱墨出，臭沟塞。"就是说，举子来考试的时候，臭沟在开挖，等到考完了臭沟就又堵了。连三年一次的疏浚，都这样糊弄。于是，清季的北京城，无论内城外城，由于没有了排水的沟渠，污秽遍地。城里街道又没有公共厕所，居民倒垃圾、倒排泄物，出了家门，就随地一泼。行人随地方便，满眼都是黄金塔，旱天到处飞土，雨天随处污泥。

之所以这样，是因为皇帝看不见。皇帝住的紫禁城，排水沟渠一直完好无损，所以，皇宫里头没有城里的景色。而皇帝出行，则净水泼街，黄土铺路，皇帝即使伸头出了轿帘，看到的，也是一片干净。

皇宫里太挤，不宜居住。所以，清朝的皇帝都喜欢出来进园子住。三海之类的小园子死角不多，皇帝不知道从哪个角落里出现，所以太监们不都敢马虎。但是圆明园之大，皇帝根本逛不过来，好些房间亭台，脏、乱、破，多少年来不仅没有人修整，也没人打扫。园里的太监，都门儿清，早就摸清了皇帝的行动规律，知道这些地方皇帝根本就不可能涉足，于是尽可以马虎。

即使是紫禁城，到了后来皇帝精神头不足，国力也差了的时候，太监们也跟着糊弄。开始的时候，只是一些边边角角，打扫方面马虎了一点。逐渐地，连三大殿包括太和殿这样庄严的地方，大殿的侧面也会有太监们留下的粪便。那个时候，宫里没有厕所，太监们方便，只能在自己住处的马桶里解决。出来忙活，一旦内急，跑回去来不及，就只能逮哪儿在哪儿方便。反正这些地方皇帝是绝对不可能来的，留点黄金塔也无所谓。

反过来，只要是皇帝能看到的地方，就是造假也得弄得光鲜明亮、金碧辉煌。皇帝上大朝，都在正面，正面保证一尘不染。天下是皇帝一个人的，无论做什么，都是给皇帝看的，皇帝目力所及肯定会做到万无一失，一丁点差池都不会有。上下人等，要付出一百倍的努力，做好了，好上加好。

从某种意义上说，每个王朝，大家都在做局给皇帝表演。皇帝看到的，永远都是好的。人是忠臣，事是好事，所到之处，干干净净，光彩照人。看不见的地方，永远都一塌糊涂。所以不难理解，皇帝为何那么害怕被欺蒙，但却总是被欺蒙。派出亲信去打探实情，最后连亲信也欺蒙他。大家都是人，是人就会有人的弱点。知道江山不是自己的，能应付了皇帝应付就是，干吗那么累，那么跟自己过不去？

《红楼梦》里几个下人在谈论宁荣二府以及他们的亲戚接驾这件事，说到最后点破主题，还不是把皇帝的银子花在皇帝身上！给皇帝看的光鲜，无非是用皇帝的钱，给皇帝脸上贴金。然后，顺便再给自己捞上一大笔。讨皇帝欢喜的排场越大，自己捞钱的机会也跟着大。弄好了还能换一个皇帝的嘉奖，升官拜爵，真是美呀。

一个人的江山，或者一家人、几家人的江山，皇帝看不见的地方，永远都是见不得人的龌龊。

奉旨骂街

自古以来，所谓宦官之恶，实际上都是皇帝之恶。谁让皇帝非得养这样一些阉人，又非得让这些阉人替自己干这样一些恶心事儿呢？

————————————

中国历朝历代开国皇帝，倒有可能多没读过书，流氓混混一个赶上点了，就做了皇帝。但是，后面的皇帝，大抵是读过书的人。做太子的时候，就给请若干老师，老爹有的时候还会出来检查学习状况。清朝同治皇帝载淳，亲爹早丧，六岁就做了皇帝，但学习不好，他的亲娘西太后就老不乐意，老是骂儿子的师傅。顽劣的小载淳，装也得装着背几页书。

过去的读书人，碍于身份，是不好随便骂街的。就是万分想骂，也得忍着。皇帝也是一样，即使随便开口骂娘也没有人管，但心里也知

112

道不对劲。有身份的人，价儿掉不得。所以，皇帝觉得某个臣子真的可恶，特别想骂，也不能骂。粗口不能爆，但可以申斥，好好训一顿。可是，当面训斥，一来容易上火，火大伤身；二来也累得慌，同样伤身。于是大清的皇帝，就发明了一种传旨申饬的惩戒方式。但凡臣子犯了错，或者皇帝以为他犯了错，又不便革职抄家，就传旨申饬。

传旨申饬，是太监来办的。开始的时候，只是例行公事，办事的太监照着拟好的申饬旨意念一遍，完事了账。后来，发现这里有名堂，可以挣钱。传旨申饬，具体怎么申饬，皇帝哪里知道？只要是奉旨，自己就有了特权。借机大骂一顿，都算在皇帝账上，有哪个吃了豹子胆的，敢去跟皇帝较劲儿？无论怎么骂，都算是皇帝骂的。跪在下面的人，想要不这么挨骂，有办法，拿钱来。给了钱，传旨的太监，意思意思就得了；不给钱，就从祖宗问候到你的家眷，连丫鬟都不放过，昏天黑地。

那个时候，做官的人，大面上脸皮都薄，受不了骂。所以但凡遭遇奉旨申饬，立马痛快拿钱。只有碰上个把的棒槌，不懂规矩的，才真的会挨骂。当然，也有抠门的，拿钱不痛快，给少了。太监心里不爽，骂还是骂，骂轻点，人称"半骂"。最后一句，"王八蛋，滚出去"，也只说说"王八蛋"了事。

其实，无论是全骂，还是半骂，在外人看来，都是皇帝在骂。皇帝贵为天子，做什么，没有人敢拦着，但是，如果言行失德，历史还是会有记录的。当众骂街，无疑是一种失德之行。这种事儿，说起来也很丢人的。但是，在那种体制下，有人假借皇帝的名义作恶，很少是会被揭发的。因为即使是指控太监，实际上皇帝也有过错，而皇帝的过错，是不能说的，胆子大的要说，就得有准备后事的打算。

所以，自古以来，所谓宦官之恶，实际上都是皇帝之恶。谁让皇帝非得养这样一些阉人，又非得让这些阉人替自己干这样一些恶心事儿呢？

敛财的行政杠杆

拿地方官的官帽子做文章，是一个行之有效的压力杠杆。只要威胁动官帽子，就一定能动出钱来。

读晚清史，有一个问题一直困扰着我。晚清的财政收入，从来都不宽裕。从理论上讲，这个朝廷拿不出任何一次规模较大的战争的经费，因为国库没有这份专项的资金。但是，每次的仗都打了，打败之后，巨额的赔款也都按时支付了。即使像甲午战争那样2.3亿两白银这种天文数字的赔款，由于日本要得急，不得不靠跟西方列强借高利贷来应付，但这些高利贷也都还了。要知道，除了最后几年的新政，晚清政府的财政总收入，一直都在7000万两左右徘徊。如此窘迫的财政收入，是怎样应付如此大的额外开支的呢？

问题的答案，在朝廷的行政杠杆上。事实上，只要朝廷把每次额外的开支，比如军费、赔款什么的，按比例各省摊派下去，以官帽子相威胁，高压之下总能榨出钱来。当然，各省长官，每到这种时候，就把摊派分解向府州县压下去，同样以官帽子的有无相威胁。无论多大的额度，钱总是会有的。反正是朝廷压下来的事儿，谁要是不卖力，参掉他就是。当然，最终所有的负担，都会落到老百姓头上。就像一个晚清官员说的那样，百姓的钱，就像谷糠里的油，你只要挤，总还是有的。

不仅朝廷有事，用这个办法弄钱，就是各省有事，也可以照此办理。鸦片战争期间，英军所到之处，广州、杭州和南京，其实英军都可以轻松拿下，但之所以没有动，就是因为这几个地方都付了"赎城费"，每个城市几百万两白银不等。守城的将领和地方大员，只要城没有丢，就可以谎报军情，捏败为胜，糊弄朝廷。原本连军饷都开不出来的清军和地方大员，也是靠层层摊派，活生生逼出这些银子来的。即使朝廷没有下令摊派，但打着朝廷的名义干，一样有效。后来的教案以及各种地方赔款（义和团运动过后，某些北方省份，地方赔款达到几百万两之多），也是通过这样的手段。不要朝廷出钱，就可以把事情摆平。如果真的要朝廷出钱，那么当地的地方官乌纱帽就别想要了。有的时候，朝廷额外要用钱，比如说西太后过生日，要修三海，修颐和园。西太后不要地方摊派，而是要官员报效。明摆着，谁报效得多，谁今后的日子就好过。官员会真的从自己的腰包里拿钱吗？当然不会。想尽办法，总可以找个借口，再从老百姓身上榨出来。

拿地方官的官帽子做文章，是一个行之有效的压力杠杆。晚清候补的官员多，排上班了，得官不易，好些人还是花钱买来的官帽子，即使不是花钱捐班，排队候补，补上缺也得破费。因此，谁也不敢拿自己的官帽子开玩笑。只要上面的摊派下来，都会认真去办。当然，由政府出面，采用暴力手段，挨家挨户要钱，似乎也是不行的。这样的笨伯，也不是没有，但弄得不好，就会惹出乱子，一样丢了乌纱帽。一般来说，聪明人都会先找商家垫付，然后把这项摊派，化为日常赋税之上的摊派，再收上来。每到这个时候，老百姓就会发现，自己今天应交的赋税，摊派之上又加了新的摊派。如果不交，就以抗税处理，班房坐起来没完，为此丢了性命的也是有的。但由于每次增加的份额，都不是那么显眼，所以由此导致的抗税反应，也就不那么强烈了。

一般来说，各级官府，从书吏到衙役，都喜欢这种额外的摊派。摊派是任务，更是机会，让他们有借口去勒索百姓，敲诈商家。每当这样的时候，显然不是只有穷人倒霉。因为如果单勒索穷人的话，还真的就勒不出多少钱来。弄出人命来，怎么说也是麻烦。所以，那些没有来头、没有靠山的商家和富户，就成了官员和衙役们首选的目标。

不用说，这样的摊派多了，有时候难免杀鸡取卵。搞大发了，寅吃卯粮的事情也经常发生。最大的问题是，很容易把一个地方搞得山穷水尽，商旅不行。等到下一任来的时候，民穷财尽，地方糜烂，留下巨大的窟窿。但是，地方官哪里会理会这些，只要能刮，就尽量刮，刮不了了，再说。只要我这一任把上面的摊派应付了，把我自己的宦囊弄满了，后面哪怕洪水滔天，跟我也没关系了。

只要威胁动官帽子，就一定能动出钱来，这个道理也是中国的特色。当年的老外，花了好长时间，才弄明白的。

第三章

三教九流说中国

装逼的禅让

明明是场强暴，霸王硬上弓，却非得演成人家自觉自愿，而且还有了高潮，有了高潮还不行，还得写文章歌颂强暴者的伟大。

古代据说有过禅让制度，而且是上三代的美谈。传说中的尧让位于舜，而舜又让位于禹。这是古代帝王，或者叫别的头衔的大人物，以天下为公主动让贤的先进事迹。查一查《史记》，上三代的事儿基本上语焉不详，稀里糊涂几句话就给打发了。这样的感人事迹到底有没有，真不好说。或者说，像后来有些人说的那样，原本就是原始部落首领，做着很辛苦，又没有太多的好处，所以才让的。等到好处多了，也就不肯让了。所以，到了禹这一代，下面禅让就断了，禹之子启，做了首领。上三代的美谈，也就谈不下去了。

当然，后来的历史，禅让这个话题，还是有人旧事重提。顶着这个名头的好事，在后来的历史上，依旧还是有。最有代表性的，是曹魏代汉和司马氏代魏。

其实，自打有文字以来，中国的天下都是打下来的。想坐鸟位，就得一刀一枪地夺。不管夺下来的大帽子，上面写的是王，还是后，抑或皇帝。反正想戴这个帽子，就得动武。曹家人打汉家天子的主意，已历两代。曹操时已经加九锡，封魏王，按王莽篡汉的路数，已经走了大半，七十二拜都拜了，就差一哆嗦。最后他儿子曹丕，接茬儿走。其实，汉家的天下，大半已经在曹家人手里，剩下的小半，也被另外两家人霸去了。曹丕要做皇帝，把已经做了多年傀儡的汉献帝废了就是，谁也不会来废话。汉末农民造反，诸侯纷争，已经打了多少年了，谁胳膊粗力气大，谁占的地盘就多，说话气也粗，大家都认账的。可是，作为建安文人领袖的曹丕，非要学古代禅让。原本该哆嗦的时候，却拉开床上的幔帐，玩古人的花活了。做好了扣儿，安排好了仪式，让汉献帝把他们父子俩已经抢到手的天下再让给他。

这个仪式很隆重，也很装，装得让人无语。明明已经抢到手的东西，非得让原主摆出一个pose来，表示是自己心甘情愿让的。被让的，还不肯痛快接受，非得三揖三让不可，一个非要给，一个非不肯要，推拉半晌。最后，被让的好像特别不情愿，特别勉为其难地才接受了。于是，曹丕脑袋上被扣上早就准备好的太平冠，前后各十二个旒。晃一晃，扭扭屁股，就位了。看客早就不耐烦了，轰然爆发，万众欢呼，天下太平。天底下装逼的事儿，还有能超过这个的吗？

然而，这样的装逼事儿，等到司马家的人夺曹家天下的时候，居然又来了一次。《三国演义》好多事儿都是假的，偏偏这事真了。罗贯中说司马家人依样画葫芦，没错，完全是抄袭，一点创新都没有。唯一改变的，是当年接受禅让的人的后代，需要按照人家安排好的戏码，再演一次，角色变了，从被让的，变成了让人的。按点评三国的金圣叹的说法，就是报应。其实，报应倒未必，关键是司马家的人，原创力不够，只能抄。

这样的禅让，是真的让吗？或者说，让的一方，不这么演行吗？当然不行。现成的样子，曹家的第四代皇帝高贵乡公曹髦，不就是看明白了司马昭之心，不肯按本子演戏，结果就被人家一扎枪穿心了吗？傻子都看得明白，禅让的大戏，两边的主角，一边得意洋洋，假装谦虚，一边被逼无奈，硬着头皮上台。如果不这么演，当胸就是一个透明窟窿。

明明是场强暴，霸王硬上弓，却非得演成人家自觉自愿，而且还有了高潮，有了高潮还不行，还得写文章歌颂强暴者的伟大。用装出来的仪式，表现强暴者的纯洁、禁欲和道德高尚。这样的把戏，真的就是具有历史感的文明人才干得出来，不服不行。什么叫装逼，古今中外，禅让算第一。

真的不明白，这样的货色，居然今天还有学者出来赞美。更奇葩的是，这样的学者，重提禅让，不是赞美古人，是为了赞美他们喜欢的有权人，他们村里，真的都是这样夸人的吗？脑袋被夹了吧？肯定是。

变了味儿的洋人舞

只要门开了，洋玩意儿总会进来。进来之后，难免变异。

今天所谓的交谊舞，是洋人的玩意儿，最初大概就是民间的舞蹈。这样的舞蹈，几乎每个民族在初民时代都有，汉人也不例外。孔夫子所谓"手之舞之，足之蹈之"，就是民间的舞蹈。但凡有点事儿需要庆祝，或者祭祀，或者出征，都要舞蹈一下。男女混杂，吃肉喝酒，然后手舞足蹈，据说一般接下来都会有一些儿童不宜的动作，就不一一详说了。欧洲的这种舞蹈，后来被引入宫廷，成为贵族的舞蹈，玩出很多花样，规矩越来越多。但是，男女混杂的基本样式，却保留了下来。不像中国，自打有了礼教这东西，男女之间的界限有如鸿沟，慢慢地民间男女一起跳的舞蹈也就休矣乎哉。男女可以抱着上床，但抱着跳舞，根本不可能了。宫廷里，达官贵人之家，舞还是有的，但都是女人跳给男人看的。唐朝之前，男人偶尔还可以下场，但唐朝之后，男人就只能坐着饮酒了。

在中国这块地方，交谊舞第一次出现，应该是在上海的租界。但是在北京，这东西现身也不晚，东交民巷的法国公使馆比较早有了这玩意儿。使馆建了一个小型的俱乐部，里面有个舞池。在北京的欧洲居民（主要是使馆里的工作人员和家属），要开party，就到法国使馆。中国同文馆的高年级学生，实习的时候，也可以一饱眼福，但有勇气下场的，一个都没有。

中国人下场跳舞，到民国才有了点气象。上海不用说，得风气之先，跟洋人学的，各种舞都沾点。会跳洋人的舞，成了一种身份地位的象征。渐渐地，不仅洋人的场所有舞池，中国人开的娱乐场所，也有舞池。

但是，男人踊跃下场，女人却供不应求。尽管民国了，礼教这东西还在，好人家的女儿，哪个敢轻易陪着男友做舞伴呢？于是，专职的舞女应运而生。就像经营妓院一样，专门有人买来女孩子加以培训，脸蛋漂亮，身材妙曼，谁要想跳舞，花钱吧。慢慢风气渐开，也有女孩子自愿做舞女，舞女也就成了一个特定的职业。那时候，上海和北京老的风月场所的妓女，还看不上舞女呢，觉得她们下贱。其实，那时候的舞女，钱挣得比当红的妓女还要多。国民党当家的时期，有一阵儿觉得舞女这职业，太有伤风化，居然加以取缔，结果闹出了好大的风波，最后不了了之。不过，到了这个时候，至少上海的舞女已经没有那么红了，钱不大好挣。

北京的风气，一直都比不上上海开化，连附近的天津也比不上。北京的舞女，在气势上总是压不倒八大胡同的妓女。但是，她们有自己的地盘，有固定的顾客。比较起来，洋人和沾了洋味儿的中国贵人，还是喜欢下舞场。民国时的北京饭店，是舞迷们最喜欢光顾的所在。在这种地方跳舞，讲究比较大，男人必须着燕尾服，否则不让进。但是，有一些特别的顾客除外。比如北大教授辜鸿铭，永远都是长袍马褂，拖着根小辫子。可他喜欢进舞场，碍于他的名气和一口流利的英语，侍者还不能不让他进，所以他可以例外，始终穿着马褂跳舞。另外一个例外，是北京步兵统领江朝宗，这个土老帽儿不知怎么，也喜欢跳舞，虽然老是踩人家的脚，但就是喜欢。喜欢可是喜欢，这个土佬不肯穿燕尾服。他的官儿不大，却是北京城维持治安的最高首长，即使是洋人也得罪不起，只好由着他去。

再后来，一些身份很高的僧人也知道了这个地方，尝了一次之后爱上了，总是去跳。一身僧服，一个光头，身上还有好些个零碎，也不换下来，就是跳。由于僧人有钱，动辄从荷包里掏出个金豆子来，无论舞女还是侍者，都非常喜欢。舞女们互相打暗号：你今天拉骆驼了吗？骆驼，就是指僧人，若回答说拉了，那么今天收入肯定不菲。

都说橘越淮北而变枳，交谊舞这事儿，还真是那么回事。有专职的舞女，硬是把交谊舞，变成了纯然的风月之戏。但是，那时节也有地方的交谊舞不是这样的，那地方就是延安。革命的人们，对于交谊舞这种洋玩意儿，也很感兴趣，但延安的舞会，就没有专职的舞女。至少，革命时期没有，这是真的。

只要门开了，洋玩意儿总会进来。进来之后，难免变异。变就变吧，当年法国大革命后，贵族的交谊舞下坠到民间，也是有伤风化得很，再到后来也就没什么了。改革开放之后，交谊舞再度兴盛，也闹出很多事儿来，慢慢地也就平静了。

黄浦公园那块纠结的牌子

在一个丛林时代，中国人被别人看不起，是一个无法回避的现实。而租界西人，又是西方人中最看不起中国人的一个群体。其中，越是租界里地位低的西人，对华人越是凶。

────────────────────

中国古代没有公园，但私家园林却不少。最大的私家花园，一般都属于皇家。权贵和富豪，也有自己的园子，有的还相当精致。建一所公园，对公众开放，在上海是自1868年英租界的黄浦公园始。只是对黄浦公园开放的公众，不是华人，至少一般的华人是不能进的。所以它的英文名字Public Park，很有点名不副实。

但是当时租界里华人已经很多了，租界的繁荣实际上是靠了华人的辛劳和财富。况且，租界里的华人，是给租界当局纳税的。实际上在建公园的时候，租界华人的纳税额，就已经超过了西人。建公园，花的其实是纳税人的钱。但是，黄浦公园不准华人入内的歧视，跟其他歧视一样，在好长一段时间里，都没有引发租界华人的不满。毕竟在太平天国战争期间，租界是一块福地，众多江浙富豪，正是托庇于租界，才得保命。惊魂之余，哪里有心思跟洋人较劲儿。

但是，在华洋杂处的租界时间一长，华人也习染了洋人的毛病，对自己的权利有点在意了。先是文化人开始嘀嘀咕咕，在报纸上说这样不合理。然后商人也有不满的了，士绅出头，找上海道台，出来跟租界的工部局交涉。于是，租界方面答应，说是体面的华人，可以进园子。什么叫体面呢？就是穿得比较好的，西装革履不用说，长袍马褂，按说也可以。只是，体面不体面，具体得公园的管理者来判断，而这些人则经常判断失误，所以还是有体面的士绅被赶将出来的事情发生。上海有了报纸，租界又是上海报界的大本营，有点事儿就闹到报上去，喧喧嚷嚷的，让租界工部局的耳朵根子不消停。

工部局想出来的解决办法，是发放"游园券"。这种游园券，只发给体面有身份的华人。只要符合条件，可以提前申请，一张券可以带18个人。但是，持有这种游园券的华人良莠不齐，在公园管理者看来还是不够体面，自打发券以来，公园里的花木损害严重，也有了垃圾。租界当局干脆给华人，实际上是高等华人单独建了个公园。这个公园，建在苏州河南岸与黄浦江交界处，当时被称为新公园（New International Garden）。新公园建成之后，原来的黄浦公园，就再也不对华人开放了。

当然，当年的黄浦公园，不仅禁止华人入内，洋人如果衣冠不整也会被挡驾。至于喝醉了的水手，不管是哪国的，都不许进。日本人进去，因为一副黄种人面孔，也有诸多的限制。而且公园禁止带狗入内，即使洋人也不例外。限制甚至禁止华人入园，明面上的理由是华人不守规矩，污损座椅，乱丢垃圾，随地吐痰，攀折花木。但公园是在租界里，租界里的规矩大，罚款力度高，其实没有多少华人敢冒着重罚而顶风犯规的。真正的原因，其实就是因为一旦开放，园子太小，入园华人太多，妨害了西人游玩。但是，在华人的地界里，偏偏对华人有最大的限制，构成了明显的歧视。租界华人作为纳税人的权利，在这里完全被剥夺了。

那个时代，从晚清到民国，人们会在黄浦公园看到一块牌子，有时只有中文，有时则中英文对照。一个美国记者看到的牌子，是这样写的："中国人，除前来工作的苦力外，不许入内！（No Chinese,excepting work coolies,are admitted!）"而在周作人的日记里，牌子上则是"犬与华人不准入"七个字。在经济学家陈岱孙的印象里，则是"华人与狗不得入内"八个大字。

显然，这种对华人的羞辱，的确是存在的。当然，你在公园英文的章程里，找不到这样粗鲁直接的羞辱。它只是规定了，这个公园只对洋人开放。同时，禁止带狗、骑自行车入内，衣冠不整不得入内，禁止攀爬树木、损坏花木，等等。但是，这样的规定落实到具体管理者头上，就变成了把中国人跟狗并列的七字牌或者八字牌，简单明了。当然，这样招人恨的牌子，也不是总插在那儿。有时候，公园当局觉得不妥，就给拔了。但是也许过后不久，具体的管理者为了方便阻止华人入内，再给它插上去。所以有的人看见了，而有的人听闻之后专门去找，反而找不到了。

但不管怎么说，一直到1927年，黄浦公园不许华人入内，是一个长时间存在的事实。而且那块刻意羞辱中国人的牌子，其实也是存在过的。在一个丛林时代，中国人被别人看不起，是一个无法回避的现实。而租界西人，又是西方人中最看不起中国人的一个群体。他们对华人的歧视和轻蔑，连他们本国人都看不过去。所以他们被自己的母国称为"租界人"，是一群眼高于顶、见了华人就要举手杖开打的家伙。其中，越是租界里地位低的西人，对华人越是凶。而附生在西人身上的殖民地国家的人，比如印度和安南的巡捕，对华人则更是凶残。黄浦公园的底层雇员，恰好是这些人。正是他们，领会租界当局的意思，把公园章程简化为"华人与狗不得入内"这八个字，将洋人的特权，转化为对中国人的羞辱。

租界马路上的烦心事儿

租界的管理严格按着洋人那一套来。管理中国人，洋人工部局最头痛的事儿就是维持公共卫生。

———————————————

鸦片战争打完了，五口通商，外国人要进上海了。当年的清政府，对洋人进城居住很不情愿。但条约规定了，又不好硬挡，只好暗中策动士绅，以民众不乐意为由，出来闹事。士绅力量比较大的地方，比如广州，还真就把洋人挡住了好些年。但是上海这个地方，当初只是一个小县城，虽然因为有一个兵备道驻扎在此，地位高些，但也不过就是县城而已。官府不想让洋人进来，洋人也不想进来，于是驻在上海的道台大人，就跟洋人签了一个租地合同，把靠近江边的一片荒滩，租给了英国人。由此，形成了最早的租界。

租界原本不过是中国人租给洋人居住的一块地方，主权当然是属于清政府的。但是，当年的清政府，对主权这种事儿稀里糊涂。洋人欺负大清的满大人糊涂，得寸进尺，一步步地把租界变成了国中之国。等到清政府明白过来，木已成舟，自己国势又弱，只好听之任之。

上海最大的租界，是英美租界合并之后成立的公共租界。今天所谓的外滩，就是公共租界的地界。无疑，当年的租界，是上海最繁华的地段。但是，租界的繁荣，其实主要靠的是中国人。大清与太平天国的战争让最繁华的江浙地带变成战场，而只有上海的租界成为战争中的和平绿洲。于是，江浙一带的富人，跑得快的都进来了。租界里的洋人，发战争财，把租界里的地皮和房屋高价卖给或者租给中国的富人，陡然之间租界就肥得流油了。

中国的钱财和人才，撑起了租界的繁荣，但是，租界的管理却严格按着洋人那一套来。管理中国人，洋人工部局最头痛的事儿就是维持公共卫生。那个年月，对于公共卫生这种事儿，城里居住的中国人相当随便。中国人的城市，粪便有农民进城来收。街面则由商家店铺分摊一点费用，脏到不行了，定期雇人打扫一下。作为个人，倒垃圾、泼污水、吐痰、拉或者撒，都随便。但是，洋人受不了这个，要管。其实再往前推一百年，洋人也是这副德行，但是到中国来的时候，他们已经进化了。

做洋人巡捕的，主要是印度人，国人称之为红头阿三的瘪三。在相当一段时间，租界里的中国人，或者进租界公干的中国人被他们管就成了家常便饭。所谓的管，无非就是打和罚。如果内急得不行，随地方便，被阿三发现，上去就是一脚，上海人幽默地称之为吃了一只外国火腿，然后就是罚款，大洋三角。交不出钱的，则罚做几天苦力。当然，乱倒垃圾和泼污水，也是一样罚。开始的时候，阿三只管打罚，租界不建公共厕所，逼人到华界去随便去。后来人道了一点，开始建公共厕所，最高档的居然有冲水设施了，只是进去方便是要出钱的。

比起随地大小便，洋人更痛恨中国人的随地吐痰。这事儿也的确是国人的软肋，随地大小便，多少还有点不好意思，但吐痰，则随时随地，张嘴就来。即使有钱体面的大爷，也有此好，好好的喝着茶聊着天，"啪"的一声，一口浓痰就飞出来了。那个时候，青链霉素还没有发明，肺结核是致人死命的一大顽疾。老外认定，这飞来飞去的痰液，是传播结核菌的罪魁祸首。所以，租界对于随地吐痰，痛心疾首，惩罚特别重。随地大小便罚款三角，而吐痰的罚款，视情节轻重，最高五元。那个年月，打工的苦力一个月累死累活，都挣不到五元钱。即使是有钱人，被人这样罚起来，多少也会肉疼的。大街小巷，戏院商场游乐场，到处都张贴有工部局禁止随地吐痰的告示和宣传画。实在忍不住，非要吐不可，戏院、商场和游乐场这样的地方，都备有痰盂，每个痰盂都有一个带长柄的盖子，打开盖子，尽管吐，不罚款。

为了让人们从心里对随地吐痰有所忌惮，工部局的宣传，把随地吐痰，提高到了一个特别吓人的高度，说因为吐痰传播痨病病菌，所以这种行为跟扔炸弹一样，也是杀人。还说，随地吐痰不文明，是没有文化的表现，是野蛮人的行为。当年，租界到处都是这样的宣传画、标语。当然，真正有效的阻吓，还是随处可见的"随地吐痰，罚款五元"的标语，以及这个标语背后，阿三们卖力地禁查。

这样的重罚，让一直都随便惯了的国人，一度相当的烦心，提心吊胆，恨不得背后长眼睛。但是后来习惯了，也就好了。再后来，华界也比照租界，开始强调公共卫生，建公厕，对吐痰罚款。你还别说，很多流行的疾病、瘟疫，还真的就减少了。

城市里厕所的故事

但凡叫个城市，就会有厕所，这好像是常识。厕所的故事，走了几十年。

———————————

但凡叫个城市，就会有厕所，这好像是常识。但是在中世纪，这个常识不存在。17世纪的巴黎，街上的行人，要时刻提防着两旁的楼宇，说不定哪个窗口突然打开，"哗"的一声，一桶粪尿就泼将下来，淋你个一身，让你这个行人欲断魂。巴黎如此，中国和印度，当然也好不到哪儿去。不过，相对而言，中世纪的中印，城里的楼房不多，粪便自天而降的概率不高。需要留神的是脚下，"地雷"相当多。

当然，相对于印度，中国的城市，还算干净。尤其是南方，周边的农民勤快，对于"庄稼一枝花，全靠粪当家"的道理，体会颇深。

城里居民的粪便，装在马桶里，每天都有人来收，不是白收，要给钱的。居民晚上排了泄，早上还能卖俩钱，胡乐不为？所以，每天清晨，农民进城收粪的时光，整个城市弥漫着浓烈的臭味，如果有体育爱好者，出来晨练，是非常不适宜的。

那时的城市，也有公厕。但所谓的公厕之公，是指公众方便而言的，要论所有权，那都是私人的。这样的公厕，"文革"时的南方小城市，也还存在，属于各个生产队。里面的粪便，都很金贵，如果不相干的人来偷，是要打架的。别的地方不知道，反正浙江的小县城，到处都是。每个公厕都很简单，一个棚子，中间隔开，一边一口大粪缸，算是男厕女厕。粪缸前面，是一个半圆木做成的坐杆，坐在上面，屁股撅在粪缸里，屎尿随便。但是，方便的人，要面对着街，没有任何遮掩，男厕女厕，也只隔一个隔板，如果正好一对男女如厕，一边方便，可以一边聊天调情什么的，也免不了。这样开放的厕所，如果是北方人，会有许多的不自在。这样的厕所，无论在什么时代，都非常地干净，刚有点粪便，马上就会被弄走。即使在大集体的时代，浙江的农民，种地也相当上心。

但是，同样是南方城市，如果周边农民不那么勤快，城里居民的排泄问题，也会造成污染。好在南方的城市一般都靠江傍河，从吊脚楼里，粪便直接倒进江河，是常见的景象。雅是不雅，这样的污染，比起今天的工业污染，还是要好得多。

北方的城市，排泄物的消化有点麻烦。当然，农民也有进城收粪的，但不如南方那样的勤快。收得不及时，早上起来，大妈们街巷口一倒，也就完了。至于行人随地大小便，更是天经地义。别说保定、张家口，就是北京也脏得不行。明朝的时候，还有大小的沟渠，顺着排出去。清朝入关，满人当家，不懂疏浚沟渠，大部分都淤塞了，加上街道又都是土路，旱天都是土，雨天都是泥，无论土和泥，都掺和着大量的粪便。只有皇帝出来走的路，才会铺上新鲜的黄土，可是皇帝又不常出来，所以，整个城市臭烘烘的。有钱人坐车乘轿，还好一点，没钱人全靠两条腿，出来走路，同样是欲断魂。

1860年，英法联军打上门，哭着喊着非要派公使驻京。真的来了，公使和太太，都感觉味道太大。在别的城市，他们可以在城外的某个地方，开辟一个外国人的居住区，就像在上海那样，不进县城，在一片荒滩（就是今天的外滩）上租块地。可是进了北京的老外，却非待在城里不可，要求离皇宫越近越好。于是，东交民巷一带，就被划了出来。非要住在城市的老外，在最初的岁月，也就只好享受跟中国人一样的待遇，忍受味道和污秽。

1900年，八国联军（实际上是11国）打进北京，对北京城实行分区占领。俄国人的占领区比较胡来，他们除了欺压百姓，别的不管。但其他国家的占领区，对于北京城区随地大小便这事儿，还是比较头痛。于是严令禁止随地方便。最蛮横的德国人，夜里巡逻，只要听见有小便声响，抬手就是一枪。八国联军走了，清朝的新政来了。新政期间，北京人在警察的管理下，照旧在公共厕所方便。然后组织人淘粪，统一卖给农民。只是，以前农民进城买粪，钱归居民，现在掏粪组织淘粪，粪头们卖粪得一份钱，居民还得给他们交清洁费。

但是，不管怎么样，北京城干净了起来，在英国记者莫理循眼里，这样的北京城，简直是日新月异，一天一个样儿。原来对于北京味道大为头痛的老外，不再躲在东交民巷，乐于出来租住民房了。把四合院拾掇拾掇，住在里面蛮舒服的。当然，跟北京人一样，早上起来蹲坑，一边蹲坑一边聊天，他们还是不习惯。他们用的是马桶，早上由佣人倾倒在收粪的粪车里。

到今天，城里已经普及了抽水马桶。但在20世纪30年代，在周谷城先生眼里，这还是个梦。厕所的故事，走了几十年。

帝王口味与小说的命运

没这乐子也就罢了，有了这乐子，人就放不下手。皇帝太后也是人，他们也需要乐子。所以，禁查小说这点事儿，看来在那个年代，就是虚张声势。

明清两朝制度相似，但朝代的面目大不相同，这主要是因为皇帝的想法不一样。中国的文学，经过宋代市民生活的催化，重心已然下沉，戏剧小说崭露头角。中国的文字作品，诗文向来是大道，但是在元代，大道换不来功名利禄，士大夫只好做度曲周郎，泡在妓女堆里写本子，自比铜豌豆，做臭老九。进入明代，老九变老大了，文人积习不改，一边高头讲章，一边浅斟低唱。小说戏剧一向是小道，小道之小，脐下三寸那点事儿，怎么也免不了。连进士出身的汤显祖，写《牡丹亭》，也

淫词浪曲，没完没了。朱元璋出身贫雇农，刚掌权的时候，也有点道德洁癖。但是后世子孙没有过过苦日子，思想道德不过硬，在享受方面特别在意，对于朝政大多懒得打理，喜欢待在宫里或者豹房里，跟成堆的女人厮混。所以，明朝讲理学，只是作为科举考试衡文的标准，社会上，板着面孔的道学家吃不开，也就没有人做了。

清代的皇帝，是满人。也许是从山上下来的，原本生活就比较俭朴，也许是鉴于前代的败亡，吸取了骄奢淫逸的教训，也许是没见过世面，给个棒槌就当针。因此，清代讲理学，是玩真的。皇帝自己就带头，原来明宫宫女万人，清宫里只有几百个，嫔妃也不过十几人。官员不许嫖娼，后来连累士大夫也不敢了。朝野盛产两种动物，一种是理学家，一种是清官。都喜欢板着面孔，成天讲存天理灭人欲，关起门来斗私批修。朱熹的理论自打发明，到了清朝才算落地，被人实践。但是人们唯一困惑的是，这些理学家和清官，都没有耽误生儿育女，所以，有人背后叫他们假道学。

朝堂上讲道学，一定会殃及百姓。康熙皇帝为了"正人心，正风俗"，下令禁查小说淫辞。制造刻印者，杖一百，流三千里。买卖的，杖一百徒三年。官员查禁，查不到东西的，第一次罚俸，第二次重罚，第三次降级。这样一来，即使为了自己的官俸和官帽子，各级官员也会卖力巡查。抓人打板子，一次就打一百，抄查家产，还有好处，何乐不为？什么叫作小说淫辞，康熙皇帝没开书单，反正模模糊糊的，大家都知道是哪些小说戏剧。《金瓶梅》《肉蒲团》这样有脐下三寸运动描写的首当其冲，然后明朝以来泛滥成灾的才子佳人小说，也在禁查之列。反正查的时候，书单是越来越长。某些清官，比如汤斌、于成龙之辈，干脆连民间唱戏的事儿，也一并给禁了。民间唱戏没有本子，但唱念做打，内容却跟要禁查的东西差不多，禁个干净，倒也合乎皇帝老儿的道理。

但是，当年一个个地方政府，没有自己领导下的群众组织，也没有积极分子，连志愿者都没有，甚至政府里的六房书吏、三班衙役，找来找去，连个专门负责的部门都没有。让这样的政府去查禁小说淫辞，查倒是没问题。高压之下，很快就能出成果，抄查出一堆书来，一把火烧了。但是，坚持下去，持之以恒，就比较难了。

小说戏剧，不管研究文学史的学者怎么看，本质上就是人发明出来的一种乐子。没这乐子也就罢了，有了这乐子，人就放不下手。其实，满人还在辽东的时候，最早接触的汉人文化，就是小说戏剧。其中《三国演义》还令他们如痴如醉，喜欢到了骨髓里。没想到入关做了皇帝，居然要禁查小说了，虽说没查到《三国演义》头上，但也难免物伤其类。

康熙的禁令，其实连他们自家人都管不住。旗人看《西厢记》这样的小说淫辞，瘾头也大。像《红楼梦》里薛宝钗说的那样，小孩子家偷着看，大人发现以后，打的打，烧的烧者有之；像贾府里面那样，小孩子偷着看，大人装着没发现的，亦有之。曹雪芹家就是当年康熙的包衣奴才，只有听过或有过这样的经历，才能写出这样的故事。当然，《红楼梦》这样的小说写出来，本身就是违禁的产物。除了曹雪芹和高鹗，后来违禁的旗人还有文康，写了《儿女英雄传》，据说当初的本子，比后来流传的，颜色要黄得多。

清初的清官，有令人称颂的一面，因为的确清廉。但是，他们也有招人恨的一面，那就是禁查唱戏。老百姓一年四季地忙活，逢年过节，唱个戏，图个乐子也不成。那年月，又没有电影电视，你让人怎么个过法？更何况，吃开口饭唱戏的，就指望这个填饱肚子，一禁，一大把人没饭辙了。做这样的事儿，怎么看，都有点缺德。

所以，康熙的禁令其实贯彻不了。老爷子，也就发了这么一次神经，后来也就不了了之了。后来的皇帝，包括矫情的雍正，都没再管这个事儿，直到道光皇帝继位，眼看着皇朝走下坡路，想来想去没辙儿，最后只好打算从思想道德上挽救，于是再度下令禁查淫书小说。然而，过不了多久，境外反对势力打上门来，挽回世道人心的事儿，只好搁一搁。到他儿子那儿了，房帷不谨，导致牝鸡司晨，媳妇叶赫那拉氏垂帘听政之后，连装样子也不肯了。这个没受过正式教育的女人，不仅把外面花部的高腔戏子引入宫内大唱其戏，而且喜欢读小说，或者听人读给她听，其中就包括《红楼梦》，偶尔这个女人开玩笑时，还会自比贾母贾太君。

皇帝太后也是人，他们也需要乐子。所以，清代留下来的小说，包括专写脐下三寸运动的小说，依旧不少。只是，在档次上，没有一个赶得上《金瓶梅》的。不过，从整体上看，毕竟还有一部《红楼梦》。禁查小说这点事儿，看来在那个年代，就是虚张声势。

文圣不若武圣

关羽在戏里，看着尊贵，其实给人印象不深。关羽是神，给关老
爷上香的人，不是喜欢他的戏剧形象，而是稀罕他的法力。

在清朝，孔夫子和关羽并称文武二圣。文人的笔下，不能提
"丘"字，那是孔夫子的名讳，谁提了，平时挨板子，考试的时候罚
科，不许参加下届考试。武圣人关羽的"羽"，稍微要宽纵一点，可
以露面，但必须减比画，原来羽字里面是三撇，简化成两点。今天羽
的简化字，就是当年避讳的样子。

文圣压过武圣，是文人笔下的名堂，在民间，文圣的地位，远不
及武圣人关羽。虽说，孔夫子也有庙，叫作文庙，但文庙极其冷清，
也就是每年春秋两祭，文人去凑凑热闹，老百姓一律敬而远之。但

是，关公关老爷的香火可就盛了，从南到北，哪个村庄没有关帝庙呢？关老爷是大帝，管生死，管福祸，管下雨，管婚姻还管发财。人称武财神的，就是关老爷。所以，今天众多饭店供关老爷，其实是有道理的。

关羽在民间的走红，跟满人的喜好有关。满人没入关之前，汉人打仗不是个儿，但汉人编的小说却把他们征服了。热爱《三国演义》的满人，最喜欢的三国人物，不是诸葛亮，而是关羽。从旗下的包衣（奴才）到皇帝，个个都爱关羽爱得不行。结果关羽的地位就节节高，最后升为武圣，跟孔夫子平起平坐。

在社会金字塔顶尖的满人喜欢关羽，那么唱戏的对关老爷，自然也得奉承着点。于是，关戏就成了戏剧剧目中的一个地位特高的品种，不仅老生唱，净角也唱，人称红净。今天的京剧，当年的高腔，上不了大雅之堂。所以，在清朝中叶之前，还没资格唱关戏，只是后来西太后老佛爷喜欢高腔，招民间的戏班子进宫，京剧升格了，也唱关戏，依旧是生净两门抱。

但是，关戏不是寻常戏剧，唱之前，剧目需要审查，如果有《走麦城》，肯定不让演，哪个演了，今后就别想吃戏饭了。如果哪个敢上《关羽戏貂蝉》，那也糟了，不仅巡城御史要找麻烦，梨园行里的人也跟你过不去。不管关羽是不是真的走了麦城，但演关老爷兵败被擒是绝对不行的。当然，关老爷跟寻常人一样，跟美女弄出点故事来，也是忌讳。总之，当年关戏里的关羽，一定要高大上，不能有丁点瑕疵，而且形象特别饱满。后来搞样板戏，弄出个"三突出"原则，估计就是跟关戏学的。

演员演关戏，得提前斋戒沐浴，有些虔诚的就斋戒三日，三天不能吃鱼肉，不吃蒜姜韭菜，当然更不能喝酒。扮戏之前，还得到关老爷像前磕头。当年的梨园行，流传着好些个谁谁谁斋戒不诚，忘了磕头而受到关老爷惩罚的故事，不是戏演砸了，就是检场的弄乱了套。这种故事，宁信其有，不信其无。上台演戏，有哪个乐意把戏弄砸了呢？于是，大家越来越谨慎，谁也不敢对着关老爷有半点的不敬。

不仅唱戏的恭敬，连看戏的西太后老佛爷，也特别恭敬。凡是宫里演戏，得事先告诉老佛爷戏码，但凡关戏要上，关老爷出来的那个当口儿，老佛爷肯定会离开座位一会儿，等台上的开了口，再回到座位上坐下。意思是说，关老爷来了，不能还大刺刺地坐在那儿，给个面子。有一回，一个嫔妃忘记了，关老爷上场了，她还坐在那儿，老佛爷好一顿不高兴，罚了那个嫔妃去给关老爷连上了三天的香。

晚清的京剧，就是今天的电视剧或者流行歌曲演唱会。戏台上捧谁，谁一定会红。关老爷不仅是戏里的人物，还是大神和偶像，比起那个虽说尊贵，但不能入戏，也不让一般老百姓礼拜的孔夫子，人气肯定旺得多。不过，那年头戏里面的关羽，那么的高大上，不仅周身没有瑕疵，除了屁眼没有疤瘌，而且演的时候，一定要保证他永远处于舞台中心。无论怎么转、怎么舞、怎么打，反正一定要保证关羽的正面高大的形象。这样的人物，观众怎么可能真喜欢呢？所以，那年头的三国戏，真正讨人喜欢的形象，是诸葛亮和曹操，不是关羽。连赵云，都比关羽要讨喜。关羽在戏里，其实就个王帽子（扮演帝王的角色），看着尊贵，其实给人印象不深。但是，关羽是神，而且总是被捧着，脸熟，所以香火倒是可以有保证的。给关老爷上香的人，不是喜欢他的戏剧形象，而是稀罕他的法力。

英雄好汉不好色

关羽成为武圣人，这样一位高大上的英雄好汉，当然不会好色，也不能好色。维护住了不好色的形象，英雄才是英雄。

关羽是以《三国演义》为代表的三国戏剧小说中，一个特别光辉的形象。在喜欢三国故事的满人中，关羽的高大上程度，不仅超过了他的主公刘备，而且也盖过了《三国演义》作者罗贯中刻意描刻的诸葛亮。原本一个小说戏剧形象，民间就喜欢上了，结果满人皇帝推波助澜，拼命拔高，弄得人见人爱，连黑社会都爱，而商人干脆让他做了武财神。两百年间，关羽从汉寿亭侯，变成了关帝爷，进而成为武圣人，跟孔夫子比肩了。跟孔夫子不一样的是，夫子的文庙，无人问津，但关帝庙，不仅满世界都是，而且香火很盛。

这样一位高大上的英雄好汉，当然不会好色，也不能好色。证据就是《三国演义》上讲的，关羽土山约三事降曹之后，曹操为了离间关羽和刘备的君臣关系，不怀好意地把关羽跟刘备两个年轻貌美的妻子放在一间房子里，关羽居然在外面秉烛夜读春秋，毫不为之所动。一计不成，又施一计，曹操一口气送给了关羽一打美女，关羽还是不动心，把美女都转给刘备两位夫人了，估计是做丫鬟，白糟蹋了。

　　然而这样的故事，都是罗贯中为了塑造典型编出来的，根本没有一丁点的史料根据。当年曹操手下，像关羽这样的将领有的是，根本不会刻意这样拍一个降将的马屁。三国是个乱世，在群雄并起之时更乱。乱世美女资源一般都比较缺乏，争抢激烈，损失也就比较大，曹操自己找的女人还净是些别人用过的，甚至有过娃的，怎么舍得一下子送出去一打？

　　陈寿的《三国志》虽称信史，但如果没有裴松之的注加以补充，就是一个大纲。而裴松之的注中，实际上已经明确写出了关羽好色事迹。说是当年曹操和刘备一起战吕布的时候，吕布的手下有个叫秦宜禄的，妻子杜氏有美色。那个时候，战乱频仍，大家逃难，闺阁不复存在，谁家有个漂亮媳妇，都瞒不了人的。尽管此时的杜氏，已经成为人妻，但惦记的人依旧很多。吕布被围，围将之中就有关羽。而关羽打吕布，为的就是能抱美人归。于是屡次跟曹操说，等拿下城池，一定要把杜氏给他。曹操当然是个好色之徒，这一点，没有人替他掩饰。听关羽说多了，觉得这个女人肯定不是一般的漂亮。于是，打下城池，抢先一步，拿下这个美女，自己享用了（后来战袁绍，大美女袁熙的媳妇甄氏，就被自己儿子抢了先）。秦宜禄也没有战死，投降了，老婆被抢也认了。只是关羽，愤愤不平，落得双手空空。就凭这件事，可以说明，曹操根本没有这个可能，一下子送关羽一打美女。

　　但是这个事儿，由于涉及吕布，人们以讹传讹，把秦宜禄妻杜氏，传成吕布的小妾貂蝉了。所以，就有好事的民间说唱的作者，编出故事来，说貂蝉归了关羽。但是，更多操心维护英雄形象的人愤愤不平，编出了《关公斩貂蝉》的戏，说吕布死后，貂蝉特别喜欢关羽，使出百般妩媚十二分手段，来勾引关羽，结果被关羽暴殄天物，一刀杀了。这事儿怎么编，都难免编不好，让关公跟一个名声不好的女人扯来扯去，影响了英雄形象。于是，后世的人们干脆把《关公斩貂蝉》给封了，不让演了。

英雄不能好色，这是一个涉及"政治"正确的底线。如果英雄好色了，那么请参照关羽这个底线。所以，关羽见了美女，是绝对不能动心的。如果动心了，就编一个故事将之遮住，编不好，干脆不许提这茬儿了。维护住了不好色的形象，英雄才是英雄。"文革"中，样板戏里高大全的英雄，个个都不好色，连配偶都没有，即使有，也不能露面。这样干，其实是有传统的。还好，没有人去把《三国志》上的裴松之注给删了，否则我们就该纳闷，关羽的儿子是怎么来的了。

艺人们非政治的政治倾向

当年的艺人，对于帝制、共和其实不大明白，谁上台，谁下台，也不怎么看重。他们只知道，谁对他们好，谁对他们不好。所以，艺人也讲政治，他们的政治，看重的只是义气。

在清朝，所谓的艺人就是伶人，即唱戏的。过去娼优并称，都是下九流，子孙不能应科考。下九流的人物，当然不入社会主流，政治跟他们没有关系。前朝的皇帝，还有偏爱戏子的，喜欢得紧了，干政这样的事儿就免不了。像五代后唐的小皇帝李存勖，混在戏子堆里演戏，伶人可以抽他的嘴巴。用戏子治国，谁又能把他怎么样？其实，为政用艺人，也不算十恶不赦。史家痛恨的宦官，也有为人不错的。用谁不用谁，关键看用的那个人有没有本事。汉武帝宠爱一个舞儿卫子夫，爱屋及乌，用了舞儿的家人做大将，不也万古流芳吗？

当然，这样的风流事也就只有汉武帝能干，别个干了，政治上就不正确。稍有不慎，出了岔子，后世史家劈头盖脸地骂。皇帝也要脸，所以到了清朝，皇帝就特别讲究了。艺人别说干政，就是开句玩笑，都有掉脑袋的可能。西太后老佛爷那么喜欢京剧，把京城里有点名气的角儿，都招到宫里来唱戏，也没听说哪个受宠的敢对朝廷的政事多句嘴。戊戌政变之后，光绪皇帝的千秋节（生日），太后传旨，要戏班子演《白帝城》。一个皇帝过生日，演另一个皇帝的死，满台白盔白甲白幔帐。一向得宠的叫天子谭鑫培觉得大不对劲儿，也只是演完谢恩，拼了命地磕头，一句话也不敢说。

不能干政的艺人，不见得没有政治倾向。太平天国造反，虽然同为底层社会的阶级弟兄，但艺人没有喜欢这帮造反者的。因为天国禁止娱乐，吃开口饭的没饭辙了。一般来讲，本朝发生的事儿，很少入戏的。但有一出《铁公鸡》，讲的是清军和太平军交战，清军大将张国梁力擒太平军将领铁公鸡，却成了经典，一直到清朝覆灭，还有人在演。前些年，我还曾经在潘家园淘到过这出戏的剧照。不仅不喜欢太平军，几乎所有的造反者，唱戏的都不喜欢。因为这帮人叫人唱戏，给钱不给钱，全在首领的一念之间。有的疯子，还抢了戏班的行头，做他们创立新朝的朝服。

不消说，艺人在朝廷和造反者之间，选择的是朝廷。这是因为那个年月，只有朝廷的命官和富商，能捧得起戏子。艺人们要的，是一个安定的生活环境，只有这样的环境，他们才有饭吃。在战乱之中，谁有心思听戏呢？

晚清时分，外国人来了。朝野上下仇外情绪严重，这也是没办法的事儿，谁叫他们是打破大门进来的呢？艺人不喜欢外国人，因为跟他们来往的官人们也不喜欢。在乡野里走动的跑台艺人，迎合民众，编两出排外打教的戏，也是有的。天津教案时烧了望海楼的教堂，就有过一出《火烧望海楼》的戏，那一阵儿很火。但是，到了后来，老外也来看京剧了，事情就有点变化。开始老外是看热闹，看龙套，看跟头，看武打，包括看茶楼戏园子里扔手巾把。后来看着看着，就有点看出门道了。喜欢戏的，不仅有日本人，还有金发碧眼的西洋人。

结果，庚子闹义和团的时候，艺人们就分成了两拨，一拨儿跟着义和团闹腾，杀洋灭教，耍大刀；还有一拨儿被当成二毛子，被到处追杀。当年的名伶孙菊仙，就有过被说成二毛子的遭遇，没辙，只能逃出北京。

庚子过后，艺人们，至少北京的艺人们就不怎么仇外了。庚子时节跟八国联军有过合作的齐如山，还参与了梅兰芳的戏改，把那位已经很受在京的西洋人喜欢的梅郎，包装一下，走出了国门，去了美国、俄国，也去了日本。在日本，还拉起了一堆"梅党"。

艺人卖艺为生，买票捧场的（在清朝叫茶钱）就是衣食父母。有花大钱捧角儿的，就是知己朋友。他们在政治上似乎挺糊涂，但在人情道理上，却不含糊。过去人称，戏子无情，婊子无义，其实都是骂人。被贬为下九流的人，恰恰对于义气两个字其实看得很重。梅兰芳祖父梅巧玲故人灵前焚债券的故事，说的其实是一个艺人，对赏识他们的官员故交的情义。这样的故事，在晚清还有不少。达官贵人，发达的时候，对自己相好的艺人，一掷千金，没落了反而要靠已经红起来的艺人接济。这样的故事，也延续到了民国。张勋复辟之前，唱堂会出手大方，所以，进京复辟前后，天天唱大戏，当年的当红艺人，个个都来，卖力地唱。复辟失败，逃到荷兰使馆，艺人也会去见他。张勋下野到天津做寓公，没了势力，过生日，北京的名艺人都去，不给钱也唱，排不上还要争。抗战胜利后，梅兰芳只要见到过去的故人，因为汉奸罪的缘故，流落不遇，就会偷偷地接济他们一点钱。尽管他自己抗战期间蓄须明志，不肯登台，却会因这些人曾经捧过他，伸出援手。北京的梨园行有个铁打的规矩，每年过年，名角儿要一起唱上三天的义务戏，所得收入全部用来接济贫苦的同行，这叫"窝头会"，意思是给落魄的穷艺人挣个窝头钱。这三天，再牛的角儿，也没有推的，能上台的都来，那戏，好着呢。

当年的艺人，对于帝制、共和其实不大明白，谁上台，谁下台，也不怎么看重。他们只知道，谁对他们好，谁对他们不好。在强权面前，艺人多半硬不起来，一般来说，只能躲着走，顺着来。梅兰芳抗战期间蓄起了胡子，说是不为侵略者演戏也行，说是环境不好，捧场的少了，养不起戏班子也不是不可以。尚在北平的马连良继续演戏，不也得东奔西跑，到处走穴，才能把班子维持住？艺人得罪不起人，政府、军人、帮会、土匪、地痞，一个都得罪不起。不是不想用强，是用不起强。尤其是那些角儿，自己横一回，整个戏班子，都没饭吃了。

所以，艺人也讲政治，他们的政治，是非政治的政治，看重的只是义气。如果有一天，艺人们连义气都不讲了，那么不是政治变坏了，就是艺人们堕落了。

妓者风头

出风头，一定要潮，不管名妓们怎么潮，总是有一两个名妓带头，然后众妓大家跟上，最后良家女子慢慢跟着学，蔚为大观，化为流行时尚。

————————————————

从晚清到民国，上海的妓女拿得出手的，分为书寓、长三和幺二。书寓过于古朴，生命力比较弱，真正出彩的，就是长三和幺二。说起来，长三和幺二，文化不一样，长三规矩大，嫖妓程序烦琐，花头多。然而，走着走着，就都差不多了。毕竟，上海是个讲究实际的地方。当年的花街柳巷，真实的场景现在我们已经无从知晓，看《点石斋画报》画的打茶围场景，无论长三、幺二，都是一人拥着一个丽人，吃吃喝喝，跟今天KTV里的情景类似。所以，所谓二和三，就是出台侑酒的价格，拿牌九做比喻的。价格高的，当然脸蛋漂亮，活儿也不错，小曲唱得好。有清一朝，禁止官员士大夫嫖妓，整体上降低了妓女的格调，像明末柳如是、李香君那种能诗会画的名妓，早已不复存在。晚清禁令放松，但一时半会儿，妓女的文化素质拉不上去，所谓的名妓也就是会多唱几个小曲、评弹和苏昆，碰上个把能文的，大家就给捧上天了。

上海的妓女也分地域帮派，幺二以扬州帮为主，而长三则是苏（苏州）帮的天下。其实，北京八大胡同的名妓，也多来自苏州。清朝中叶，陕州和大同出名妓的日子，已经永远过去了。但是，京沪两地，花界中人的风格，却大不相同。北京的名妓，在社会上比较低调，名声也就是在上流社会中流传。她们的恩客，也都是这个圈子里的，圈里人替她们扬名，已经足够了。但是，上海不一样，但凡名妓，一定要张扬，用上海人的话讲，就是"出风头"。

出风头，在穿着上一定要潮。一度风靡的元宝装，看上去让露出的脸蛋比较瘦的女装，就是名妓先穿起来的。现在留下的晚清名妓的玉照，大抵都是高领元宝装，身上包裹得严严的，但脸蛋却个个状如瓜子。然后兴女人着男装，长袍马褂，甚至西装革履，跟着男人在游乐场所招摇。上海地方政府，一度还下令禁止，说是有伤风化。当然，进入民国，则是旗袍的改良，越改越苗条，显身段，再往后，露出来的部分越发多了。这样的旗袍，跟当初的旗人妇女装，基本精神已经大相径庭了。不管名妓们怎么潮，总是有一两个名妓带头，然后众妓大家跟上，最后良家女子慢慢跟着学，无论大家闺秀，还是小家碧玉，嘴里骂着婊子，行动上跟着走，蔚为大观，化为流行时尚。出风头，有时候也很政治。民国了，好些大男人尚在徘徊怀旧，但名妓们却跟得紧，五色国旗，直接画进了衣服裤子，摇摇摆摆过闹市，令遗老切齿，让新进开心。

出风头，行为更要潮。第一个进戏园子、书场的，是名妓。率先坐四轮马车，满城转的，是名妓。最先坐汽车的，也是若辈。最先进照相馆照相，并把玉照送人的，也是名妓，最后这些玉照居然被印在了香烟盒子上。大规模用洋货，用西洋化妆品的，当然更是名妓。一度上海滩上，上流女子，精致的日本扇子人手一柄，也是名妓先兴的时髦。到了五四运动期间，倡导抵制日货。名妓们也率先垂范，坐着汽车，打着旗帜，在人多的地方，大声疾呼，不用"敌货"。

要出风头，离不开媒体的配合。配合媒体评选花榜，先是状元、榜眼、探花，然后是总统、总理、部长。买票舞弊，不亦乐乎。最先把自己的小照登到报刊上的，也是这些名妓。若不是她们的配合，最早的画报还不知怎样打开销路。画报上出风头的女子，先是名妓，然后才是名媛。等名媛思想解放了，名妓就开始大露特露，甚至全裸了。

跟今天某些时髦女子一样，上海名妓出风头，也是为了挣眼球。但是，上海名妓的市场，其实跟北京一样，都是上流社会中人。有没有大众的名声，其实关系不大。挣眼球，挣得大众的名声，其实是海派的范儿。也就是说，在上海讨生活的人，无论官商，还是记者、律师、医生，打心眼里喜欢新潮儿，喜欢刺激。名妓们的张扬，最初都是为了恩客的欢喜，久而久之，这做派本身就成了一种新潮。花界名人，你争我抢，争的就是一个风头，哪个风头最劲儿，就看她敢不敢出格儿。

晚清上海名妓胡宝玉，在上海号称"三胡"之一（胡雪岩、胡公寿），跟胡雪岩平起平坐。看老照片，胡宝玉相貌似乎并不格外出奇。以今日观之，这样的女子能有这样的名声，出奇的，其实就是她的风头。

"女德"的闲话

社会道德系于女子一身。只要女人讲求女德了，社会道德也就变好了。真的是这样吗？见鬼吧。

从历史上讲，大概夏商周时代，中国已经是男权社会了。但是，对女德的讲究却比较晚，大抵始于东汉。在此之前，尽管有礼治一说，但社会对女子的约束，还是相当的松，夏姬这种荡妇那点事儿，在当年是传为美谈的。从贵族到平民，野合、私奔什么的，都司空见惯。诗经国风里露骨的男欢女爱，孔夫子居然说，"一言以蔽之，思无邪"。西汉时，景帝的公主，还公然为自己的情人跟老子求官，老子也没说来一顿思想教育。汉墓砖上的画，时常有野合的场景，相当的逼真，堪比后来的春宫。那个时候，女子还有一定的社会地位，可以继承财产，老子要把女孩子嫁人，还得征询一下她们的意见。

到了东汉，这情景就变了，把女子管起来这件事，慢慢地变成了朝廷的意识形态。这点，班固和曹大家要负很大的责任。有了三从四德的讲究，而且上升为事关天下兴亡的大事，事儿就麻烦大了。按班大姑的观点，天下的道德，不说全部，至少大部分系于女子一身。所以，女德至关要紧，女子一不讲道德，天下就完了。

事情是否真的如此？当然不是。但此说一出，男人们都很高兴，从此打压娘儿们，就有了理论武器。久而久之，不仅有理论武器，还有了法律武器。所以，以后的历史，就成了男人的历史，女子即使露面，也难保不跟一个"祸"字相连，变成女祸。每次出现，史书都痛心疾首地大书特书。有了四德，女子还是要以色事人，事了依旧要背上骂名，承担亡国的责任，连声都不敢作。只有五代后蜀的花蕊夫人，发了几句牢骚："君王城上树降旗，妾在深宫那得知，十四万人齐解甲，更无一个是男儿。"牢骚发得挺好，可惜没有点赞的。

北宋以后，女子的命运就更悲催。为了保证女德能够被身体力行，女子的缠足，从被提倡到强制执行。缠了足的女子，开始时也不过是以色事人，让男人觉得好看性感，后来则发展到为了防止女子淫奔，跟人跑了，即使跑，抓回来也方便。缠足的陋习，上流社会流行，底层社会也跟着。尤其是北方，不需要女人下水田劳动，所以，女子不缠足就嫁不出去，逼得天下父母，狠下心来给自家的女儿从四五岁起，就把脚裹起来不让发育了。女德倒是被保证了，可背后是天下无数女子的血泪。

为了表彰女德，明清两朝开始大力度地奖励贞节烈女。只要地方上有这样的先进模范典型，报上来，朝廷一定会以皇帝的名义，为之建一座牌坊。像是奖状，但这种耸立在大地上的奖状，逼格可是高多了。所谓的节女，就是丈夫死了，坚持守寡不改嫁，年头守得越多，贞节的度就越高。如果尚未婚嫁，就为死掉的未婚夫守节，一守就是几十年，就化为骨灰级的节女，这样变态的守节，就更值得表彰。而所谓的烈女，就是女子在遭受性侵之后，马上自杀，或者上吊，或者跳井，反正死得越快越好。如果是在性侵尚未完成之时，就已经自杀了，烈的"度"就更是高。因此，每到遭遇兵匪之灾，很多人家的家长，干脆在门没破之前，就逼着自家的女子自杀。不消说，这样死的，都是烈女，女德最为高尚。

眼下流行的女德讲究，各种各样的女德班，费用不菲，其实说来说去，不过都是传统的那一套。牌坊是不好立了，但好些人还是觉得，社会道德的崩塌，系于女子一身。只要女人讲求女德了，社会道德也就变好了。

真的是这样吗？见鬼吧。

秦香莲与女权的错位

在一个女人要靠着男人生存的时代，一个男权至上的时代，一个是女人就必须出嫁，而且最好从一而终的时代，为了给一个女人出气，把她的丈夫铡了，这是现代，或者半现代人的思路。

———————————

京剧《铡美案》，现在的年轻人已经没有几个人知道了。但是，在上世纪80年代，这部戏可是火得不得了，而且有关现代陈世美的话题，几乎隔三岔五就会被报章提起。各级妇联，也高调地为现代秦香莲伸张正义，每次都会换来一片的叫好声。各个级别的京剧团，包括地方戏剧团，外出演出，别的戏也就罢了，《铡美案》是必演的。每当包公脱下官帽子，陈世美被抬出去铡掉之际，台下一片掌声喝彩，大家都感到挺过瘾。

那个时候，随着高考的恢复，出现过一个离婚或者抛弃土对象的小高峰。这样的高峰，在1949年之后也出现过，规模似乎更大。但那个时候，干这事儿的都是工农干部，加上新式《婚姻法》出台，所以没有人为那些被离掉的女人说话，连演《铡美案》都不可能。扔掉土妻子，争取婚姻自由，找个女学生，似乎还挺光荣。但是，80年代，干这事儿的都是大学生，凭什么呀？大家义愤填膺，一致声讨，无论从哪儿讲，都顺理成章。

　　在那个时候，人们都理所当然地认为，这部戏就是伸张女权的。注意，这个女权跟现代女权主义无关。实际上各级妇联保障妇女权利的概念，批判和惩罚陈世美，捍卫秦香莲，的确跟女权有关——妇女权益嘛，简单地说，就是替女人出气。所以，一直以来，陈世美和秦香莲，都成了某种符号。一提到离婚这事儿，只要是男方主动的，那么，男的就是陈世美，女的自然就成了苦大仇深的秦香莲。

　　然而，《铡美案》这出戏，别说女权，就是妇联嘴里的"妇女权益"也不怎么相干。当年编本子的人十分清楚，如果单单因为陈世美停妻再娶这点事儿，就让包黑子把这个负心人铡了，理由过分牵强，根本没人相信。所以，事实上陈世美的死，罪过主要不是负心，而是别的。说起来，其罪有三：第一，父母死活不管，死后不葬。第二，灭子，居然要杀自己的一双儿女。第三，杀妻。至于负心这点事儿，根本就没有被提到台面上。

　　不消说，这三大罪状，前两桩都跟不孝有关，不养父母，父母死了不葬，大不孝。灭子，不孝有三，无后为大。而第三桩，不过是那个时代一个低档次的谋杀罪。如果陈世美真的成了驸马，那么单凭这桩罪，是不足以判他死刑的。在那个时代，夫为妻纲，妻杀夫跟夫杀妻，罪过不同。再加上亲贵八议的条款，包公就是真的铁面无私，也铡不了人家。

正因为如此，编本子的才给陈世美扣上两个不孝的大帽子，有这俩帽子，陈世美不死，就没天理了。说到底，梨园界的包青天不是我们的妇联，对保障妇女权益没有太大的热情。

话又说回来，如果在那个时代，真的有陈世美这个人，那么，像包公这样断案，真的就保障了秦香莲的权益了吗？陈世美被铡了之后，他的那一双儿女怎么办？他们的父亲是因为母亲的缘故，被杀掉的。如果他们也要参加科考，怎样填自己的身世？怎样面对世人的评说？而秦香莲除了解气之外，能得到什么呢？她今后在一个父权的社会里，将怎样生活呢？

其实，过去还有一个戏，也挺流行的，名字叫《金玉奴》，是根据《金玉奴棒打薄情郎》的宋代话本改编的。这个戏，说的也是一个负心汉的故事，负心得令人发指。戏的最后，由大人物主持公道，负心汉受到了惩罚——挨了一顿棒打。但是，金玉奴一双纤纤玉手，即使拿着铁棒，又能把薄情郎怎么样？打完之后，夫妻重归于好。反正那个时代，多找几个妻子也无大碍，大不了，两地安置，两头为大。这样的安排，在那个时代，好像真的维护了那么一点涉事女人的权益。所以，如果现实中真的碰到这样的事儿，各路亲戚，七姑八姨，都是一个劲儿地劝和。不管怎么折腾，最终的结果，都是在众声喧哗和吵闹之中，夫妻趁乱和好。大团圆，不仅是众人的爱好，也是实际的生活需要。

在一个女人要靠着男人生存的时代，一个男权至上的时代，一个是女人就必须出嫁，而且最好从一而终的时代，为了给一个女人出气，把她的丈夫铡了，这是现代，或者半现代人的思路。古代的包拯同志，即使真的碰上了秦香莲，最大的可能，也只是劝和。顶多利用手里的那把大铡刀，逼陈世美收下秦香莲，让她和公主，两头为大。金玉奴的模式，比秦香莲的模式，要实际得多。至于金玉奴此后的感受嘛，估计也不会像今人这样。那个时代，女性普遍的自觉，还没有到来。三从四德什么的，还是被官方提倡的主流价值。

实际上，在过去，还有过一个有关秦香莲故事的戏剧版本，说秦香莲被抛弃之后，发愤图强，女扮男装，学花木兰，跑去从军，然后建了不世之功，被皇帝封了大官，然后再跟陈世美见面加以惩罚云云。这个版本，多少有点现代女汉子意识了，可惜没流行开。

实际上，80年代流行的陈世美和秦香莲，都是大家伙儿会错了意。不仔细研究剧情，就把妇联的牌子，挂在了包拯同志的衙门上。其实，戏里的包公，无论怎么铁面无私，无非是干掉了一个不孝之子而已。别说跟妇女权益，就是跟女人关系都不大。

天后赐子

中国人对求子有后代这点事儿，实在是太在意了。除了发财，最惦记的就是这个。

_____

在福建广东沿海，妈祖在众神之中，不排第一，也是第二。什么三清四御、玉皇大帝，包括北方火得不得了的关公、观音菩萨，都赶不上妈祖。有的妈祖庙里，观音和关公只能做陪衬，在一边站着。妈祖是什么时候变成海上女神的，不知道。但一旦这么变了之后，地位陡增。靠海吃饭的人们，对于专业保护渔民的这位女神，情有独钟，自然是越抬越高。别个即使想嫉妒，也找不到门径。因为其他比较火的神灵，比如关公、观音，还有山神、龙王什么的，哪儿都有，司职都差不多，让他们兼职管管海上的事儿，当然也无不可，但都比不了号称林夫人的妈祖，专业负责海上的太平。澳门的葡萄牙文名称，叫macau，英文名字叫macao，其实就是妈祖阁的谐音。当年澳门没什么人居住的时候，就有一座妈祖阁，所以洋鬼子来的时候问当地人地名，人家就回答妈阁，于是以讹传讹，将错就错这么多年。自古以来，吃海的人都比较有钱，能折腾，他们偏爱妈祖，妈祖的香火自然旺。三弄两不弄，妈祖的声势想不高都不行。连内地，有的地方也开始供妈祖了。

天津这个地方靠海，因此妈祖也是主神。只是，这个地方的妈祖名叫太后，所在的庙宇，叫天后宫。但不知怎么搞的，天津的天后主要的职责不是保护渔民而是负责给居民发儿子。天后宫里，摆了众多的泥娃娃，谁去求子，奉上香火钱之后，捧一个大泥娃娃回家。从此往后，这就是你家的老大，再生了儿子，从老二开始排行。当然真生了儿子，得上庙里还愿，银子不能少了。

泰山离海好远，但天后妈祖，不知什么时候也上了山，住在斗姆宫里。这斗姆宫原是供北斗七星他们娘的，又叫斗姥，一个生了七个儿子，挺富态的一个神仙老太太。但是，自己的家却被这个海上来的妈祖给占了。在清代的时候，庙里的老尼姑，根本就不搭理斗姆了，一心供奉外来鹊巢鸠占的妈祖天后。因为斗姆是干什么的，老百姓记不得了，但天后管人家生儿子这事，大家都知道。于是，周围的老百姓，都辛苦地爬上山来，到这里求子。跟天津天后宫一样，求子的人扔了钱之后，捧一个泥娃娃回家。但是，这泥娃娃有名，都是那老尼姑给起的。其实也简单，娃娃的名，不是"准有"，就是"准得"。意思是捧回娃娃，放在家里，一准有儿子，比专门的不孕不育医院还神。

跟天津天后宫不同的是，这里的老尼会念经，每次求子，她都口中念念有词，念的什么，反正求子的人也听不懂，但如是这般念了之后，她就成了师父，徒儿就是那个泥娃娃。求子的人拿了娃娃，还要登记在册，记上某人求子，永保千秋。师某人即老尼，徒某人即那个娃娃。最妙的，还有保人，在旁观的人中间找一个。保人的功能，是记着万一真的生儿子了，别忘了到庙里来还愿。这个账册，名曰"娃娃老账"。

中国人对求子有后代这点事儿，实在是太在意了。除了发财，最惦记的就是这个。孔夫子的教导很多，偏只记得一句：不孝有三，无后为大。当然，这事儿求孔子是不行的。不知道妈祖的地方，大家都缠着观音娘娘，让她千手千眼，忙个不停。但是一旦听说还有一位女神，而且挺神，就马上冲天后去了。放弃忙不过来的，找个能忙活开的帮忙。

妈祖的这点事业，别的不知道，对做泥娃娃的匠人，绝对是福音。每年，只要不打仗，都有大批的生意。

旧学问和新学术

西方人做学术，形式上讲究有体系。但是，中国人做学问，讲究书读得多，腹笥宽，肚子里的料要多。人家读过的，你没读过，或者读过了没记住，就不配跟人谈学问。

_____

近代中国，百事需变，百事愁变。西洋的学术进来，声光化电，这边原来就是空白，而且具有太强的实用性，接受起来容易。经济学、法学、政治学，需要跟人家接轨，硬着头皮也得引进。但是，人文学科，他们有文史哲，我们有经史子集。我们这边的史学、经学、考据和训诂，谁也不能说不是学问。讲西洋的历史或者哲学，中国的学者也许不行，但讲中国的，多少还是有自信的。

北京大学在蔡元培当校长之前，中国的学问，基本上是老派学者的天下。哲学系讲中国哲学史，要从三皇五帝、三坟五典开始，讲一年才到商朝的《洪范》，孔夫子什么的连影儿还没见呢。今天我们知道了，在甲骨文之前的中国典籍，其实并不可靠，大多为后人伪托的。但是，当年的老派学者，却不能不这么讲。不讲足中华五千年，政治上就不正确了。

胡适先生回国之后，如果讲西洋哲学史，毫无问题，谁也不会说什么。但是，他偏要讲中国哲学史，一上手，就是老子、孔子，而只把此前的诗经作为中国哲学的胚胎。讲到荀子，也就结束了。这样的讲法，在今天司空见惯（实际上所有的中哲史，都是胡适的余绪），但在当年却让老派的学者受不了。学生也大吃一惊，用顾颉刚的话来说，就是惊得挢舌不能下，即张口结舌。同样也讲中国哲学史的陈伯弢老先生，听说胡适写了《中国哲学史大纲》，摇头晃脑地连说不通，说是哲学史就是哲学的大纲，哪里有大纲之上还有大纲的道理？而瞠目结舌的学生们，受到了震动，臧否不一。最终还是因为学问最大的傅斯年，在认真听了胡适的课之后，做了肯定的评价，大家最后才认账的。傅斯年的评价是，虽然胡适没有陈伯弢有学问，但路子是对的。学生跟老先生不一样，英文不错，多少看过一些西洋人写的东西。

其实，正如唐德刚的考证，胡适的《中国哲学史大纲》，底子就是他在美国哥伦比亚大学做的博士论文。但是，这个论文在答辩的时候，是大修通过。所谓的大修通过，近乎枪毙。所以，胡适离开美国的时候，并没有拿到博士学位。这篇在美国差点被枪毙的论文（按唐德刚的说法，当时参与答辩的美国教授，其实并没有人懂中国的学问），到了中国却大受欢迎，胡适等于开创了用西方的学术形式（还谈不上方法）研究中国学问的先河。从那以后，一干中国学人也就跟上了。所以，十年之后，爆得大名的胡适的论文，也就无须大修，直接通过了。胡适"博士"被叫了十年，才真正戴上了博士帽。当然，这么一来，这个开先河的著作，也无须完成下半部了，因为后人跟上之后，做得比胡适还好。后来，胡适又写了若干半部书，都是开了先河，然后下面就没了，也无须有了。

西方人做学术，形式上讲究有体系。胡适的大作，作为提交给老外的博士论文，当然符合这一要求。但是，中国人做学问，讲究书读得多，腹笥宽，肚子里的料要多。人家读过的，你没读过，或者读过了没记住，就不配跟人谈学问。不仅如此，学界还特别重传统，讲究家学。至于文章写出来是什么样子，大家并不计较。这个习惯，显然不那么容易被改变。所以，单单学生认账还不行，还需要学界认可。蔡元培为了让中国学人尽快认同胡适，在为胡适的《中国哲学史大纲》作序的时候，居然说胡适出自世传汉学的绩溪胡氏，因而有家学的传统。其实，胡适跟精通汉学的绩溪胡氏家族，没有半毛钱关系。这样一说，那些习惯掉书袋的老学究，到底能不能认账，认不认可胡适研究中国学问的资格，不好说，但蔡元培的苦心倒是难得。

自胡适之后，西洋学术形式的人文学科，总算进入中国了。此后，大家越做越像，著述甚多。同时，像样大学里的留洋学生也越来越多，逐渐占据了主流。影响所致，连钱穆这样没出过国的土包子，写出的考据著作和通史性的《国史大纲》，也不是传统史学的样式了。自学英文的他，其实也在偷偷地阅读英文的史学著作。

一言难尽的民国律师

民国律师的风光也许不足以点醒人们，但至少会给我们提供一些耐人寻味的故事。

_____

我们这个国家，至少在两千多年前，就有法律，有诉讼，可以开庭打官司。但是，却一直没有，也不可以有律师。所谓的诉讼，无非是原被两造，在官老爷面前，在两旁皂隶的虎视眈眈之下，各自陈诉自己的理由或者冤屈，然后听从青天大老爷的发落。如果不服，屁股上先尝尝水火棍的滋味。至于现在电影电视上讲得神乎其神的讼师，其实根本就没这种职业。被人称为讼师的，顶多是兼职。而且不能公开露面，老实点的不过代写诉状，刁蛮的则可以给想打官司的人背后出点馊主意。这样的人，一旦被官府锁定，必遭严惩。因为，在那个时代，包揽讼词、挑拨诉讼者，就是讼棍。这样的讼棍，历朝历代都是要严厉打击的，轻则流放，重则杀头。在一个以非讼为道德的社会里，所谓的讼师，不仅挑战官府权威，而且在道德上也不正确。

中国的土地上，第一次有律师，已经是民国了。清末新政的司法改革，力度很大，但毕竟时间太短了。独立的司法审判体系，对多数地方而言，仅仅在纸上。刑事和民事诉讼法的确立，也仅仅在发达地区做到了原被两造平等地应诉。乡绅没法像过去那样，自己拿一个名刺，就能把欠租的佃户送官。律师制度，到了民国才问世。中国历史上第一号的律师证，给了曾经在清末做过外务部左侍郎的曹汝霖。这位在"五四运动"中被骂成大汉奸的人，在日本学的是政治。但是，清末新政期间，他却参与过宪政编查馆的工作，翻译过日本和德国的法典，也参与制定了好些中国的新法典。进入民国，一时间不想做官，当律师，也合乎身份。

清末的外务部，位列各部之首，一个副部长做了律师，很给律师长脸。以他在官场和司法界的人脉，没有官司是打不赢的。每次庭审，只要他出席，旁听的法律学生乌泱泱的。出了北京，老百姓找他打官司的人跪了一地。用他的话说，人们是把他当八府巡按了。

曹汝霖的律师生涯不长，很快就复出做官去了。真正领风骚的，是上海律师公会的律师们。做过民国司法总长和代总理的张耀曾，是这个公会的成员，同样做过司法总长的章士钊也是。而且，沈钧儒、史良、沙千里、王造时、张志让这些民国响当当的大名人，都是上海的大律师。其中沈钧儒，在清末还中过进士。

国民党当家之后，中国的司法改革，有所倒退。以党代政的立法院制定的《暂行反革命治罪法》，以及稍后的《危害民国紧急治罪法》，开了民国以言治罪的先河。大批的政治犯，就是在这两个临时法律之下，被定罪入狱。好多共产党人，也都是依照这种法律被定罪，甚至丢了性命。幸好，那时的上海，还有租界，租界有中外合审的会审公廨。那时由于律师们的努力，好些革命者就是在这里，被无罪释放了。

当然，1932年被捕的前中共总书记陈独秀没有这么幸运。此时的他，已经被他的党和共产国际所抛弃。但是，一根筋的他却依然坚持以武力推翻国民党政府的主张，凭借他那个托派小组织展开活动。被捕之后，贫病交加的陈独秀，当然没有钱请律师。但是，他昔日的好友章士钊，却自愿免费为他辩护。当年章士钊在江苏高等法院上，为陈独秀所做的辩护词，已经载入史册了，问世不久，就成了著名的东吴大学法学院的辅助教材。看当时报纸记录的庭审状况，法官们简直被章大律师弄得张口结舌，狼狈不堪。尽管，章士钊的辩论，陈独秀并不买他账。

同样难堪的法庭庭审，还有1936年的"七君子案"，法官在如此强势的律师面前，简直就是遭罪。甚至1946年，南京高等法院审理汉奸案，也遭遇这样的尴尬。原本法官们觉得审判汉奸，民众一定拥戴，所以，特别在朝天门广场直播。没想到，由于国民党抗战胜利后，一系列倒行逆施，大失民心，同时，也由于律师们精彩的驳辩，旁听席上、直播的广场上，竟然出现了一边倒——同情汉奸被告的现象。

然而，不管怎样尴尬，怎么难堪，律师们没有受到刁难，也没有人想起会把他们驱逐出庭。包括此前的取证、阅卷、回见当事人，都没有任何问题。尽管民国的立法机构，炮制了若干完全有违《中华民国约法》精神的临时法律，作为训政时期限制个人权利的利器，但是，从清末传下来的司法改革成果，却也没有被废止。至少，律师们能干活，而且能把活儿干得相当好。他们中的好多人，过得也相当滋润，还成了这个国家一等一的大名人。

从清末司法改革算起，中国的司法改革，已经走了一个多世纪的路，让我这个外行没有想到的是，律师有的时候，居然还是妾身未明。影视剧视他们为讼师，他们自己有时也自称"大讼"。民国律师的风光也许不足以点醒人们，但至少会给我们提供一些耐人寻味的故事。

高跷上的新中国

法国记者用镜头，捕捉住了一个时代转换的瞬间，把舞者、观者在大变动时代的表情，定格在了一个耐人寻味的画面上。

———————————————

1949年年初的一天，北方的寒气尚未消退，北平这个古老的城市，已经换了主人。尚留在城市里的法国记者，抓拍了一张照片，一队汉子，身穿戏装，踩着高跷，在欢庆共产党人的胜利。高跷有一米多高，是名副其实的高跷，舞动的人，显然是行家里手，领头的手里还拿着家伙，动作很大，神采飞扬。照片的说明是："观者云集。公共浴室协会的人，被雇佣来踩高跷做宣传。"公共浴室协会，是老外的话，用北京人的话说，是浴堂同业公会。人是不是被雇来的，不清楚。其实有更大的可能就是，这个公会的人是自发出来干这个事儿的。围观的人很多，多数都是市民，也有军人。是解放军，还是傅作义的部下？从服装上看，好像应该是后者。虽然北平城被围了多日，而且居民一直在被恶性通货膨胀折磨着，但从外观看去，这些人倒不像是面有菜色的饥民。一些人很高兴，但是，也有一些面色凝重，看不到被解放了的欢欣。

跟这幅照片相配的文字，题目是：《北京：中国共产党的首都》。法国记者写道："北京，曾经是满洲王朝和宋朝的首都（显然记者弄错了，北京没有做过宋朝的首都）。随着中华民国在1927年定都南京时起，就丧失了她的政治地位。如今北京又粉墨登场，成为共产主义在中国的首都。几个星期前，结束了长达40多天的围城，林彪将军的部队开进了帝都，（随后）共产党的军事接管也就此收尾。为了巩固胜利的成果，在毛泽东的领导下，中国共产党中央委员会，党及军队领导人朱德、周恩来在这座城市站稳了脚跟。他们将建立一个更加亲苏、与苏联保持步调一致的政府。不久后共产党人将在北京与国民政府举行和平会谈。但是，共产党已经做出决议，新政府的组建不会将国民党包括在内。"

这篇报道加上踩高跷的照片，如果不是第一个，大概也要算是比较早地向西方人报道，原来的北平将再次变成这个古老国家首都。它明确地告诉西方人，以这个古老都市作为首都的政府，所代表的是一个崭新的国家，国民党的游戏结束了。

踩高跷，尤其是踩很高的高跷，是北方一项历史悠久的民俗活动，平时年节闹社火，少不了这样的表演。城里有，农村更多。几年来，内战的战火纷飞，这样的热闹，已经不多见了。仗打完了，北平在无战事的状况下，换了人间。即使是各怀心思的人，对于和平的到来，还是乐见的。法国记者的文字不甚高明，观察和分析却相当犀利而且准确，摄影的水平更高，他用镜头，捕捉住了一个时代转换的瞬间，把舞者、观者在大变动时代的表情，定格在了一个耐人寻味的画面上。

第四章

闲话古今

被谣言困惑的皇帝

敏感的人，就怕总有这样的流言蜚语，背后嘀咕。但是，这样的事儿，却总是没完没了。

———————————

雍正皇帝胤禛，恰好夹在两个名气特别大的皇帝之间，上有他爹康熙，下有儿子乾隆，在位仅仅14年，龙椅坐得不容易。人生最大的理想大概是做隐士，因此找来画家，把他画成严子陵一流的人物，每日游荡于山间溪畔，垂钓闲游。可惜后世的作家，偏不让他实现自己的梦，硬是把他写成人民的好总理，把他给活活累死。

当然，雍正不是累死的，但这个人的确活不长，因为他过于敏感。这样的人，其实适合当作家或者诗人，写文章糟改别人，而不是被别人糟改。当年，雍正横空出世，是以胜利者姿态亮相的。但是由于他的敏感，对于流言蜚语，过分在意，反而像个失败者。康熙名下几十个儿子，最后大位落到你的名下，无论用了什么手段，具体过程怎样，你都是胜利者。况且，后来关于所谓篡位的流言，什么添加笔画之类，经考证都是无稽之谈。就算有阴谋，这个阴谋也发生在老爹康熙下决心之前，而非咽气之后。只要老爹发话了，那么即使胤禛是个弱智，也是合法的真龙天子。

但是，因为这些个流言，雍正继位之后，放着正殿不坐，非要待在偏殿，弄得皇宫政治地图大乱，群臣、嫔妃以及太监宫女们，连续好些天找不到北。待在偏殿就能表明心迹了吗？显然不能，真要自明的话，得学姜文电影《让子弹飞》里那个傻小子，把肚子剖开。

更令雍正闹心的是，有关他继位的流言，居然传到了穷乡僻壤，闹得满世界都是。雍正知道这事儿，还是被一桩谋反事件带出来的。一个湖南乡下已革除功名的秀才曾静，有个心高气傲而且特别乐意走动的门徒张熙。这个张熙，居然认定当时的甘陕总督岳钟琪因为是岳飞之后，所以理所当然地会起兵推翻清朝，缺的就是他登门前去指点一下。这桩玩笑式的谋反事件，牵扯出张熙老师曾静的一番说辞。别的雍正都不大在意，在意的就是关于他篡位那些说法，居然跟人们传隋炀帝的差不多，什么谋害亲父、逼死兄弟、霸占嫂子，而且还酗酒成性。

滴酒不沾的雍正，对此特别的愤怒，从接二连三的上谕中，可以看出这个敏感皇帝的憋屈。憋屈总得找个地方发泄，所以，追查谣言的源头是一方面。另一个更重要的事儿，是得把这个曾静逮到北京来，由皇帝亲自审问。其实不是审问，就是当面让这个胡言乱语的人看看，我胤禛不是这样的人！

其实，曾静在湖南巡抚派人抓他的时候，就已经吓尿了。所以见到皇帝后，审讯结果，不问可知。一边是长篇大论的训话连带表白，一边是磕头如同鸡啄米式的自己骂自己。审讯记录，被整理成一本大清朝最伟大的著作《大义觉迷录》。书成之后，皇帝将之颁行天下，读书人人手一册。接下来，曾静和他的门徒张熙，也在群臣纷纷喊剐的喧嚣中，得以保住性命。曾静还得了赏钱一千两银子，被发往湖南观风俗使衙门效力，宣讲皇帝的伟大和英明。随后的日子，但凡有学习这部伟大著作的学习体会，皇帝都会亲自批示，皇帝好像一直在期待点什么，他被自己的伟大给感动了。只有他旁观的儿子看得明白，他爹又干了一次剖开肚子表明心迹的傻事。

被自己感动的皇帝，依旧免不了另一类谣言的困扰。就在皇帝为曾静案忙碌的时候，福建居然开始流传一则谣言，说是朝廷的钦天监观察到一异常天象，北斗七星中的紫微星将落于福建，这是一个凶兆。所以皇帝为了安抚上天，准备将福建所有3到9岁的男孩杀掉。如果任这个谣言传播，那后果可非同小可，弄不好会激起民变的。所以，官府得马上拿下造谣之人，公开辟谣。

其实，这样无稽的谣言，之所以会有人信，关键是人们相信这样的事儿，皇帝能干出来。因为不久之前，云贵总督鄂尔泰上奏说，云南出现了祥瑞。什么祥瑞呢，就是五色祥云绕日达数时辰之久。天上有彩霞，原本是司空见惯之事，鄂尔泰拿来拍马，结果却非常之好，加官晋爵，而且还下令在京师修缮庙里的云师雨师的雕像。有好事了，你能这么折腾，有坏事，还不知怎么折腾呢？

敏感的人，就怕总有这样的流言蜚语，背后嘀咕。但是，这样的事儿，却总是没完没了。雍正是多么想天天什么事儿没有，天下太平。可惜，求不得。奖励了鄂尔泰，其他人也纷纷报祥瑞，但糟心的事儿，并非他不喜欢就不发生了。更重要的是，如果有了这样的事儿，底下的人匿了不报，他更闹心。匿而不报之人，一旦被发现，吃饭的家伙，百分之二百是要丢的。每天上朝，皇帝最关心的，就是这类他最最不想发生的事儿。

巡城御史烧车打人

这个和珅，可能未必像后人说的那样，无法无天，是个奸相。反正后来的皇帝要办他，墙倒众人推，什么烂事儿，都堆到他头上，给人感觉，像是十恶不赦似的。

清代的北京城，是皇帝待的地方。按西方的说法，这地方叫作首都。但是，那时的中国人，只管北京叫京师，不知道首都这名目。京师地方也有地方官，叫作顺天府尹，就是顺天府的知府。平常的知府不过从四品，顺天府尹却是正三品。因为京师地方，级别高。历朝历代，京师地方官的品级都高，不高就没法办事。因为京师聚拢了全国的高官、亲贵，漫说对付这些人，就是这些人的家人，官小了都惹不起。

但是，即使把顺天府的地方官提高两级，还是不顶事。因为清朝是满人政权，而顺天府尹是汉官之缺，汉人官再大，碰上成堆的亲王郡王、贝子贝勒还有众位格格，基本上就歇菜了。为了防止亲贵犯法没人辖制，清朝皇帝另在京师设了一个步兵统领衙门，由至亲的王大臣统领，也负责京师的治安。城里城外，都能管得到，而且案件审理自成体系，不由刑部。

有了高级别的步兵统领衙门，皇帝还是不放心，在城里又加设一个五城察院。当年，北京城分东、南、西、北、中五城。五城察院，每城安两个巡城御史，一满一汉，每城都有自己的公所，下设兵马司，里面有兵有将，统归巡城御史调遣。

说起来，顺天府、步兵统领衙门和五城察院，管的事都差不多，都是负责京师的治安，审理案件，跟各级地方政府大同小异。每个衙门里，也都养着一堆的衙役。要审案，有人站班喊"威武"，要拿人，有捕快出动，拿链子锁人，轻易不会动用军队。但是三个衙门，各自管的事，还是有点分别。顺天府管的都是老百姓，顶多管到一般的小官。步兵统领衙门管满人的事多一点，更多的是负责京师的保卫，每天开城门，关城门，清理沟渠。皇帝要出行，负责撒黄土铺路什么的。而巡城御史则管官员，尤其是管高级官员的事儿多一点。对于京师的风化，也负有格外的责任。前门一带的戏园子，得给巡城御史留座，人家管你的戏是否有伤风化，惹到了人家，一句话，这戏饭就甭吃了。

历史上，人们对五城察院的巡城御史，评价都不错。因为他们在和珅权势熏天之际，干过两件特牛的事儿。一件是和珅的家丁乘和珅的车出行，严格地说，这属于僭越之事，是违法的。也是不巧，这事被巡城御史撞见，正好又赶上一个天不怕地不怕的巡城御史，一点不开面，当即就把车拦下，将人拖出来，当场一把火就把车给烧了。这事儿传出来，这位巡城御史就得了一个外号：烧车御史。

第二件事，说是当年有位唱戏的名伶魏长生，旦角，长得漂亮，比女人还女人，是和珅的相好。人说两人有断袖之癖，用今天的话来说，就是基友。和珅的基友，自然牛气，别的官员要想巴结，欲见和相一面，比登天都难。但魏长生出入和珅的府邸，就跟蹚平地一样。不知怎么搞的，居然惹恼了某位巡城御史，有天魏长生乘车在街上走，被这位御史当街拦下，把这帅哥揪出车来，劈头盖脸揍了一顿。

拦下僭越的家丁，这事有理，但把人家好好的车给烧了，处置也过度了。至于当街拦人家唱戏的车，还把人给打了，其实没道理。只因巡城御史们正好能管到戏子，打了也就打了。县官不如现管，随便找个罪名，都合情合理。奇怪的是，两件事都跟和珅有关，但和珅都没有依仗权势，出来跟御史理论。由此可见，这个和珅，可能未必像后人说的那样，无法无天，是个奸相。反正后来的皇帝要办他，墙倒众人推，什么烂事儿，都堆到他头上，给人感觉，像是十恶不赦似的。

宣传有水分

中国的事儿，尤其是事关皇帝，好些都是不能全信的，宣传有水分。

————————————————

康熙皇帝玄烨，是个令后世的汉人很推崇的帝王。记得有一度，民间甚至称之为"千古一帝"，生生盖过了秦皇汉武。清史或者半清史界也是捧他，说他上知天文，下知地理，不仅是数学高手、音韵学专家，对西方科技也相当了解，所知甚多，有专业水准。但是，这种事儿都是死无对证，高手高在哪儿呢？留下他验算的数学题了吗？天文知识有多少，我们也没法实证，反正没高到撤掉钦天监的地步。至于地理知识，虽然康熙走过不少的地方，多次去过大西北，但仍然认为，天下所有的河流都出自昆仑山。至少，这个知识也不靠谱。一位曾经在康熙的皇宫里混过的耶稣会会士回忆说，有关皇帝的一切，都带有传奇色彩。他只要在钢琴上抚弄几下，人们就会传说他是钢琴高手。所谓千古一帝的种种神奇事迹，大抵如此。

满人皇帝喜欢游猎，康熙也不例外。其实汉人的皇帝也好这口儿，只不过每当皇帝出去了，谏臣们就追着他屁股后面唠叨，非唠叨得你神经错乱才算拉倒。据他们说，这种事儿既容易伤害圣体，也有点败德，反正是不能做。所以到了明朝，皇帝基本上就待在宫里跟女人厮混了。明武宗倒是有此好，但臣子们也一直唠叨，让他什么也干不成。但是，满人出自游猎民族，干这事儿属于绝对的正事，没人敢拦着。况且，皇帝出来游猎，除了练习骑射不忘根本之外，还有一个好处，就是震慑西北诸游牧部落，在显示皇帝武功的同时，亮亮肌肉。所谓木兰秋狝，除了1860年那次逃难，都是干这个的。

正因为如此，尽管汉臣脑子里，依旧有种种皇帝不宜轻动的观念，但事关人家满人的机密大事，所以200多年，谁也不敢多嘴。也正因为如此，在《清实录》里，才有康熙炫耀性的围猎记录。据不完全统计，这个皇帝自幼年以来，用鸟枪弓矢，共猎获老虎135只、熊20只，其中有一只还做成了标本，放在西山卧佛寺里。另猎获豹子25只、猞猁20只、狼96只、野猪132只，其余野鹿、羚羊什么的不可胜计。一般人毕生猎获之数不敌他一天玩的。看他的围猎记录，经常是追着熊虎之辈打，枪响箭发，老虎和黑熊应声而倒。即使挣扎几下，也架不住他和随从一起上去，用扎枪将之捅成筛子。

那年头，野生的熊、虎、豹、猞猁、狼和野猪，都是非常凶残而且威猛的家伙，跟我们今天在动物园里看到的宝贝，根本不是一回事儿。小的时候在黑龙江，父兄辈冬天上山伐木，带着冲锋枪，碰上黑熊，一梭子打进去，居然让人家跑了30里去。大个的野猪一枪两枪撩不倒的事儿，经常有。要知道，那时的家伙事儿都是快枪，威力比当年康熙用的鸟枪，不知大多少倍。怎么能让人相信，康熙那支鸟枪，一枪打上，就可以让皮厚得刀都砍不进去的黑熊，一枪毙命？至于弓箭这玩意，威力就更说不清了。力气大的武士，兴许一箭射上去，还能伤到人家，但要致死，可得相当相当的准了。稍微差点，人家反扑过来，几十人都拦不住的。

大清再牛，也没用牛到把一个皇帝放到野兽出没的地方，凭着血肉之躯和鸟枪弓矢，跟凶残的黑熊和老虎豹子较劲的。万一有个闪失，不仅当时皇帝没了，后来的千古一帝也没了。所以，最大的可能就是所谓这些野兽，在皇帝到来之前，早就被专门的猎户们，下了陷阱捉到了。然后饿得半死，折磨得奄奄一息。皇帝到了现场，再放出来，供皇帝玩一玩。所以，一枪毙命、一箭穿心，都是有的。黑熊、老虎、豹子、猞猁什么的，再凶残，此时也已经变成了玩具，皇帝高兴怎的就怎的。玩嗨了，皇帝高兴，大臣高兴，随行的侍卫更高兴。离开特别的围场，康熙再打猎，猎物就净是些兔子和野鸡了。

但是，这么一来，皇帝的高大形象，就树立起来了。康熙这么玩，乾隆也这么玩，到后世的皇帝，就不大敢玩了。不是他们胆子小，而是心疼钱。因为这样的玩法，银子撒得大把的。有记录的，道光的时候打猎，就已经只是獐狍野鹿了，再弄黑熊老虎，弄不起了。

中国的事儿，尤其是事关皇帝，好些都是不能全信的，宣传有水分。这水分，有时候还不小，用手一碰，就滴滴答答的。

傲慢官员的前世今生

官民之间，需要和谐相处，和谐相待。官不傲民，民不傲官，互相尊重。如是，官民幸甚，国家幸甚，民族幸甚。

————————————————————

虽说不是所有的官员都傲慢，但官员的傲慢，却是留在很多人心目中的刻板印象。有的时候，越是小官越是牛气，不好打交道。所谓阎王好见，小鬼难搪，说的就是这种情况。

当然，官员的傲慢，一般来说都是对下不对上的。偶尔能出几个傲上的官员，如果不是特别有来头的话，基本上在官场上混不太久。同样一个人，在他的上司看来，兴许低调腼腆，甚至说话还脸红，但在他的下属或者外面的百姓眼里，则口气好大，张狂得不得了，眼高于顶。多少年来，民众反映的机关门儿难进，脸儿难看，事儿难办，或多或少，都跟官员的傲慢有关。

傲慢，用今天的话来说，就是牛气。官员牛气，那是有牛气的资本，因为人家身份贵。秦汉以来，中国进入了官僚帝制时代。在这样的时代，官僚是替皇帝治理天下的，是皇权的代表。皇帝的统治，全靠官僚阶层来操办。所以，在社会上，以往封建时代说了算的贵族，不得不退居二线甚至三线。在多数朝代，贵族身份，只是官僚的一种锦上添花的点缀，封侯固然荣耀，但不封侯，也不碍事。一个人的身份地位，关键看他是什么官职，有什么权力。

科举制度的实行，更加强化了官僚的地位。管你出身如何，是不是王侯之家，只要不通过录取官员的考试，就会为人们所鄙视。除了极个别的朝代之外，所谓的王侯，如果没有官职的话，在朝廷命官面前根本不算什么。连一般的平头百姓，也只买官的账，尤其是那些科举正途出身的官员，更是有人买账。整个社会对科举的痴迷，在很大程度上，是因为这个制度可以让白衣致卿相，朝为田舍郎，暮登天子堂。理论上除了下九流人等，人人都有机会。这个机会，就是升官发财，光宗耀祖。尽管经商也能致富发财，但是做官带来的财富，却比经商多出不知多少的荣耀。同样是钱，做官得到的钱财，好像格外地令人艳羡。

官员是为皇帝服务的，也是皇帝给了他们权力。尽管皇帝经常也对官员滥用权力感到不安，但皇帝却没有办法不给官员权力，毕竟他只能依靠官员来治理国家，维护自己的江山。官员是在为皇帝牧民，权力只能来自皇帝。就算是科举考试，中试者也会对皇帝感激涕零，其次感激录取自己的考官。正因为如此，所以尽管管理地方的官员，人称父母官，他们也有这个自我感觉，感觉自己是民之父母，但是这样的父母，却严重缺乏父母的慈爱和关心，更多的是傲慢和严苛。其实，他们真正的身份，是牧民之官。无论州县，都是牧，州牧或者县牧。换言之，他们不是百姓的父母，百姓只是他们的牛羊。牛羊提供肉、奶和皮毛，而牧者负责管理牛羊，长久稳定地供给，别出乱子，既不能逃亡，也不能死亡太多，以至于危及供给。

由于官员这种牧民者的身份，所以皇帝一定要保障他们有足够的威势，以足够的暴力后盾和惩治手段来维持他们的尊严、地位和面子。无论官员犯了多大的错误，贪赃枉法或者横征暴敛，惩罚他们的只能是皇帝。如果民众自行采取行动，哪怕仅仅出于自卫，都是死罪。再小的官衙，也是神圣不可侵犯的，再小的官员，也比富甲一方的富商和土地主尊贵。官员出行，哪怕仅仅是个七品知县，也是仪仗威严，地动山摇。不仅不好的官儿如此，清官也是如此，如果清官的仪仗排场不威风，民众都不答应。

正因为如此，古代的官僚制，严格的等级体制是必需的。这个等级，首先是要分隔官民，官无比尊贵，民则什么都不是。其次，官员之间的等级，必定森严，不同官阶之间，服饰、居所和车马都各不相同，而相配套的礼仪制度，更是神圣不可轻易被触动。对于官员来说，最大的罪过，其实不是贪腐，而是失礼，尤其是对皇帝失礼。明清之际几位被处罚的重臣，无论是严嵩还是年羹尧、和珅，几十条大罪之中，最致命的都是失礼。

当然，这种礼仪制度，只是保证了官员对上级恭敬的程序和规范，真正让官员对上级恭顺乃至谄媚的，其实是一级管一级的权力。即使是再狂傲之人，只要他还想吃这碗官饭，就不能不对管自己的人表示恭顺。那么反过来，管人的人，对自己管的人，几乎没办法眼睛不看天。生物学家告诉我们，很多高等动物之间也存在着等级，低等级的动物，对比自己等级高的动物很温顺。反过来，高等级的动物，也很傲慢。人的天性，也具有动物属性，没法子可想。按王朝的制度，除了极少数的朝代，一般来说，下级官员见上级官员，即使被人直接管着，也用不着下跪。但是，跪上级的官员，却比比皆是，越到王朝末期，这样的现象就越是普遍。自然，对下级傲慢的官员也越发傲慢了。

让自己的官员十分尊贵的皇帝，存在一个内在的悖论。他的统治，一方面要靠官员为之维持，但王朝的运转毕竟得靠民众的供养。说官员牧民，但民众毕竟不是牛羊。真的当牛羊来驱使，弄不好就把事儿弄砸了。"民犹水也，水能载舟，亦能覆舟"，这个道理，不仅唐太宗李世民懂，其他的皇帝也懂。所以，皇帝都自称自己是民之大父母，民众都是他的子民。进而要求官员，一定要爱民如子，不可过分苛待。当然，傲慢这个词儿，在皇帝那里，也不是个好字眼。如果哪个官员被认为傲慢，哪怕是对民众傲慢，对下属傲慢，都会有大麻烦。

所以，在王朝政治还能正常运转的时候，官员的傲慢是要受到节制的。无论对下属，还是对民众，至少在表面上不能过于张狂，不能动辄就公开施展自己的淫威。自古人们都说"灭门县令"，但县令如果真的动辄灭人之门，自己的仕途也许就走到头了。一个官员要想坐得稳，走得好，表面上的温和与谦恭是得有的，这就是所谓的官德。

但是，由于民众对于官员的反制能力相当的弱，即使存在非常横暴的地方官，民不堪命了，一般只能通过乡绅出头，反映到监察官员那里，然后才可能有效果。如果这个官员来头足够大，或者监察官不乐意出头，那么这样的反制，就一定会落空。所以，无论哪个朝代，官员对民众的傲慢，都是存在的，没有可能出现根本性的改观。

1949年之后，带有传统痕迹的旧官僚体制，遭遇了颠覆性的摧毁，被一风吹。新建立的官僚科层制，虽然从形式上与旧的官僚制差距不大，但由于大量的底层人士进入，带有强烈的平民色彩。而最高领导人，也特别注意防止官僚主义，防止官僚习气的反弹。不仅特意开党的全会，做出决议来防范自身掌权之后的蜕变，而且开展反刘宗敏思想的教育，力求避免重蹈李自成的覆辙。而且当初还抓了几个典型的官僚主义事例，严肃处理，以警示体制中人。中国特有的信访制度，其建立的用意，就是让民众通过民告官，有反制官僚的能力，借以防止官僚主义滋生。

但是，过多的政治运动，将这种防止官僚蜕变的努力，最终都给消解掉了。很多的政治运动、政治批判，都不是民众乐见的，所以都得靠体制自上而下动员和发动，换言之，得靠权力的杠杆来撬。这样一来，权力只能越来越大，权力越来越专横。为了给运动让路，所有的制约机制，都得靠边站。运动来的时候，越是不讲道理，越是胡来，权力越是任性，就会得到更多的奖赏。节制的、温和的官员，大多逐渐被淘汰，靠边站。不幸的是，这种状况，在党内长期存在，久久得不到纠正。试图抵抗或者劝谏的人，大多会被新的运动吞没。

结果，越是搞运动，官僚主义就越是泛滥。至少作为动机之一，为了遏制这样的官僚主义，最高领导人最终发动了"文革"。而"文革"中崛起的新贵，权力的横暴，更是无法无天。人们稍有不满，就会被打成反革命，甚至置之死地。被新的权力侵犯的人，不仅是一般老百姓，甚至扩大到党的高层和他们的家人。到"文革"末期，最高领导人也悲哀地发现，权力的私用和泛滥，已经到了一个无法无天的程度。

改革开放之后，运动式的权力泛滥，得到了遏制。但是，随着市场经济的转换，依靠权力推动的市场化改革，不可避免地逐渐实现了权钱的结合。有了大笔金钱的权力，在新的形势下，变得更加骄横。很多地方官、实权官员，或者权力很大的垄断国企老总，在自己的一亩三分地上，几乎想干什么，就可以干什么。中国经济的飞速发展，在很大程度上，是靠行政权力拉动的。为了维持飞速的发展速度，没有人乐意放弃这样的路径。所以，一把手的全权负责制泛滥，一把手可以干好事，也可以干坏事，无论干什么，都没有机制能遏制他们。

原来作为民众反制的信访制度，越来越有名无实，有的地方信访甚至变成了截访，变成了销号。而各种监督机构，不是失效，就是蜕变为分肥机构，根本挡不住一把手的滥权。官员的腐败增加，傲慢的程度也增加。很多地方，一把手的傲慢，已经到了令人不可思议的地步，就差没让下属直接自称奴才走狗了（私下以走狗和奴才自称者，想必也是有的），实际上就是土皇帝。当然，他们治下的民众，就更加被无视，被肆意地剥夺权利，呼告无门。

官员的傲慢，傲慢里夹带的贪腐，让民众的被剥夺感更加强烈。心理学家告诉我们，一个群体，一个地方，官民矛盾的尖锐化，每每跟被剥夺感的强度有关。民愤极大的官员，每每都是专横傲慢的官员。如果这样的官员，在公开场合还反复强调自己是为人民服务的，那么反差就会更加强烈，人们的被剥夺感也就会更强烈。

中国是一个具有两千多年官本位传统的国度，在这样的国度，官本位已经深入人心，渗透到民俗文化之中。官员的傲慢，在本质上跟官本位的文化和制度有关。打掉官员的傲慢，非一朝一夕所能奏效。说句不好听的话，即使马上变了制度，官本位也未必会消失。釜底抽薪的办法，就是要逐渐消减官员的权力，真正让市场决定资源的分配。然后逐步增加在官员选拔任命过程中民众的发言权，让民众对官员的权力滥用有反制能力。其间法治的建设是不可缺少的，让司法机构成为协调官民矛盾的一个机制。这个过程，当然会是一个比较长的时间段，但只要一步一步地往前走，官本位还是有可能被消解的。没有官本位，那么官员的傲慢，即使有的话，无非是个人性情问题，也就无足轻重了。

严格地说，民不聊生和官不聊生，都不正常。傲慢在古今中外，都不是一个好品质。官民之间，需要和谐相处，和谐相待。官不傲民，民不傲官，互相尊重。如是，官民幸甚，国家幸甚，民族幸甚。

吃货主义？

追求美食，而且能鉴赏美食，甚至可以制作美食，写出美食的文字，供大家欣赏，当然都是好事。

当今之世，吃货横行。有关吃，或者吃货的微信群和网站，格外火爆。吃货们既抱团，又有行动力，组团横扫美食。《舌尖上的中国》也就是在这个时代，方能一炮打响，拍了一集又一集，带嗨了成千上万的吃货，带红了一个个地方的美食小吃。

在我小的时候，吃货的概念，跟今天大不一样。那个时候，所谓的吃货，是指能吃而干活不行的人，绝对是贬义、骂人的话。其实，那时候大家差不多都是吃货，人人天天想着的，就是吃。肚皮吃不饱，瓜菜代，活还不轻。但凡碰上能吃的东西，天上飞的抓不到，地上四条腿的板凳吃不下，别的能下嘴的，都吃。就是这样，还是感觉饿。我们中小学生下乡劳动，中午吃饭，那些农工家庭出身的孩子，跟抢一样，稍微晚点，饭就没了，我就是在那时候练就了一身吃饭速度超快的本事。然而今天，吃货跟美食家的界限也越来越模糊。所谓吃货，只是爱美食而已，不是能吃，更不是因为吃不饱而抢食。

吃货的前提，是大家伙的吃饭问题已经解决了，很多人，有了大把的余钱，可以用来追求美食，一个地方的美食还不满足，还要多吃，甚至吃遍天下。这不能不归功于改革开放，在改革之前的票证时代，一个人的主食和副食是国家规定好了的。即使有条件下馆子，也得要给粮票。况且，在那个时代，饭店服务差得没法说。北京的饭馆里，时常贴有"严禁殴打顾客"的字条，饭菜又能怎么样呢？就算你是美食家，在那个时代，也只好徒呼奈何。

食色性也，圣人不免。孔夫子做了大夫，食不厌精，脍不厌细。老百姓说，民以食为天。吃不饱的时候，食为天；吃饱了，食依旧为天。口腹之欲，乃人之大欲。想吃点好的、再好的，其实也没错。与那些把追求好吃的视为资产阶级腐朽思想、刻意禁欲的人相比，我觉得还是吃货要可爱得多，我宁愿天下多一些这样的吃货，而不乐意见那些看见人家吃好的，一边咽口水一边批判的装货。

追求美食，而且能鉴赏美食，甚至可以制作美食，写出美食的文字，供大家欣赏，当然都是好事。如果能像香港的蔡澜、台湾的唐鲁孙一样，成为可以靠这个吃饭的美食大家，更是令人羡慕。但是，世界之大，这样的牛人，毕竟不多。因为这一行也需要天赋和机运，不是什么人都可能在这行里成功的。绝大多数的美食爱好者，其实终其一生，还只能是爱好者。吃的时候，当然可以做一个好的吃货，在不伤害身体的前提下，尽量享受。但吃完了，该干吗还是得干吗。如果一辈子既做不了美食家，却满脑子只想一件事，吃，吃，还是吃，临死只落一个好下水，其实，也是挺乏味的事儿。

吃货主义，当一个玩笑的旗帜是可以打的，但真的扛出来，还要掂掂自己的斤两。

女生衣着暴露何必大惊小怪

国家的强盛与否，跟女生的衣服没有什么关系。一个女生，穿多穿少，都是她自己的事儿。乐意看，就多看两眼，不乐意，就少看或者不看。

一位北京的女大学生，因为穿着暴露，去东南亚某国旅游，被当成特定职业的女郎而被遣返。这个消息，激起了网上一点不大不小的波澜。

从报道看，只是说这位女生衣着暴露，或者说"极为"暴露，但到底暴露到什么程度，没说。又说她一贯如此，并非从事特别的职业。既然一贯如此，平时生活和上飞机时都没有引起媒体的注意，甚至都没有人给她发上微博，看来没有什么大不了的。不过就是少点而已，连内衣外穿，都谈不上。加上由于去的是热带国家，穿少点，理所当然。但是没想到被旅游地国家遣返，而且归国的飞机上，空调又开得相当的大，所以下飞机的时候，扯了条飞机上的毯子取暖，结果又被批评教育了一顿。

回顾历史，自打清朝覆灭之后，女性的衣着，一直就是媒体乃至一班道德家的话题。有的时候，在某些人看来，女性衣着的暴露程度，关系着国家的危亡。如果裙子露出了小腿，国家的命运就要开始差了。如果旗袍没了袖子，露出整个胳膊，不仅社会道德沦丧，而且国将为之不国。不仅遗老遗少如此，城乡的大爷大妈如此，有些地方的军头也是如此。比如主政山东的韩复榘，就一度严禁女学生穿裙子，为此还派出执法队在街头执法。

自上世纪80年代以来，有关女性衣着的议论，一直就没有断过。迷你裙和迷你短裤，以及低腰裤流行之际，都会有人在媒体上加以抨击。直到前两年，还有男生抱怨，说是因为女生衣着过于暴露，以至于让他们分心，考不好试。夏天出了强奸案，也许有人会说，之所以这样是因为女生的衣着问题。言外之意是，因为女生穿少了，勾引了强奸犯。

其实，国家的强盛与否，跟女生的衣服没有什么关系。不是说女人裹得越是严实，国家就一定会强盛。我们看到的事实，其实正好相反。女人被裹得越是严实，只露两只眼睛的地方，反而相当落后，相当地贫困。"文革"时期，我们的中国女生，个个都穿得跟男人一样，一样的衣服，一样的颜色，还戴着顶军帽。但是，中国的经济，却已经沦落到了崩溃的边缘，国家穷得不能再穷了。

自然，社会的道德状况，跟女生的着装也没有关系。穿得多与少，道德该高尚的，还是高尚，该堕落的，还是堕落。社会的普遍不诚实，指鹿为马，当众撒谎，跟女生穿什么没关系。社会上多了特殊职业的女性或者男性，跟女生穿什么，也没有关系。不管是逼良为娼还是笑贫不笑娼，也都跟女生露不露出大腿，没有什么关系。

一个女生，穿多穿少，只要没有越过法律的底线，都是她自己的事儿。乐意看，就多看两眼，不乐意，就少看或者不看。吹皱一池春水，干卿底事？

丛林法则在校园

在中国任何一所学校，除了考试之外，别的观念都强不了。那些考试无望的差校和差班，都是被丛林法则支配的。没有人会把无关高考的一门课当回事。

————————————

这一段时间，校园暴力事件似乎越来越多，其中好多加害和被害的，还都是女生，从初中生到大学生都有。这样的暴力事件，还闹出了国界。我们某些威风八面的留学生，在美国居然也这样干。她们不知道，这种在中国家长花几个钱就能摆平的"小事"，在异国他乡，弄不好会导致终身囚禁的。

其实，在我的记忆里，校园暴力从来都有，只是今天手机互联网发达，能传到公众视野的机会比较多。而且，那些涉及女生的暴力事

194

件，每每都是把人剥光了羞辱殴打，这样带"色"的视频和照片，肯定特别容易被传播。不知道有没有人做过这样的研究，从"文革"以来，校园暴力频度，高低涨落有何规律？

在我的记忆中，"文革"前的学校，学生打架是有的，但那种你来我往的厮打，还算不上是校园暴力，今天打完了，明天双方兴许就和好了。但是自打"文革"开始，成规模的校园暴力，就开始成批出现了。有侮辱性的，也有以勒索为目的的。一般都是出身好的学生，殴打羞辱成分不好的。在大城市，中学生是在校园和社会上批斗、羞辱、殴打"牛鬼蛇神"的主力。打人，羞辱人，干得越是凶残，就越是革命。当年我是一个边疆农场的小学生，在我们学校，中学生先开始殴打，整人，批斗学校的老师，然后我们小学生跟着学，开始打出身不好的"狗崽子"。此风愈演愈烈，一直到复课闹革命之后，出身不好的学生，依然经常被围殴，如果你敢还手，老师就说你是阶级报复，不仅被揍得更惨，还要被批斗。

我记得，从那时候起，校园暴力就从"阶级复仇"开始演变成一种恃强凌弱的惯习。围殴出身不好的同学，从打击他们的"嚣张气焰"，变成勒索财物。这样的事情，很快蔓延开来。到了"文革"后期，只要哪个人、哪伙人胳膊粗力气大，就可以欺负其他人。勒索性的暴力和暴力威胁，变得越来越普遍。后来问问，几乎每个从60后到90后的老实孩子，在小学期间都被大同学勒索过零钱。当然，今天这种女生打女生，而且以剥光衣物羞辱为标志的校园暴力，以前也不能说没有，但今天的确比较多，而且盛行也绝对不是一年两年了。

问题是，即使这样令人发指的事，施暴者却很少遭到指控，被绳之于法。很多时候，受害者只能忍气吞声，不敢声张，因为他们害怕遭到更大的报复。事实上，即使这样的暴力残害事件暴露了，学校一般都倾向于大事化小，小事化了。公安机关对待这样的校园暴力，只要没有出人命，造成特别严重的身体伤害，也倾向于双方私下和解。多数的暴力事件，真的就是家长花几个钱，就摆平了。

无疑，校园暴力，遵行的是丛林法则，恃强凌弱，弱肉强食。这样的丛林法则，被"文革"的阶级斗争所唤醒，其暴烈程度，虽然比"文革"时有所降低（打死人毕竟不行了），但一直在一个较低的烈度上维持着。以勒索、欺负人为特征的校园暴力无时无地，一直演化到今天，女生登台，将之演成今天这种在围观者看来带有色情意味的暴力表演。

据报道，在美国上演暴力羞辱事件的留学生们，都到了法庭上了，依然没有把这种事儿，看成什么大不了的事。她们觉得，自己的父母，肯定会想办法把她们捞出去。她们的父母也就这样捞了，结果一并牵扯了进去。她们在中国的同类，当然都有这样的想法，没有人觉得自己真的犯了法，而且情节严重。

不要光埋怨我们的学校法治观念不强，对学生的法律教育不足。其实，在中国任何一所学校，除了考试之外，别的观念都强不了。那些考试无望的差校和差班，都是被丛林法则支配的。凡是这样的地方，校园暴力的土壤就特别丰厚。所谓好的学校，丛林法则不是没有，而是暂时被遮蔽了。学校里，法治教育当然也是有的，但学校当局，法律意识永远抵不过政治意识，讲政治，是压倒一切的。好一点的学校，升学率、高考合格率、重点率，就是最大的政治；差的学校，维持住局面，不出大乱子就是最大的政治。即使在教学的内容和安排上，意识形态的教育也要优于法律教育，至于跟法治有关的公民行为常识的教育，更是欠缺。

事实上，在"文革"中被阶级斗争唤醒的丛林法则，从来没有得到过很好的清理和清算，也没有人操心过。我们的教育者，很少会操心告诉学生一个正常社会正常人的行为和道德该是什么样子，一个正常的公民对法律该有何种态度。除了杀人放火之外，还有什么行为，涉嫌违法。说得不好听点，学校当局，从小学到大学，就经常违法，甚至带领学生一起违法。前几年大学评估，各个大学有组织地带领学生造假，到今天没有人追究其违法的行为，即使是社会舆论也顶多说他们不道德。

从"文革"中走出来的学校，无论小学、中学还是大学，只是用升学考试，以及学习文化和专业知识，遮掩了过去的一切。好像学生只要一心向学了，一切都会回归正常了似的。但是，人们忘了，习惯性的行为模式像病毒一样，是会传染的。丛林法则的因子，会在根本不知道达尔文为何物的人们中传递，一代一代，生生不息。

今天中国的学校，课堂上虽然有了法治的科目，但是，还仅仅是一个点缀，从学校当局到学生，没有人会把无关高考的一门课当回事。法律的意识，学生没有，老师没有，学校当局更没有。丛林法则，依旧肆虐。在学生，是拳头大为王，在学校，则是权力大为王。

大师是文化的阳具

有权势的大人物，喜欢大师，就跟当年老佛爷一干人等喜欢义和团，指望义和团的见神见鬼的技术操作，能呼唤出点神秘力量，可以给他们带来意外的惊喜一样。

———————————————————

这些年，官员求神拜佛者挺多。某个城市的著名寺庙，大年初一头炷香，据说一般都是当地最高长官的专利。然而，尽管佛也拜，神也拜，香火钱也舍得，但是官员尤其是高级官员，真正喜欢的还是大师。无论当地道观或者佛寺多么有名，官员对佛寺道观的腻乎劲儿，都不及大师。

大师有各种各样的，来自佛道两家的出家人有之，来自藏传佛教或者谎称藏传佛教的活佛、仁波切之类，亦有之。更多的，其实是像周永康背后的"某国师"。在若干地方高官背后的如王林这样的人，不是出家人，也不以出家人自居，荤腥不忌，钱财广有，女色笑纳，多多益善。

但凡叫个大师，都有点异乎寻常的本事。你要是给拆穿了，人家就说是玩杂要，变戏法。拆不穿，人家那就叫功夫，或者神通。当然，这些大师，最大的神通，不是变戏法，而是能掐会算，或者点拨人家阴宅阳宅的风水。

香港讲风水，讲得近乎走火入魔。大人物花大钱，小人物花小钱。但那些住公屋的斗升小民，即使乐意花钱，也讲不了。可是一旦风气形成，就算是为了不让风水给恶心到，只要你有这个余钱，就得讲究几分。别看风水师赚得盆满钵满，多数人，不过是花钱求心安罢了。晚清之前，大陆人其实也信这个，后来算卦看相的，外加风水师，都失了业。直到本世纪初，好些乡间的风水师，也就是混口饭吃，有个我认识的，还托我在城里帮他找工作呢。

当然，大师不是乡间的混混，但都打混混那儿过来过。混混要想成为大师，第一，得口才好；第二，肚子里得有点可以蒙人的货色，不管儒释道，还是纳米、遥感、卫星、华尔街还加上互联网技术，名词得有一堆；第三，还得有运气，有贵人相助，不管怎么的，得在城里站住脚，然后才有机会。当然，如果想有贵人相助，你得有那么几把刷子的杂要功夫。就像当年的鸠摩罗什一样，初入华土，碰上像姚苌这样的胡人皇帝，赤着脚可以在烧红的火炭上行走，一口可以吞下一把金针，连稀都不拉。皇帝崇拜得不行，送来金银财宝和成排的美女。然后王公贵胄，就随你蒙了，怎么蒙都有人信。其实也不是蒙，说得多半有准，认识的大人物多，内幕消息就多，想不能掐会算都不行。对于要倒霉的人来说，就是事先通个消息，对于将要发迹的人，就是早一点知道告诉了他。

民国时，大军头刘湘从小军头混起，打遍四川无敌手，靠的就是刘神仙刘从云，阴阳有准，能掐会算。其实呢，无非是因为刘神仙手里有个道门，道徒遍及川中，哪个军阀的队伍，都有他的人，那时候的人，又没有保密意识，领导什么意向，先告诉姨太太，姨太太又告诉舅老爷，舅老爷憋不住，告诉了自己最信得过的人，最信得过的人再告诉自己信得过的人，于是，刘神仙就知道了。刘神仙装神弄鬼，假装掐算一番，然后告诉刘湘，这么这么办。

眼下的大师，连周永康这样的巨头，都被唬得一愣一愣的，关键就是认识人多，信息多，又善于加以分析归纳。指点江山倒不至于，指点个人事儿、狗事儿什么的，一点一个准。网传前广东政协主席朱明国在海南任职期间，摊上事儿了，多亏王林作法两天两夜，把他给救了。那个时候，不见得王林能搬出更大的官员来，单靠认识人多，多提供点信息，在东窗事发之前事儿也能摆平。救了一个，以后哪怕都失手了，人家也把他当神仙。官员摊上事儿，病笃乱投医，就是根稻草，不也得抓吗？

好些潜在的大师，成名之前，都在拼了命地往大人物堆里钻。为了得到一个合影，一点有关大人物个人的内幕消息，不惜花大钱。因为这些消息，恰是他们可以钻进某个圈子里的敲门砖。三混两不混的，就进了一个圈子，然后再进一个圈子，消息多了，就可以给人指点迷津了。只消中了那么几回，自然有人给你吹嘘。而且你一张嘴，就是儒释道，就是高科技，玄得不行，由不得别人不服。

其实，这样的角色，台湾也有。南怀瑾这样的人，儒家、道家、佛家，没有不讲的。一个字儿不写，却著作满天下。台湾、大陆，党政军学商外加娱乐圈，没有他不混的。圈里圈外的大人物，没有他不认识的。指点迷津，多半靠谱。算起卦来，连台湾"中研院"的院士都服气。尽管讲学讲得跟野狐狸成精登台一样，满嘴跑火车，但最终却不是以江湖术士，或者叫江湖大师而知名的，人家寿终正寝，是儒学大师。都死好几年了，还有那么些大人物崇拜他。

大陆的大师，显然没有这个道行，无论怎么修，都不能像南大师那样，把自己洗白了，修成正果。混得风生水起，高起楼台，也终有楼塌人去那一日。大师的功夫，就跟义和团刀枪不入的法术一样，见不得真章。

说到底，有权势的大人物，喜欢大师，就跟当年老佛爷一干人等喜欢义和团，指望义和团的见神见鬼的技术操作，能呼唤出点神秘力量，可以给他们带来意外的惊喜一样。就算碰得头破血流，下一茬儿还是这样。大师，还是有的混。

说到底，这是一个巫术的文化阳具没有被割净的民族，无论儒释道，无论高科技，都抵不过装神弄鬼。

读书与啃字儿

只要认真读进去了，不为什么，时间长了，底子厚了，最终要用的时候，也许真的会有用。人的素养和能力，其实只能通过这种无用阅读，没有功利心的阅读，才能养成。

———————————————

读书是国人的光彩事业。自古以来，读书郎身后，每每印着"有出息"三个隐形的大字。不识字的老百姓，见到被丢弃的字纸，都会拾起来，恭敬地集中焚烧，不敢轻易践踏。"敬惜字纸"的背后，其实是对读书事业的崇敬。

据专家研究，古代的中国，进私塾读书的人，其实比我们想象的要多得多。男孩子即使家境再不好，也会被家长送进私塾读几年书。只是，能读出来，可以参加科举考试的，相对要少一点，但识文断字者，却并不缺乏。自宋代以来，中国的出版业就发达得不得了。那时候，全世界百分之九十以上的书，都在中国。出版的书籍，如通俗小说、话本、佛经、皇历之类，后来还要加上善书，就是为大众准备的。如果没有一定量的读书识字之辈，这个事业根本无从谈起。

国人做什么事情，都要讲究有用。读书之用，当然很多。最大的用处，就是宋真宗这个皇帝说的，可以挣来黄金屋和颜如玉。记得明代有个小说，说真的有位美女名叫颜如玉，一位白面读书郎，玩命读书，金榜题名，最后抱得美人归。尽管现实中，这样的好事，对于多数的读书人来说，只是一枕黄粱梦，但绝不耽误一代又一代的读书人，为之前赴后继，死而后已。这样的用，就是做官。读书，说白了，就是做官的敲门砖，至于敲不敲得开，就看你的造化了。

尽管从古至今，能追求到这种用的人，只是少数，但是，这样的用处，在国人眼中却是读书真正的价值所在。当年挤满贡院和今天进大学的学生，他们和他们的家长，相当多的人，满脑子想的，无非就是"读书做官"四个字。如果做官不成，进国企也不错，变相的，也是做官。这样的读书，实际上就是学校的课业，学的，无非是怎样应付考试。好多人，读着读着，阅读的兴趣一点点消散，真读到了做官的时候，就什么都不想读了。

所以，这样的读书，实际上就是上学、应考。即使读书，也无非是教科书、教科参考书。总的来说，是越读越恨，越读越没兴趣。为了前程，咬牙啃下来，一旦前程挣到了，书也就寿终正寝。高中生不懂事，雪片一样地撕书，糟蹋父母的银子。大学生就比较精明，毕业前夕，摆摊卖掉自己四年读过的书，多少挣两个零花钱。

当然，读书具体的用处，除了做官，还有好多好多。凡是某项具体的技术，学的时候，都需要看书。书到用时方恨少，不用说，有多少用处，就会有多少的书。有的时候，即使没学过这手艺，急用现学，也是可以应付的。官场对于学界的要求，就是具体的问题怎么解决，最好每一个问题有一对应的研究，出来对应的书，让官场中人看了，马上立竿见影。

但是，看小说，读散文，有什么用呢？能当吃当喝，能挣来钱吗？显然不能。中国自宋朝以来，乌泱泱出版的那些小说话本、佛经俗讲，读了之后，具体有什么用，谁都不知道。但是，就是有人要读，没有人在背后督催逼命，人们还是要读，读不了，就听人讲，所以，就有了瓦子和书场。

这样的读书，其实就是为了消遣。人跟动物不一样，人是要有精神需求的。能识字读书的人，为了具体的用而读，其实只是少数人的事业。这少数人，只要有空闲，真爱读的，可能也是这种消闲的东西。也就是说，无用之用，才是读书的最大用场。

其实，站在功利的立场，这个世界上大多数的书，无论政治、经济、法律、哲学、宗教，都是没有用的。无论什么场景，急用现学，根本找不到答案。但是，只要认真读进去了，不为什么，时间长了，底子厚了，最终要用的时候，也许真的会有用。即使文学作品，有心人读了，即使只是消闲，从某种角度上讲，也还是有用。心性和修养这东西，看不见，摸不着。但是，有和没有，就是不一样。人的素养和能力，其实只能通过这种无用阅读，没有功利心的阅读，才能养成。无用之用，才是大用。

人世间，只有读无用之书，方称得上是阅读；否则，就是啃字儿式的挣命。

财富代际传递的中国法则

中国早就没了贵族，但是这并不意味着国人不喜欢财富，不喜欢财富甚至地位的世袭。中国人感慨人生无常，缺乏长远的打算，已经成为一种近乎固化的民族积习。

佛教传入中国，人生无常的理念特别容易被人接受。中国周期性的动荡，使得没有一个王朝能够长治久安。一到王朝末年，刀兵四起，兵燹遍地，然后瘟疫灾害流行，人死大半，遑论财富？人世间所有的富家儿、官家儿，都填了沟。能够侥幸活下来的，再从头开始。即使是太平年景，也不保险，即使贵为高官，富甲天下，没准哪天得罪了谁，皇帝一纸诏令，什么都没了。就算这些你都躲过去了，也扛不过富不出三代的法则，天灾人祸都不论，单讲分家，一代代分下去，家产也会越变越薄。

中国早就没了贵族，隋唐之后，世族门阀也没了，用钱穆先生的话来说，就是大门槛消失了。但是这并不意味着国人不喜欢财富，不喜欢财富甚至地位的世袭。有钱有势家族的子女，别人虽然看着羡慕嫉妒恨，但奉承一般是缺不了的。没有功名和官位的土财主、土商人，待遇要差点，但有功名和官爵的士绅之家，绝对是一个社区的中心，是大家趋奉的对象、人们眼中的典范。叶浅予先生回忆说，他父亲中了举人，仆人抱他上街，街上的摊贩，纷纷把好吃的塞给他，走一圈，就收获一堆果子和零食。

虽说科举制度下，考试面前人人平等，但是，即便考试非常严格，录取也没有舞弊，但官宦子弟富豪儿，还是比贫寒子弟拥有更多的便利，可以找更好的老师，有更好的复习资料，有更好的学习条件。然而，据吴晗和潘光旦的研究，在明清之际，能考上进士的，还是以"中小地主阶级"的子弟为多，这种"中小地主阶级"，换句今天的话来说，就是没有功名的土财主和低级士人。

有钱有势的阀阅之家，子弟多半不够勤奋，甚至变成无所事事或者惹是生非的纨绔。到了这个份上，家业即使不败，也离之不远了。记得读过的一则文人笔记上记载了这样一个故事，说是某大家造房子，房子盖好了，主人请工匠坐上席，让自己的子弟坐下首，工匠感到诧异。主人说，就该这样，你们是造房子的，他们是卖房子的。

诸子平分的家产分割制度，导致富人的财富难以聚集。有人论证说，正是因为这个制度，导致中国产生不了百年的富豪之家，也罕见百年不衰的商号，而在欧洲和日本，这样的商号、企业从来都不缺乏。然而，这样的制度，无非是社会惯例，并非官府强制制定的规则。我们要问的是，为何中国古代会产生这样的社会制度呢？

显然，这样的社会制度，跟变幻无常的政治局面有关，跟财富没有切实的法律保障的现实也有关。政治局势变幻无常，已经不用多说了。而财富的保障问题，在古代一直就是一个大的困惑。说起来，任何一个朝廷的法律，都宣称要保障私有财产，一般性的财产侵夺官司，都能得到官府的受理，民间的财物往来的契约，也能得到尊重。但是，一旦官府有心剥夺一个人或者家族的财产，还是有太多的可能得手的。即使你贵为高官，哪怕皇亲国戚，只要皇帝要抄你的家，你还是逃不了。现存的北京各个王府，其实它们的主人，都换了好些个。现在作为旅游热点的恭王府，此前就是和珅的花园。

退而言之，就社会氛围来说，尽管多数人都幻想做富翁、当高官，但社会上的仇富仇官、均贫富的意识从来都是很强烈的。每到社会秩序坏到一定程度的时候，吃大户、均贫富的口号，从来都是可以蛊惑人心的。尽管实行均贫富的好汉，最终把财富和女子都均到了自己家里，但就是有大批的人乐意跟着他们走。这种状况，使得已经富起来的人，总是躲不开家产被抢的梦魇。

既然没有切实的私有财产的法律保障，而且社会定期动荡的梦魇又挥之不去，那么对于有钱人来说，诸子平分的制度，显然是一种比较好的选择。至少，可以让自己的子弟，尽早尽快地享受自己挣来的财富。所有自己的骨血，都利益均沾。财富的积累，家族事业的壮大，则是排在后面的选择。而不是像同时期的欧洲和日本那样，长子继承，逼其他的儿子外出闯荡，自己打拼，创出一份家业来。有这样的社会制度，在转型到资本主义之时，资本主义也就比较容易生长起来，不像中国总是在萌芽。

中国人感慨人生无常，缺乏长远的打算，已经成为一种近乎固化的民族积习。而这种积习，事实上是跟严酷的社会现实密切相关的。人们在贫苦之时，拼命挣钱，自苦到了近乎自虐的境地，但是，一旦发迹，对自己的子女，则百般骄纵，几乎根本不考虑子女今后将怎样在社会中立足。即使家业可以继承，也无非在三代以内的视野里加以考虑，三代以后基本上就随他去了。近代中国，就是有这样的有钱人，鼓励甚至诱惑子弟抽大烟。因为抽了大烟，无非变成烟鬼，其时鸦片又不太贵，家产足以让他抽一辈子了。变成烟鬼，就不会出去狂嫖滥赌、糟害家产，儿子一辈子就可以舒舒服服地过下去。至于后来的事儿，他们就管不了那么多了，儿孙自有儿孙福吧，没准社会又乱了呢？所以我们也可以说，骄纵儿女、富家儿自我的骄纵，都可以说是一种策略，一种在严酷的社会现实面前的无奈选择。

工商业是一个社会发展的根本动力。中国古代，自春秋时起，就有发达的商业，商人从来不是一个人数稀少的群体。但是，在那个年代，商人一旦发迹了，就会课子读书，考科举改换门庭，让自家的子弟变成士绅。然后买田，变成土地主。在商人没有正常地位的朝代如此，在商人有正常地位的朝代，也是如此。这样的社会，工商业能发展起来吗？但是，商人为何要这样选择呢？还不是因为政治和政治制度。

在中国，什么都不好使，只有官家的权力好使。但是，行使官家权力的人，也每每处于命运无常的状态，无论有多大的权势、泼天的富贵，时局变幻，就可能在一夜之间消失了。有权人尚且如此，平头百姓就更没有保障了。人都是自私的，中国人也希望自己家子子孙孙兴旺发达，家业越来越大。但是，这样的希冀，根本就实现不了。那么，官二代和富二代，也就只好胡吃海塞，花天酒地了。社会财富的积累、生产的扩大，都谈不上。

过有预期的生活，是人类恒久的追求。不仅希望自己的生活有预期，自己子女一代代都有预期。所谓有预期的生活，就是一个稳定的社会，一个安定的生活状态，人们今天做了什么，明天后天大体可以预计得到什么结果，不会为经常发生的不测事件所打断，更不会遭遇法律之外的无妄之灾。然而，这一切，恰是国人千百年来，可望不可求的。

代际财富传递的不稳定，本质上是社会不稳定、政治不稳定，没有一个可靠的法律和制度。而代际财富传递的不稳定，对于一个国家的发展、社会的安定，又反过来起到了破坏性的作用。人人没有长远打算，捞一把就走，那么市场的自发秩序，就难以建立。人们不仅希图侥幸，铤而走险，而且更趋向于借助权力和其他不正当的势力，攫取超额的利润。反正都是临时打算，自己发财之后，管它洪水滔天。环境破坏，民怨沸腾，谁去管得？

代际财产传递不稳定，那么富二代缺乏教育，不立志，做纨绔子弟的问题就不好解决。反正就是为了享受的，那么把父辈好不容易积累起来的家业败光，也就是一种享受。

湖南话说，崽卖爷（父亲）田不心疼。本质上是因为，即使崽不卖爷田，这个田也没准不是自家的了。

当然，要想解决这个千古难题，建设正常的法治社会，建设切实保障私有财产的制度才是根本。没有这个根本，徒叹中国人国民性如何，富二代、官二代如何不像话，都解决不了问题。有了这些制度和法治，正常的市场经济秩序，才能有希望。实现这些，把希望放在明君和清官身上，都是镜中月水中花，靠不住的。能靠得住的，是理智的国人自己看清方向，一代代地努力。

官员可不可以谋富贵？

从古至今，官员虽然有点特殊，但本质上跟别的头衔一样，就是一种人们借此谋生的职业。现在官员的声望在坠落，他们的信誉也在坠落。但是，挽回局面的方法，不是把他们都变成苦行僧。

─────────────────

官员可不可以谋富贵？其实，这原本不是问题。自古以来，"千里做官只为财"，是老百姓眼里的常识。另外，"学成文武艺，货与帝王家"也是百姓认可的平常道理。既然是"货与"，那么换回富贵，就是自然的。中国古代，是自诩可以白衣致卿相的国度，白衣入仕的追求，在很大程度上就是富贵。只有朱元璋这样的蠢皇帝，才会把官员的俸禄限制在一个可怜的水平上，然后用剥皮萱草这样残忍的酷刑，威胁他们不贪不腐，老老实实为自己服务。结果呢，恰恰明代官员的贪腐是最厉害的。皇帝不肯给，他们就利用自己的职务权力，为自己谋利。即使不刻意贪腐，仅仅靠征粮征税方面的陋规，就可以活得很舒服。明代官员在谋取不正当富贵方面，一点都不比别的朝代逊色。这种现象，可以称之为制度上的"朱元璋陷阱"。

当然，即使是明代，也有像海瑞这样，以道德追求为己任，真的一介不取的官员。做县令时，为母亲过生日割二斤肉，都得掂量掂量。官做大了，布衣蔬食，抬着棺材给皇帝提意见，连棺材都是劣等的。但是，如果要官员都学海瑞，根本是不可能的。东林党人，可以跟魏忠贤叫板，死都不怕，但你要让他们学海瑞，过苦日子，他们却不肯。一直到明朝末年，一干慷慨激昂的复社好汉，照样在秦淮河浅斟低唱，传出那么多和名妓的凄婉故事。我们都知道，没钱这样的日子是过不了的。

多少年来，尽管老百姓对于官员有抵触情绪，无官不贪、官官相护、官逼民反这样的说法，代代相传，但是，老百姓其实并不认为，官员就一定不能谋富贵。他们推崇和向往的清官，倒不一定非得过苦日子，粗茶淡饭，关键是要断案公平，不额外索取。戏剧形象里的包公就是个典型，出门八抬大轿，前呼后拥，反而显得威风。这种威风，因为里面有公正廉明四个字，老百姓反而喜欢。

其实，古代的官场，即使像明清这样实行低俸制的时代，也有默契。官员只要不额外索需，不搞额外摊派、搜刮民财，或者贪污工程款项，只受陋规，就是好官了，监察官一般也不会因此而追究他们。一个县，来自陋规的好处，如果是每年3万，不管谁接任，都只收3万，那么大家都相安无事。如果来了一任贪的收到4万，关系就有点紧张了。如果收到5万，那么不仅本地乡绅，连周围的官员都会告你了。可是每到王朝末期，这样的默契就会被打破，做官的人竞相加价，比赛着捞钱，而上面不仅不管，而且要得更多，最后就真的官逼民反了。

其实，从古至今，官员虽然有点特殊，但本质上跟别的头衔一样，就是一种人们借此谋生的职业。皇帝雇人替他来管理地方，打理跟治理有关的事务。从事这些事务的人就叫官员。他们本质上就是皇帝的雇员，拿着皇帝给的工钱，为皇帝做事。今天，皇帝没有了，但官员还在，你改一个称谓，说他们是干部，其实也是一样。这些人是纳税人用税款供养，来为公众打理公共事务的。其实，古代的官员，也一样要承担一部分公共事务。

现在我们宣传，干部是为人民服务的，这无疑是对的。但是，干部也是人，有父母兄弟姐妹，有老婆孩子，人的七情六欲他们都有，人的弱点当然他们也有。马克思主义，从不排斥个人利益，也没有要求为公共事业服务的人，个个都成为不食人间烟火的圣人。但是我们在宣传上，却存在着某种偏向，总是强调干部不要个人利益。宣传中的典型，都是不顾家人，一介不取，甚至衣衫褴褛，连吃饭都顾不上的形象。最后，还每每都因此而死掉了。显然，宣传这样的典型，无论动机如何，都是安着心，不想让人学的。管仲曾经对齐桓公讲过，一个不爱家人的人，是不可能爱君主的，当然，更不可能爱民众。人没有无缘无故的爱，所有的爱，都是由己及人的。己饥己溺，方知人饥人溺。

承认干部跟其他人一样，有追求个人利益的权利，有谋取富贵的权利，是一件顺理成章的事儿。做官在某种程度上，就等于某种意义上的富贵。当然，如果还想求更大富贵，把自己变成超级富翁，就只能改行了。公务员就是一种稳定、社会保障不错，但发不了大财的职业。所以，干这个职业，所谓的富贵，也是一种有节制的富贵。

但是，中国从来都有官场控制和配置资源的传统。在社会上，官员不仅地位最尊，而且权力最大。这样的状况，到今天也没有根本改变。所谓大社会小政府的理想，在现今的中国，还是一个相当遥远的梦。因此，承认官员有谋取富贵的权利，在一些人看来，似乎就等于说他们可以利用职务和手中的权力来谋取富贵。所以，我们必须走这个钢丝，既承认官员可以谋富贵，同时又不能让他们利用职权干这个。为此，我们的制度设计，必须让官员能凭借收入和待遇，过上中等偏上的生活。

现在的问题是，朱元璋陷阱依旧没有离开我们。人们依然一边想要限制官员的薪水，一边无奈地面对官员利用自己的权力为自己谋利。把官员的工资水平降得越低，官员为自己谋利的动机就越是强大。实在不行了，就把希望寄托在自上而下的反腐风暴上。显然，这样的风暴，治标可以，收一时之效也没问题，但若要长治久安，显然还是得想别的办法。如果总是刮风暴，只能越折腾效果越差，边际效益逐次降低。

首先我得承认，提倡官员道德水准，进行这方面的道德教育、政治教育都是必要的，但不能把典型的塑造推向极致。只能在承认官员正当个人利益的前提下，进行一种温和的适度教育，建构一种理性的道德环境。

其次，必须保证官员能有社会中等偏上的生活水平，有相应的荣誉和地位。因此，高薪养廉、特别的社会保障养廉，都是必要的。没有这个保证，一味强调官员的道德，不仅不实际，而且还会导致道德上的虚假和作伪。

其三，也是最重要的，对官员要有一种铁律、高压线，就是任何人不得利用职务和权力为自己和家人谋利。非但自己不行，如果家人利用官员的地位声望谋利，也视同官员自己贪腐。一旦触碰高压线，哪怕只是几元钱的交易，从此将之逐出官员行列，移交司法。

当然关键的问题是，我们即使建立起这样的铁律，如何才能令其真正起效，铁面无私，对所有官员一视同仁？其实，整个世界对这样的难题，没有别的办法，药方就是两个，一个是权力制衡，一个是开放监督。

用点过分的比喻，现在我们的干部状况，有点像把一个生理正常的壮汉，跟裸体美女放在一起，同时对壮汉进行道德教育，让他不要动。然而隔段时间，就发起整顿，凡是动了被发现的，就整治。如果我们一时半会儿还不能做到，让官员跟权力有一定的间隔（比如让他们没有干预市场的权力），也就是说没有办法把壮汉和裸女分开，那么，我们至少要让官员在行使权力的时候，有机构来审核这个过程，把这个过程放在一个阳光下的开放空间，让他们没有机会对裸女动手动脚。

多少年来，我们的祖先就设想过能不能通过修行，实现存天理灭人欲之境。但是，多少年都没有戏。承认官员有人欲，有追求富贵的欲望，并不可怕。可怕的是，官场道德的虚假，面上说的，跟实际做的，完全是两回事。对官员行为的约束，事实证明，从来就不可能通过断欲或者禁欲来实现。官员不是苦行僧，他们都是世俗世界里的人，之所以从事这个职业，除了一点公共服务的理想，肯定都有个人的种种盘算。制定干部政策时，制定制度的人，对此不能总是装着看不见。

必须承认，现在官员的声望在坠落，他们的信誉也在坠落。但是，挽回局面的方法，不是把他们都变成苦行僧，教育成海瑞，让他们和家人连起码的安居乐业都实现不了。简而言之，承认官员有谋取富贵的权利，同时加以限制，不让权力变现利益。

"雅贿"的进化与退化

自古以来，雅人深致，是装不出来的。

———————————————

行贿这种事儿，自打有了国家，有了权力，就产生了。今天我们看到的商鼎周彝，其实当初有好些都是贵族买铜送钱给天子，然后以天子的名义铸好了再赐给本主，实际上等于是一种变相的贿赂。当年的这些青铜宝器流传下来，到后来，依旧成为人们行贿流程中的宝贝。

用古董行贿的，人称雅贿。雅贿的内容，除了商鼎周彝、金银器、象牙犀角器、宋代的瓷器等等，还有古代名人字画和碑帖。关键看行贿的对象喜欢什么，喜欢什么人家就会送什么。

其实，多数的受贿者都喜欢真金白银。但是直接送钱，有的时候有风险。权钱交易，赤裸裸的，连点遮掩都没有。就算风高夜黑，受的人也未免害怕。所以，需要雅贿，把事儿弄得曲折一点，不是内行轻易看不出来。当然，也有些官员，真的就是有点风雅，对银子不大感冒，感冒的是风雅之物。送钱打动不了人家，送古董字画，则挠到痒处，比较容易得手。还有些官员，是钱太多了，也想附庸风雅一下，学学人家玩玩古董什么的。所以，给他玩雅贿，也算投其所好。

雅贿也有清浊之分。清代的官员之中，好些喜欢古代的金银器的。每次弄到一品，还在器皿的底部刻上自己的名讳。行贿者买来送人的时候，某个器皿底部的名字越多，来头越大，就越是值钱。其余像喜欢象牙器、犀角器、商周的青铜器的，也都算是雅贿对象中的浊俗之物。由于青铜器有铭刻的，属于有来历的，比较值钱，在那个时代就已经有造假的了。今天台北故宫博物院的藏品中，就有这样清代假造的赝品。之所以造假，就是为了"雅贿"的需求。

宋瓷和名砚，介于清浊之间。在上好的端砚上刻字造假，做成古砚的事儿，时有所闻。至于仿造宋代的钧瓷，则已经成为一个相当大的产业，造出的玩意儿让行家都打眼。这样的造假，当然也是为了"雅贿"。

和珅跌倒，嘉庆吃饱。和珅收的贿赂，有相当一部分就是古代的金银宝器。这些玩意儿，是满人亲贵的最爱。和珅的罪过，还不光是因为收的东西多，而是好些宫里都没有的东西，他却有很多。在查办他的大臣们看来，这属于僭越之罪，比贪腐罪过还要大得多。和珅所收的雅贿，就有乾隆年间两淮盐案中的查抄物。当年两位前后任的盐运大臣，多的就是这些宝器。查抄之后，按道理该进内务府。但是，查抄者拍和珅的马屁，值钱的，在上报皇帝之前，就偷偷塞给了和大人。

当然，同为两淮盐案，被查抄的两淮盐运使卢见曾被抄出来的藏品，查案人却不敢隐瞒。卢见曾是个风流才子，能作诗，会丹青，对于古代字画的鉴赏力一流，而且喜欢收藏。这位卢大人，受的贿，就属于典型的雅贿中"清"的一流。盐商们拍他的马屁，不能送银子，要花点力气，收集古代字画碑帖。其中，出自汉末蔡邕的《石经墨迹》、宋人临摹的《仙山楼阁图》和张择端的《清明上河图》三件稀世珍宝，价值连城，钱再多都弄不到。乾隆皇帝是个附庸风雅的骨灰级粉丝，对金银财宝不感兴趣，喜欢的就是这些东西。古人字画碑帖只要被他收藏了，肯定要盖上自己的收藏章，就像贴膏药一样贴在字画上，要多难看有多难看。这个案子，在要查之前，卢见曾的儿女亲家，乾隆的文学侍从纪晓岚其实已经打探到了风声，提前给卢见曾送了信儿，不知道为何这个卢见曾还没有把这些宝贝藏好。现在推测，估计乾隆事先已经得了风声，就是冲这几件宝贝去的，卢见曾即使藏好了，严刑之下，也得交出来。闹了半天，两淮盐案的雅贿，最后中枪的，竟然是皇帝和他的佞臣。

清代的雅贿之所以"雅"，不是说仅仅收的东西是古董字画。关键是这个过程比较隐秘，不像收钱那么赤裸裸，倒像是文人雅事。送的人，一般都是要找官老爷熟识的中介。不是送，而是卖。听说大人有这个爱好，我这儿呢，正好有这个东西，大人看上了，就收下玩玩。钱是要付的，但值几十万的给了万把两，也就行了，绝不会多要。一口咬定，就值这些。还有的，明明送的是真品，非说是赝品，只是仿得好，送大人玩玩。当然，就更不可能要多少钱了。对外说，这都是合理合法的交易。双方彼此都明白，交易的一方，该办的事儿给人办了，过程也就结束了。

还有一种雅贿的形式，更像是雅事。要找老爷办事，但钱人家是死活都不会要的，中间人会暗示说，老爷最近钱紧，只好把家藏的一件或者几件真品到店里出卖。当然，行贿人心领神会，到店里就把原本不值钱的玩意儿花高价买回来。这时候，真正的交易就可以开始了。当年北京城里的古董店，有点名头的，都做这种生意。清朝完蛋之后，小皇帝依旧待在紫禁城里，民国说好给他的年金，一个子儿不给。小皇帝维持那么大的家业，只好卖宫里的古董。只是，内务府的人出卖的大多是金银器，这些金银器都是古代艺术品，按古董卖，个个都特值钱。但是，经手人跟古董店勾兑好，都当寻常的金银卖。这样的卖法，每个器物如果原来值一百万的话，到最后只能卖几万。每个器物真正的身价，至少有一半儿，都落到了内务府的人手里。这样的事儿，其实要算是经手人和古董店给内务府负责人员的雅贿。小皇帝就是后来知道了，也干瞪眼没辙。

当今之世，雅贿依旧盛行。现在的某些贪官，对真金白银有兴趣，对古董字画也感兴趣。像前安徽省副省长倪发科这样，专门收集珍贵玉器的，也是一个现代雅贿的中枪者。喜欢古董，而且专门喜欢某一类古董的，也不乏其人。但是，今天的雅贿，在行贿的形式上，有的方面已经有了进化。

古代的官员，虽然有捐班出身的，但相当多的人都是科举出身的读书人。所以，写字作画对他们来说，并不是稀罕事儿。以今人的眼光看，多数古代的官员，至少字都写得不错。能够卖字的人不是没有，但非得有超人的本事才行。官员在任的时候，字能换钱的，只有像苏轼这样的大才子。穷朋友馋肉了，骗他一幅字来，换几十斤羊肉。别的人，即便字写得相当好，也得谢世之后，被人当古人字画来卖，才能卖出价钱。

今天的人，由于书写形式的转换，毛笔字已经比较稀罕了。能写一笔好的毛笔字的人，都被视为艺术家。而书法家协会的存在，也给这样的艺术家一个验明身份的所在。从七八年前开始，字画艺术品突然之间就开始爆红，很多从前看不出什么好的字画，都能卖出天价来。有人说，这是一种洗钱的方式。怎么洗的，内行看门道，外行连热闹都看不明白，只是觉得怪。

大老板小老板们，都蜂拥上前喜欢字画，如果说是附庸风雅，似乎也转变得太快。但是，这些附庸风雅的老板，对于字画作品的欣赏，每每跟书法家协会之类的半官方协会有关。只要在跟书画有关的协会里有个职位的人，他们的字画，无论良莠，都能卖个好价钱。比方说，有人在没做协会主席之前，每幅字的价格也许只有三位数，如果做了主席，就能涨到六位数。

于是，突然之间，很多现任和退休的高官，就开始兼任协会主席和副主席了。不仅书法家协会如此，连摄影协会也有了官员的身影。应该说，这些官员此前或多或少，对于此道可能是有点爱好，有点基础。也不排除极个别的人，还真有一定的水平。但是，就目前看，至少在字画上，我们的官员多数还是业余水准。我们在很多风景地看到的官员题字，有的还是相当难看。

但是，这些人敢写，而且能允许人家挂出来，甚至刻在风景地的石头上，至少说明在周围人，包括某些书法家的忽悠下，他们还真的觉得自己的字写得不错。这样的官员，如果忽悠一直继续下去，出面担任当地的书法家协会的副主席和主席，当然也是顺理成章。但奇怪的是，只要高官有了这样的兼职，他们的作品，或者所谓的作品，就肯定能大卖，行情好得不得了，很多时候一字难求。

作品大卖的官员，收入肯定不菲。但你能说人家是受贿吗？一个高官，利用业余时间，挥毫泼墨，挣来钱了，从形式上看，好像是干净的，没有任何问题。不仅没有问题，而且还挺风雅，说明我们的领导干部有文化，有内涵。但是，内行人知道，哪个花了大钱去买领导的作品，其实领导是知道的。这个"知道"，里面的名堂，多得不得了。

当然，雅贿的形式，不光有进化，也有退化。有人利用官员没有文化，又喜欢附庸风雅，居然敢送赝品给他们。名人字画这个方面，赝品最多，官员受骗的也多。连重庆的贪官文强，位高权重，居然收的张大千的画也是赝品，而且是相当低劣的赝品。这个过程，到底是送的人被人骗了，还是最终收的人吃人骗了，我们就搞不清了。清朝的时候，也有人专门做了仿品来送礼，但是，这样的仿品，制作水平是相当高的，有时连行家都打眼。而今天的赝品，则相当地低劣，至少在前几年特别低劣。这样的退化，说明我们整体上官场的文化水准比较低，所以才有这样的骗子敢这样公然胡来。

另一种的退化，是我们某些官员过于强横，这样的强横，古人做不到。据说刚刚下马的前南京市委书记，到某个公共博物馆，看上了哪个藏品，直接就命人拿走。一些收藏界的朋友告诉我，这样的事情，在别的地方也有。博物馆的东西，官员看上了，只要这个官员权力足够大，都喜欢借去看看。一看，没准就肉包子打狗，一去不回。有时也送回来，但送回来的，是不是原来那个东西，可就天知道了。这些博物馆的负责人，不敢抗命，也不敢告发，实际上等于是一种特殊形式的雅贿。

相比于古代，雅贿无论退化还是进化，都不是一件好事。雅跟贿连在一起，绝不可能把贿赂这样的丑行洗白了，只能让其更加丑陋，更令人恶心。因为这里除了赤裸裸的金钱交易，还有一些装腔作势，一些附庸风雅，一堆堆的虚伪。官员无论古今，做好自己的本分就好。把心思用在受贿上，在手段和形式上玩花样，无论怎么玩，其实早晚有露馅的那一日。如果要风雅，就真的下点功夫，拜高人，学点东西。不要附庸风雅，把自己装成雅人。自古以来，雅人深致，是装不出来的。

实干者三殇

实干者三殇，殇谗言，殇虚荣，殇体制。

————————————————

实干兴家，实干兴邦。从古至今，人们都认这个理儿。但是实干者，尤其是那些只顾埋头实干、不会瞻前顾后之辈，下场每每不佳。一家之内，儿女众多，养命儿子不得好，巧嘴滑舌之辈反而偏得父母的欢心。国家更是如此，真正能干事的，偏偏屡遭打击。贬官流放还是轻的，因为他们的能干而丢了吃饭家伙的，不绝于书。晏子治东阿的故事告诉我们，晏子治理东阿地方，实干，而且郡内升平之际，但就是由于没有拍齐景公左右的马屁，得到的是君主的谴责。待到反其道而行之，东阿乱了，晏子却得到一片好评。这样的故事，其实是严酷的历史现实。

在历史上，有几个地方官能够踏踏实实实干，造福一方，却因忽略了搞好各方面的关系而能自全的呢？很少，少到如凤毛麟角。但凡想为百姓干点实事儿的，都得先务虚，把上下左右的关系顾到，否则多半是出师未捷身先死，事儿还没等干呢，自家的官帽子先丢了。

都说有明君而后有贤臣，但是，明君不常有，即使是明君，也有不明的地方。在深宫里待长了，外面的事情也就不大明白了。说起来，上面的君主都喜欢实干的臣子，但这样的臣子如果不会奉迎，就算君主没有被左右蒙蔽，也不会招人喜欢。

实干之殇，第一殇，殇于谗言。

古往今来，实干者上下左右，肯定有一些品头评足、大发议论之辈。干得越多，可供品评之处也越多，大家说得也多，不负责任，甚至乱放的谣言也多。如果仅仅是风凉话，倒也无伤大雅。但是，官场垂直的管理体系，导致下面干事的人贤与不肖，优良中差，每每要靠上级领导周围的人提供信息。这里面，只要有一句不好听的，下面的人就会很难受。即使有实打实的政绩指标，有时也无济于事。实事上挑不出毛病，就挑虚事，你道德不好，人品不佳，有人反映你有生活作风问题，等等。最可怕的谗言，是说你有方向路线上的问题，干得越多，错误越大。在古代，就是说你不忠，有反叛意识，在今天，就是说你偏离了社会主义的方向，跟境外反动势力相勾结。如果实在查不到证据，就说你的行为，实际上配合了境外反动势力。到了这个地步，实干，反倒成了最大的罪过。当今之世，一脑门子阶级斗争的人不少，实事不碰、专门给人挖坑之辈，大有人在。想干点实事的官员，最容易碰上的，就是若辈。一不留神，掉进人家挖好的坑里，没事也变有事了。一个个国企的落马者，固然有贪腐之辈，但也不乏干实事的干才。掉进的明明是意识形态的坑，人家却非要找一个贪腐的罪名，把你弄进去。

即便没碰上这样的险恶之人，也未必就安全。实干实际上是个苦活，干得累，不容易，能出点成绩，就更不容易。人之常情，好逸恶劳，投机取巧，喜欢嫉妒。自己不乐意实干，有人干了，大家都不舒服。所以，谗言这玩意儿，不一定非得大奸大恶之人才能玩，一般人也会。不知不觉，给人挖坑的话就溜达出来了。成人之美难，坏人好事易。想干实事，第一关，谗言关就不好过。

实干之殇，第二殇，殇于虚荣。

人人都觉实在好，就是虚荣忘不了。大权在握、高高在上之人，好大喜功是随身带的毛病。即便时刻警惕，还会时不时地溜达出来。上有所好，下必甚焉。玩虚的，只能越玩越过火。文辞上的虚，已经司空见惯了。所有的大词，已经都被用滥了。有人说，这是语言腐败。反正高大上已经不过瘾了，超高、超大、超上，一般般，最高、最大、最上，才勉强应景。一进入官话体系，整个人都得飘起来，就拿放大镜去找，都找不见一句实在的话。幸好，人们只在机关这样说话，回家还比较正常，否则在外面人看来，简直就像进了疯人院。

好虚荣，说话可怕，干事更可怕。中国有多少城市，准备建设国际化大都市？恐怕但凡叫个地级市，都算上了吧？修八车道的马路，建超级大广场，盖超豪华的政府大楼，上机场。每个城市，都在大拆大建，都是大工地。唯一缺位的，就是下水道。再豪华宏丽的城市，一下暴雨，立即变成海。别说地级市，每个县，都有开发区，大片圈地，大片盖楼。有多少工程是上了下，下了再上，有多少烂尾的大楼，在风雨中飘摇？古代政府大兴土木，大抵为皇帝修建宫室和园林，现在则几乎每个县，包括贫困县，政府大楼盖得都像五星级宾馆。一个编制上千的县政府，要盖几十万平方米的大楼，怎么个用法呢？纳税人的钱，大把地丢在水里火里。虽然有实在的马路、实在的大楼，其实却都是劳民伤财的虚事儿，为的无非是满足自己和上级领导的虚荣。过于唯GDP主义的政绩观，实际上就是领导的虚荣观。数字上好看，别的一概不论。

尽管虚荣害人，害百姓，但只要领导的虚荣心不死，而且手笔太大，野心太大，大把扔钱，大把害人的事儿，就永远也绝不了。一进入虚荣的循坏，就算干实事也是虚事儿，干来干去，无论花了多少钱，造出多少建筑，结果就是一个泡沫。领导的虚荣心越大，泡沫也就越大。

实干之殇，第三殇，殇于体制。

说起来，人人都说实干好，但为何实干的人上不去，浮夸之辈下不来？不仅浮夸之辈下不来，而且逆淘汰，谁实干，谁完蛋。自古以来，在制度设计上，官员的评价体系，都无一例外地向实干方向倾斜，一条条规定得很详尽。但是走到最后，都是实干者吃亏，浮夸者得利。只有破天荒冒出一个官阶较高的实权人物，而且他比较喜欢实干者，在他的管辖之内，局部的小环境，才可能有利于实干。一些有作为的人士，要想挣出一份实干的空间，每每得做一些不得已的虚事、恶心事，否则就一点实事也干不了。所以，明代的张居正和戚继光，都得拍太监的马屁，把太后哄好了，才能做点实际的事儿。清代的李鸿章和袁世凯，都得走李莲英的门路，还得把当家的亲王，比如恭亲王和庆亲王打点到位，才能进行现代化的改革。即便如此，前面干事的人，还是流长飞短，百恶集身。

从古至今，无论官员升迁的制度设计，项目多么完善，规定多么详尽，多么倾向于实干者，但是人治的阴影却始终挥之不去。只有上面冒出来一个喜欢实干的领导来，才能稍有改善。如果没有这样的领导，大家就只能在浮华虚夸中等待，起高楼，宴宾客，楼塌掉。

长期以来，中国没有法治，只有人治。法律其实就是刑罚，专门对付百姓的。官场里，只有人治。这样的官场，无论哪个朝代，都逃不脱其兴也勃，其亡也忽的规律。不建立一个法治的环境，无论我们多么喜欢实干，实干都呼唤不来。领导人按自己的喜好拍脑袋办事的做派改不了，好大喜功的恶习，就永远会存在。

法治很简单，就是守规矩。首先领导要守规矩。在用人方面，即使你不喜欢哪个人，但人家干到那儿了，你捏着鼻子也得提拔人家。你喜欢哪个，但他没有干到那儿，喜欢也白喜欢。只有到了这个份上，实干的人才有可能出头，实干之风，才可能蔚为大观。客观地说，所谓实干，就是在利民利国的前提下，说实话，干实事。别的不讲，说实话，就可能得罪人，尤其是得罪领导。都说实话好，但在具体工作中，实话不中听啊。当年唐太宗李世民算明君了吧，魏征老是说实话，还时不时让他恨得牙根痒痒，恨不得剁了这个乡巴佬。更何况，我们很多领导，还没有唐太宗李世民那份明智，事实上也呼唤不出那么多的李世民来。所以，法治的建设，必须做到这个地步，不能让领导人以自己的好恶来判断下属的优劣，评价官员，必须有客观科学的指标。关键是人人（包括领导人）都必须绝对地遵行这些指标，否则一样遭受处罚。

话说到这个份上，大家该明白了。我的意思是，实干必须有制度和法律的保障，不是靠领导提倡、媒体吹风就可以大兴的。树一百个典型，都不及落实一条简单的法律。

第五章

余家偏史

老兽医札记

没法子，世界是人的，动物和人，没理可讲。即使在欧洲，也是没理可讲。骨子里，所谓家畜，就是为了给人享用的。

———————————————

我当兽医那阵儿，东北的兽医大抵分成两派，一派地位高些，可以治马的结症。那时候，马是最珍贵的家畜，拉车犁地都要靠它，宝贝得不得了。马之病在肠，最常见的就是肠道草结塞。兽医把手从直肠里伸进去，摸到结塞部位，轻轻移到腹壁部位，捏开或者叩开，就治好了。这事儿说说容易，操作起来难。首先，干这事儿的人得有天赋，手指细，手臂长，感觉还得敏锐。其次，得有好的师傅教。另一派主要对付猪，看家的本事是劁猪，就是给猪做阉割手术。养猪都是为了杀了吃肉，如果不从小就阉割掉了，长大肉不好吃不说，而且只要性开始成熟，就每个月发情，不好好吃食。公猪好劁，睾丸露在外面，只要注意点消毒，办起来不难。难办的是母猪，生殖系统都在肚子里，一刀下去，找不到卵巢，折腾时间长了，小猪的命就没了。高手一刀下去，子宫角便自己跳出来，抓住，拉出，把两侧卵巢拽下，了事。整个过程，不过几秒钟。这功夫，跟掏马屁股一样，都来之不易。

在传统时代，兽医是下九流，跟唱戏、剃头的一样，比给人治病的医生，要低不止一等。但是，一般来说，掏马屁股的，看不起劁猪的。虽然摆弄的都是牲口的下三路，但马显然要比猪高贵一点。所以，弄马的人自我感觉要好太多。后来，养奶牛的兴起，兽医又多了一派，主要做奶牛的人工授精，兼治奶牛的乳房病和不孕症。没手艺的话，被前两派一起鄙视。

我那个时候，就是一个劁猪的兽医。尽管是劁猪的兽医，连队里的马和牛也得管。马要是得了结症，先灌药，实在不行，就打电话请团里（那时还是生产建设兵团）的兽医来。我这种劁猪的兽医，给马灌药和打针（静脉注射）都没问题，但掏马屁股这活儿，无论如何干不了，我的手指头粗，而且短，先天不足。好在我们连队马不多，病的也少。最麻烦的事儿，是给马接生，不仅要熬夜，而且还要帮忙往外拽，跟拔河似的，小马拽出来之后，折腾几下，就能站起来，吃上几口奶，就活蹦乱跳了。

连队的牛更少，但有病一般不看。我们连队的牛，都是耕地的黄牛，脾气倔，心眼死。这种牛，拴在槽上，如果缰绳长了一点，不留神滑到了脖子底下，那可就麻烦了，牛一低头，缰绳横在脖子上了。此时的它绝不会抬一抬头，让绳子松开。正相反，它会一直往下使劲儿，让绳子深深地勒着脖子，直到自己断气。这样一根筋的东西，如果你给它看病，它绝对想不明白你是在为它治病，无论灌药还是打针，只要弄疼了它，人家就记仇了。当时忍了，过后哪怕多少年，瞅个空子，哐叽顶你一下，弄不好你的小命就没了。牛最要命的病，是网胃炎，就是网胃里扎了钉子或者铁丝，这样的病，不开刀，是治不了的。那年头，哪里有这样的设备给这么大个的牛开刀呢？我碰到过一个得网胃炎的牛，眼睁睁看着它不吃草，弱弱地快死了。还不能杀，因为当年有规定，大牲畜的宰杀，需要上级机关批准。等批下来，还不知猴年马月。所以，一咬牙，我干脆就给它放生了，解下缰绳，任它去。没想到，过了几个月，我看见这头牛还在四下游荡，食草饮露，滋润得很。看来，自由是个好东西，这样奄奄一息的牲口，只要放它自由，居然能活过来。

做兽医几年，跟猪打的交道最多。猪这种动物，除了有四个蹄子之外，跟人很相似。偶蹄目的动物，一般都吃草，反刍，但猪不反刍，而且杂食，什么都吃，所以器官跟人接近。其实不仅器官，连性情也相近。猪在野生的时候，也是群居居多，猪场更是非群居不可。但群居的猪，却没有群性，不知道互相帮助。一群猪里头，如果有一头猪得了病，得赶紧给它挪出来，否则它就会被同类咬死。每次肥猪出栏，抓猪的时候，只要把猪拢到一起，一个个屁股对着你，你就可以一个一个地把猪拖出来，拖这个，这个嚎叫着，但别的猪置若罔闻，一直拖到最后一个，既不逃跑，也不反抗，乖得奇怪。

都说猪蠢，但其实猪不笨，以动物的水准来看，甚至可以说猪还算聪明的。一般的猪，长几个月就杀了，年幼，智力当然高不了。但只要多养几年，就狡猾狡猾的。我亲眼看见，一头母猪，为了打开精饲料房偷豆饼，可以用嘴巴，把铁丝给拧开。精饲料房是猪的圣地，反正你只要不用锁头，而且把钥匙收起来，它们总是可以想办法进去的。秋收的时候，连队会让养猪班把猪放出去小秋收，但是，每次放猪，总会有几头聪明的家伙，能偷偷溜走，钻进未收割的地里大快朵颐。气得放猪的姑娘直哭，说是已经用了心了，就是盯不住。

猪接近人，所以，文明程度也比牛马高，这主要反映在性行为上。雄性的动物，都会为争夺雌性而争斗。牛和马，打起架来，都没完没了。尤其是牛，胜利的一方，恨不得置败者于死地，穷寇猛追二三十里。但是，猪不一样。两头公猪，如果争一头母猪，谈不拢，要动武了，它们会先宣战，拼命地嚼沫子，嚼到沫子流到地上了，两下就杠到一起，你用獠牙顶住我的胸甲，我顶住你的。你挑一下我，我挑一下你，谁也不会多来一下。就像两个骑士决斗，你来我往，公平公正，最终，有一方扛不住了，将身子转过来，摆成直角，怪叫一声，意思是我认输了，相当于骑士举了白旗，于是罢战休兵。败的那个，乖乖地退出竞争，走人，不，走猪。

具有这样文明性行为的猪，我作为兽医，却不能让它们中的绝大多数，享受性福。年复一年，成批地用我的手和手里的那把刀，把它们变成没有性的生物。没有性了之后，这些牲口会变得很温顺，细皮嫩肉。人，就好这一口。回过头来想想，还真的不讲兽道。其实，奇形怪状的金鱼，奇奇怪怪的狗、猫，都是人类需求的杰作，为的，都是人实际和精神的胃口。自打这个地球上有了人，而且人的文化越来越发达之后，凡是跟人沾边的动物，就都倒了霉。

没法子，世界是人的，动物和人，没理可讲。即使在欧洲，也是没理可讲。骨子里，所谓家畜，就是为了给人享用的。

现在的兽医，好像都在围着宠物猫狗转了。家养的猫和狗，当初在我做兽医的时候，没有人给它们看病，好像它们也没什么病。当年的猫狗，不是今天的猫狗，今天的猫狗，是人制造出来的宠物猫和宠物狗。人有的病，它们有，人没有的病，它们也有。所以，兽医都进化成人医了，不，比人医还要精细的医生。我们那个时代的兽医，如果混到今天，多半没有饭吃了。

老兽医札记之二

　　我做兽医，是碰巧做上的。原本我们连队的兽医，都是知青在做。当年知青在北大荒，各个连队的好活，比如技术员、会计、出纳、卫生员、兽医，大多是他们的本分。我那个时候，就是个养猪的，即使在农工里，也排在最底层，又脏又臭。1975年左右，我们连队从外面调来个指导员，很有野心，忽然想起要大办养猪事业了。我们连队地处河网地带，黑地很多，粮食有的是，多养点猪，改善生活，顺理成章，而且还可以对上级展示一点政绩。所以，我做放猪娃的那两年，连队的猪舍大变模样，一个原来可有可无的猪号，成了颇具规模的养殖场，一年可以出栏成百头猪。团里的后勤股，很是高兴。

　　这样规模的养猪场，一个兽医忙不过来。所以，什么事总是拉着我，一来二去，那点手艺，我就都会了，什么打针（包括静脉注射）喂药的，不在话下。到后来，只要兽医不在，出差了，那么这一摊子的事儿，大家就找我。兽医室的钥匙，我也有一把。不久，我们的兽医被推荐上了大学，连队这一大群猪，也就只能靠我这个山寨货了。

原本，我这样的人，出身不好，中学毕业时，又因为对"文革"有非议被全团批判过，是没有资格干好活儿（当年我们对连队有点技术含量的工作的说法）的。但是，这一摊子活儿总得有人干，团里也没有人手派下来。指导员叹了口气说，你就先干着吧。就这样，我住进了兽医室，成了一个妾身未明的兽医。正因为妾身未明，所以领导也不说先让我出去进修一下。他的意思是说，不是听说你学习特好，人特聪明吗？自学吧。好在前任还留下了两本半医书，有一本还是有关人医的，一边干，一边看好了。

当年对付猪，其实也简单，把所有该注射的疫苗，挨个都注射一个遍，不偷懒，不遗漏，大部分的事儿，就解决了。至少，猪不会有大病了。但是，有一桩大事，我必须面对。养猪必须过阉割这一关，所有的育肥猪，都要骟掉。劁猪，尤其是劁母猪，是个技术活儿。这活儿连我的前任都不会，每次都得请团里的兽医来帮忙。

当然，我可以依样画葫芦，照旧请人，自己打下手。但是，那时候的我，年轻气盛，不服这个气，非要自己办不可。我们的连队四周都是公社，旁边的一个大队，就有一个土兽医，劁猪手艺特好，比我们团里的兽医好太多，一刀准，几秒钟，办一个。我亲眼所见，神得不得了。

有手艺的人，都比较牛。开始求他教我，他不肯，原因居然是政治性的，说，听说你爹是国兵（伪满）？我说不是，是国民党军官。他说，那也不行，都是反动派。我想想，这事没办法，折回来了。转了几个圈，想想不行，手艺还得学。到小卖店买了两瓶老白干，拎着再度登门。这回人家脸色好了一点，跟我说了几句话，然后说，你自己练吧，会不会的就看你的造化了。这几句话的要点是，劁之前，猪要饿透，肚子空空，然后找对位置，左手大拇指按住，力度要大……

其余的，属于商业机密，就不透露了。

回来之后，我反复琢磨着他的话，觉得有道理。然后如法炮制，一、二、三，上手，下刀，果然，小母猪的子宫角弹了出来，一次成功。当时，感觉像做梦一样，一口气劁了几十头，最后，发现自己的手都累麻了，浑身瘫软。

其实，当年的兵团还不兴送礼。我自己呢，更是从来没有这根弦，怎么鬼使神差地想到了买酒，到现在我也想不通。但是，就这么一下子，我们猪场的劁猪问题，也就解决了。一拨一拨的，我兴高采烈地了结了那么多猪小弟猪小妹的性生活，今天想想，真有点缺德。后来，我又学会了自己做刀，磨刀，刀越是趁手，活儿干得就越利索。直到1978年改考理工科，报的都是畜牧兽医专业，可惜，人家给我分到了农机专业，让我摆弄拖拉机收割机。

劁猪这活儿，虽然技术含量高，但干起来其实平平常常，没有一丁点观赏性。我做兽医期间，干得最惊心动魄的事儿，是给公猪锯掉獠牙。一个有规模的猪场，必须有几头公猪，以备配种用的。我们的猪场，原来有两头巴克夏公猪。配种的时候，为了抢美妞，也打架，但都是按照它们欧洲传来的好传统，文明决斗。所以无伤大雅，而且端的好看。但是，随着猪场的发展，它们的后宫大扩军，秀女进来多了，猪甄嬛们闹得不行。于是，又引进了两头长白猪，这个品种原产丹麦，英文名叫landrace，中文名兰德瑞斯。听名字很有贵族范儿，但行为举止，却像流氓混混。这俩流氓来了之后，每次配种，都会出现混乱。它们也来自欧洲，居然一点骑士精神都没有，打架从来不摆阵势，上来就乱挑，不分屁股还是脑袋。这种流氓式的战法，让两位巴克夏绅士完全无法招架，遍体鳞伤。它们自己也这样乱战，也是一身的伤。领导见了，不高兴了，发下指令，要我把公猪的獠牙都给锯了。

公猪是猪里面的巨无霸，个子大得跟小牛似的，重千斤，每头猪都有两排獠牙，长有十公分左右。我们那儿的狼，从来没有敢惹公猪的。好在它们一般不跟人起劲儿，饲养员一般没事。但是，我要是锯它们的牙，人家能干吗？挑我一下，根本扛不起。但是，那个时候年轻，什么事儿都不怕。领导说要干，就得干。我先打电话问团里的兽医站，有没有麻醉枪？回答说，有。但有枪没子弹。

这不白说吗，怎么办呢？我跟领导说，你派几个棒小伙来吧。于是，七八个汉子来了。准备好钢锯，我事先给每头猪注射了一针大剂量的冬眠灵，等着。一边口中念念有词，一边看看这几个大家伙，半天精精神神的，一个个都没有睡倒的意思。实在没办法了，我只好怪叫一声，扑了上去，两手抓住猪的耳朵，把猪头死死按在地上，几条汉子也一拥而上，将猪按倒，牢牢把住，三下五除二，把獠牙锯了下来。整整折腾了一下午，我手上多了一大把的猪牙，每个都可以刻印章。整个过程，无论巴克夏绅士还是兰德瑞斯流氓，都没有进行过反抗。如果它们真反抗的话，我们这几条汉子，根本就不是对手。

在我的印象里，几乎所有的家畜，除了牛之外，似乎都怕兽医。给母猪接生，有个大块头的黑猪，特别敏感，特护犊子，曾经咬伤过饲养员。但是，就是不敢动我，有一次它都张开了大嘴，要下口，我呵斥一声，马上又乖乖地合上了。大概就是这点兽医的威风，让我顺利地把这几头武装到牙齿的家伙给缴了械。

当年的刀没了，锯下的猪牙，也不见了。想起这点事，就会有一丝的后悔，当初怎么就没想到要把猪牙留下呢？刻成印章：老兽医。大大小小一串，该多有意思。

陋室里的程老师

　　早上，当听到程老师去世的消息，倒是没有感觉到意外。因为先生已经进特护病房多日，神志早就不清醒，病危通知都接到几个了。但是，心情还是很压抑，赶到医院，在太平间见了老师最后一面之后，心里更是难受。一个多月的抢救，人已经成皮包骨了。

　　老师的全名叫程虎歔，有时文章署名程歔，而教研室的老人，干脆叫他小虎。在改革开放前，在中国人民大学党史系政治思想史教研室，程老师是小字辈，人长得也小，所以，小虎这个称谓，直到我们这些学生进门，老师们有时还会脱口而出。

　　老师生得黑瘦，学问做得也苦。他要坐档案馆，那时候档案馆的条件很差，在里面抄档案，绝对是个苦活儿。资料都得自己找不说，冬天冻死，夏天热晕。程老师的学问，就是这么做出来的。他的第一本专著《义和团文献辑注与研究》，里面义和团的揭帖、乩语、坛谕，都是他一点一点从浩若烟海的档案文献中拼出来的。不客气地说，当年的人民大学，能这样做学问的，除了程老师，剩下的就不多了。现在义和团研究出版的档案史料，基本都是程老师主持编辑的。这在条件简陋的当年，每一本，都要付出很大的心血。这种为人搭梯子的苦活儿，程老师没少干。

我认识程老师，其实有点偶然。80年代中，我来人大读研，原本就是跟原单位的人斗气的结果。稀里糊涂入学之后，看了一些内部材料，又对照老师们照本宣科的讲授，令我大失所望，失望到骨头里了，觉得党史就是骗人的，宣传而已。于是，我成天下围棋看武侠，逃掉了绝大部分的课。因为一睁眼就是上午11点了，想上也没机会了。有一天，我鬼使神差地就起来了，进了教室，发现进来一个矮小黑瘦的老师，一坐下就开讲，当场就把我给震了，居然党史系还有讲课讲得这么好的老师？！课间休息时，老师说他早上还没吃饭，有点撑不住了。我二话没说，一溜小跑，到小卖铺买了几个点心、一瓶水，回来递给了这位征服了我的老师。我不是个会来事的人，自打上学以来，干这样讨好老师的事儿，还是第一次。

下课之后，我才知道，他叫程虎歔，仅仅是个讲师。当时听课的同学，还有一些对他很是不屑，说起话来，鼻子一翘一翘的。

从此以后，我记住了这个老师。第一次登老师的门，发现老师住的地方，真是一个名副其实的寒舍。一个小三居住了三代人。老师的卧室里放了一个桌子，看书写作，都在这个桌子上。有客人来，哪怕是外国学者，都会被让到那张他平时坐的破椅子上，自己坐在床上。屋子所有的空间，包括床边，都放着书和塞着资料。也怪了，只要需要，程老师就是能准确地把他要的书和资料找出来。就这样，我和程老师一个在椅子上一个在床上，这么聊着天。聊得兴起，他会不知从哪儿摸出一碟泡菜、一瓶啤酒，两人对酌，接着聊。更让我感到神奇的是，就这样塞满了书的斗室，居然还有好些古董和字画，有些简直就是稀世珍品。当然，只有他看得上眼的人，才有这个福分可以欣赏得到。程老师说，这些都是他当年单身的时候淘换来的，不值什么钱。

程老师出身徽商世家，当年的徽州，程姓是大姓，徽商都是儒商。所以，读书，玩古董，鉴赏字画，都是看家本事。只是1949年之后，所受的教育就有点变了。尽管考上了人民大学，但出身不好的他，一直只能夹着尾巴做人。没有资格做党史研究，只好去做边缘的政治思想史，这反倒成全了程老师。当年的党史系，能在《中国社会科学》和《历史研究》一篇又一篇发文章的，只有他一个。尽管如此，直到我读研的时候，程老师在党史系的地位，依旧很边缘。在我印象里，直到80年代后期，他才评上副教授，有资格带研究生。那些靠剪刀糨糊混出来的教授，却可以大咧咧地对程老师指手画脚。

认识程老师之后，我结束了我的围棋生涯，开始做学问了。每天泡在图书馆里直到闭馆，中午靠带个面包充饥。如是一年半，我写出了后来以我第一本书《武夫治国梦》为基础的论文。没想到，答辩的时候，有些老师却宣称因为我写的不是党史，因此不给我通过。我当时很愤怒，我的同学靠两个星期凑出来的论文，可以顺利过关，而我如此苦熬出来的论文，却要被枪毙。后来，枪毙的事儿，没有再发生。后来程老师告诉我是他出面协调了，说是这个论文是他们教研室想做的课题，交给张鸣做了。

硕士研究生一毕业，我已经立志要做学问了。临毕业，我跟程老师合作，写了一篇论文，讨论了古代的乡土中国。此时，程老师的学问已经从义和团研究扩展到了古代乡村研究上。当年程老师的《晚清乡土意识》一出版，一时间真叫洛阳纸贵，相当的轰动。

再后来，我成了他的博士生。他依旧住在那个斗室里。我们两人，依旧一瓶啤酒就着一碟泡菜地聊，唯一的变化是啤酒有时是易拉罐的了。程老师的儿子程程，没少给我们跑腿买啤酒。后来他高考没考好，还抱怨说净给我们跑腿了，耽误了学习。

程老师学问做得苦巴巴的，但他的为人却蛮有情趣。精鉴赏，又品位高。收藏的字画是珍品，收藏的歙砚也几乎方方都是千年难觅的珍品。已故的刘晓师兄，跟程老师有同好，两人经常一起切磋。晚年，程老师也收了许多的砚品，在收藏界小有名气。偶尔被学生拉出去玩，不经意间老师就会露一手孩子气的绝活，逗得大家哈哈一笑。记得他曾经说过，他的学生可以用这样一个对子来形容：瘦骨伶仃妞，七长八短汉。那汉子中，就有我一个。

当然，我知道，老师的生活其实很苦，他一直需要照顾岳母和常年生病的小姨，光医药费就是沉重的负担。我当学生的时候，每次她们发病，都是我和老师用自行车推到医院，从来不会劳动单位上。退休之后，尽管学校有优惠，还靠着学生的帮助，才买下了世纪城的房子，总算结束了他斗室苦读的生涯。

程老师其实早就是近代史研究领域的重镇，但是在人民大学，无论是党史系还是后来的国际关系学院，都没有他应得的地位。累及我们这些程门弟子，经常遭遇其他大腕弟子的白眼。每到这种时候，程老师都会笑笑，说一声，别跟他们计较，出水才看两腿泥，早着呢。程老师从上大学起，就习惯了夹着尾巴做人，早就习惯了，不争、不气，逆来顺受。

记得刚做他博士研究生的时候，他一次突然对我说，今后，你就是另一个我。可惜，现今的我，事实上已经离开了学界，单打独斗了。在学界折腾了若干年，最终我也没有成为另外一个程虎歒。

母亲的更年期

再堂皇的口号和旗帜，其实都是借口。真正触及灵魂的，摧垮社会的，是把人性最恶的部分翻出来，包装成崇高，然后以此为武器，让人们厮杀。自然，人性也因此而荡然无存了。

我的母亲，就性情而言有两个，前一个跟后一个，简直就不是同一个人。小时候记忆中的母亲，性格活泼，开朗，大方，而且善良，心直口快，毫无城府。那时候我们家经常随着父亲的工作调动，在黑龙江垦区到处转，有时候一个地方没待两年就得搬家。每次搬家，找房子，给孩子找学校，这样的事儿都是母亲来做。母亲就有这个本事，搬家没几天，就能把左邻右舍加上新单位的所有人都搞定，大家都跟她熟得不得了，好像认识了几辈子似的。母亲姓高，人长得也高，一米六七的样子，在她们那一代女人中，就算高个子了。所以，"高大姐"三个字是她的标配，走到哪儿，人不分男女老幼，都这样叫她。记得1960年我三岁的时候，家居黑龙江虎林县县城。再小的县城，也有一条街，有几分热闹。有一次，我走丢了，被好心人捡到，送到公安局。公安局的人一听我说妈妈是谁，马上放心了——原来是高大姐的孩子。于是，带我去局里的食堂吃饭——那年月，请吃饭可是件需要特别交情的事儿。这边厢家里人找我找得一团乱，那边厢我却在公安局吃饭。吃完了，还在局里玩，那时节，公安局还有长枪，我一支一支地把枪从枪架上拖下来。那个时候，我们家搬到虎林，满打满算才几个月。

其实，母亲出现在黑龙江垦区，最初是以一个俘虏的老婆的身份。内战期间，母亲待在浙江上虞的老家，辽沈战役前夕，母亲大概直觉战事不妙，听父亲信上说，驻军在北平，就赶到了北平，到了北平，好不容易到了地方，却发现父亲已经调防，去了哪儿，谁也不知。幸好找到了一位爷爷生意上的朋友，才在北平住下来等消息。结果，三等两等，什么消息也没有，眼看着辽沈战役结束，北平被围。母亲变卖了所有的首饰，又从爷爷的朋友那里借了一笔钱，买了一张机票，坐飞机飞回了上海，再转回老家。一直到1951年，才接到父亲的信。在此之前三年多的时间里，父亲到底是死是活，人在哪里，全无消息。

接到父亲的信后，母亲一刻都没耽误，雇了个人担着一担行李，带着我年纪尚幼的大姐和大哥，上了火车。一路奔波，来到了北大荒的九三农场，最后一段路，坐的是马车。

那一年，父亲在这个实际上是俘虏营的农场已经干了三年。由于表现好而被"解放"，又有一技之长，安置为农场干部，负责做统计。母亲的到来，完全出乎父亲的预料。他只是试探性地写封信而已，兵荒马乱的，谁知道人还在不在了呢。母亲是整个农场成千被俘的国民党军官中，第一个找上门来的妻子。没有房子住，还是母亲找到领导，操着一口浙江话，双方比画着，最后感动了领导，给了一间当年日军军营的厕所，一家人才安顿下来。经过内战的遭遇，很多父亲同事的妻子，都不知去向了。父亲后来跟我说，就冲这个，我一辈子都感激你妈。

母亲的出现，才让父亲活得像个人样了。境遇也越来越好，很快升为农场的总统计计划员，行政级别定为19级。然后又进入九三农垦局，后来转到牡丹江农垦局、铁道兵农垦局。到我上学的时候，又因为各个农垦局合并，进了佳木斯的东北农垦总局。

在这个过程中，母亲的工作总是换，做过食堂的大师傅、照相馆卖票的、商店服务员、幼儿园阿姨。干一行爱一行，在哪个单位，都能得到周围人的认可。但是唯一遗憾的是，因为工作换得太频繁，几次调级都没赶上，在我的记忆里，妈妈的工资，一直就是每月30元。不过，从来没听她有过抱怨，嫁鸡随鸡，是她那辈人的信条。

父母两人加起来100元出头的工资，我们姐弟五人，再加上我的外婆和一个表妹，这么一大家子人，要想衣食无忧，的确是个难题。父亲除了公家的事儿，是百事不理，什么也不会做。对此，母亲从来没有抱怨过。浙江的女人干起活儿来像一阵风，上班一阵风，下班还是一阵风。一阵风刮过，饭也做好了，我们兄弟几个的脏衣服也洗了。在三年灾荒时期，母亲还有闲空领着我们去种地，搞小秋收，拣回来一碗黄豆，炒了吃。大哥大姐在外面上中学住校，我们弟兄三个，每人一小把。那个香，至今想起来，恍惚滋味犹存。在邻居们眼里，母亲最大的本事，是养鸡养鸭。这活计第一项任务，是孵小鸡小鸭。母亲孵出来的鸡鸭，总是母的居多，让邻居们好生羡慕，因为以后好下蛋。他们说，高大姐养孩子，尽是公的，养鸡鸭，尽是母的。母亲风风火火，养出来的鸡鸭也不一般。有一阵子，我家隔路是粮店，粮店里经常有老鼠跑出来，只要让我们家的鸡鸭看见，一定会逮住吃掉。尤其是鸭子，一口就吞掉。这样的鸡鸭，生蛋都是高手，所以，我们家的鸡鸭蛋，吃不完，如果不及时送人，就会臭掉。

母亲是南方人，不会做面食，初来东北没有米吃，只好顿顿疙瘩汤。后来硬是学会做了蒸馒头，做烙饼，包饺子。最初缝补衣服，都是手工。母亲攒钱买了一台缝纫机，连夜蹬机器，第二天就学会操作，然后就自己买布，学裁剪。从那以后，我们兄弟的衣服包括书包，都是我妈自产牌的了。在家里，我最小，所以总是穿哥哥们穿剩的衣服，有时甚至连姐姐剩下的我也得穿。真不知道妈妈当时用什么办法，说服我心甘情愿地捡剩的。只有一次，我表示了抗议，因为都二年级了，我还在用姐姐用过的花书包。妈妈正好买了缝纫机，马上答应了我，转天我就有了一个她试手试出来的黑书包，虽说有点歪歪斜斜的，但毕竟是第一个属于我自己的书包，背上那个包乐得我，一学期都有感觉。

母亲有人缘，不是白来的。她不仅活干得好，而且乐意助人。有时，一个人可以干几个人的活儿。单位里谁有点事儿，那一摊子就归她了，一干几个月，好像没事似的。那年头，人的手头都很紧，一旦有个三急六难，未免抓瞎。这种时候，母亲总会出来化解。自己有富余，乐意帮人，实在没钱，就找人，或者找组织帮忙。母亲能说，经常可以说动工会，说动领导。那时候，没见母亲愁过，无论日子怎么难，都乐呵呵的。在佳木斯的时候，我的班主任家访，大概原来是打算告状的——具体要告什么，我也不知道。但是跟我妈聊了一阵，聊得开心，最后居然什么坏话都没说，反而夸了我一顿。母亲这一生，一共生了8个孩子，养活了5个。但这5个孩子，她从来就不操心他们的学习。那个时候，虽然家长没有今天这般如狼似虎地盯着孩子，但成绩册还是要看的。学期末，同班的同学，都担心家长看成绩册，成绩不好的，一顿胖揍是免不了的。但我们弟兄几个的成绩册，父母从来不看，双手奉上，也不看。父亲是没工夫，母亲是盲目自信——我的儿子，错不了。

在今天看来，那个年月，我们家能生活在北大荒，真是幸运。北大荒地广人稀，人与人之间，关系都比较亲。加上来到这儿的人，不管领导还是一般的农工，多少都有点问题，至少都属于在政治竞争中的失意者。所以，政治斗争的这根弦，绷得不如内地那么紧。内地搞政治运动，北大荒则接受被整的下放者。至于自己人互相斗，则没有那么起劲。所以，我们家一直都没有受到运动的波及，父亲这种地主家庭出身、有历史问题的人，居然可以在总局机关待着，而且待在计划部门这种核心机关。那时的总局领导，都是当兵出身的大老粗，只要下属不爱说话，能干，活儿干得漂亮，就喜欢。

但是，这样的局面，到了1965年，发生了变化。不仅"四清"运动已经折腾一年，连社会主义教育运动也开始了。两个叠加的运动，一个核心的精神，就是大搞阶级斗争。搞阶级斗争，就是要讲阶级路线。于是，父亲这样的人，在总局机关没法待了。正好，一个留学日本的畜牧专家、时任总局畜牧处长的伯伯，在总局也不好待了，自愿到下面一个畜牧场做场长，顺便把我父亲也带了下去，做农场的计划员。这个农场，就是诞生了知名乳业完达山乳品厂的851农场。

母亲带着我们，再一次跟着父亲搬家到了这个小农场。从有暖气、抽水马桶的小洋楼，来到了需要自己种菜养鸡的破烂平房。即使这样的房子，也是母亲跑来的。母亲把家都搬来了，可房子还没着落，一家人只能住在父亲的办公室里。母亲带着一家人，再一次顺利地实现了生活的转型，自己上山打柴，烧饭取暖，自己种菜，自己修理房子，搭火炉，掏炕。这些活儿，都是男人做的，但在我们家，都是我妈领着我们做。父亲到这个农场，一直在忙于跑建奶粉厂的事儿。因为这个畜牧场，拥有很多荷兰奶牛，生产出来的奶卖不掉就只能成桶地倒掉。

等到这个幼稚的小奶粉厂投产，"文化大革命"也就开始了。这场"大革命"，真的史无前例，彻底地搅动了整个社会。连当权的红一代，都成片地倒下。像父亲这样的人，自然更是在劫难逃。别说父亲这种国民党王牌军军官，那个年月好些人仅仅是当过兵，做过会道门的小头目，都被整了。

可悲的是，母亲对此完全没有感觉。这些年，日子过得有点顺，以至于她全然忘却了她国民党军官太太的身份。加上她自己出身不错，外公是个贫农，长期以来的自我感觉，一直都是政权的基础。所以，对于猛然之间到来的风暴，一点思想准备都没有。当打击落在她的头上之际，居然不顾身份，愤然反击，于是，我父母双双，遭遇无产阶级专政的铁拳。我们家一下子就塌了天，父母都被关进了牛棚，两个年纪长一点的兄长，被发到了最边远的连队，家里只剩下不到十岁的我，和我的小哥哥，每个月发15元生活费，而此时的我也因为不肯划清界限，被学校开除。

两个半大的孩子，想要撑起一个家，当然很难，实际上也没撑起来。我们俩，也就是凑合活了下来，像叫花子一样。当时的我们，还不知道，在牛棚里的母亲，日子过得更难，因为正在这个时候，她赶上了更年期。

很久很久以后，我才知道女人更年期这回事。更年期因人而异，有人好过，有人不好过。在更年期，人的生理心理都会出现很多变化。如果正好赶上变故，境遇环境恶化，那么，更年期将是一场灾难，很多人会因此过不去。

母亲在牛棚，其实无数次地想到死，只是因为家里两个半大的孩子，让她下不了决心。跟我们一起住的商店主任，她的直接领导，就自杀了。一年以后，领导开恩，把母亲放了回来，依旧在群众监督下劳动，干的是她们商店最苦最累的活儿。

妈妈回家，我们哥俩原本很高兴。但是，没想到日子反而更难过了。母亲在里面的时候惦记着我们，但出来之后，我们两个却成了她的出气筒。每天在群众监督下劳动受的气，都要转发在我们头上。一个更年期的老女人，怎么可能期待有什么好脾气。她几乎每天晚上都在闹，想死，半夜三更，不让我们安生。哥哥比我孝顺，每次都跪在地上求她，而我在求了几次之后不跪了，反而冷冷地说了一句，我还想死呢。

我不知道，当时妈妈受的是什么罪。尽管出了牛棚，她依旧是专政对象，平时挨打挨骂，是家常便饭。商店派人外出干活，回来的时候，所有人都可以坐车，唯独妈妈不能坐，几十里路得自己走回来。这边车还没开，恰好碰上场里的汽车路过，司机认识妈妈，非要捎上她，商店革委会的负责人还不让。但司机非拉不可，硬是拉上妈妈走了。可以想象，后来妈妈的遭遇是什么。

母亲的更年期就在这样的折磨中过去了。在后来，她整个人，都变了，变得神经质，多疑，小心眼，斤斤计较。"文革"后期，父亲得了一个"敌我矛盾"按人民内部矛盾处理的"处理"，总算可以工作了，在一个农业连队做统计。母亲也早就"解放"了。但是，在单位领导和群众眼里，我们家的人，依旧是另类，是"阶级敌人"。一有风吹草动，还是会被拉出来整。性情大变的母亲，没有了过去的亲和力，性格依旧是心直口快，没有城府。但是，这样的心直口快，配上多疑和猜忌，就变得让人不堪。更何况，在那个时候，在那个小小的连队里，四处碰上的都是歧视，全都是坑你的人。被关过牛棚的人，风声鹤唳，草木皆兵，却不幸没了应变能力，全然不知怎么应付一个又一个陷阱。

于是，在那个小小的连队，妈妈成了人们很不喜欢的一个谈资、一个笑话。惹下的麻烦（实际上是掉进了陷阱），反而得爸爸出面到处作揩抹平。不得已，父亲只好让母亲提前退休。人的精气神没了，连养的鸡鸭都不行了，我们家的鸡鸭，从"文革"之后，再也没有昔日的威风了，蛋下得三心二意，自身活得也漫不经心。

"文革"结束后，父母的问题，都得到了彻底平反。我们家，也调回了场部。但母亲的性情，却再也未能复原。父亲回场部以后，很快就变成了史志工作者，工作比较闲，大量的富余时间，都贡献给了公众，先是领人锻炼，免费教气功，后来气功不兴了，又改学按摩，免费给人按摩治病。父亲的人缘，越来越好，但母亲正好相反，越来越没人缘。母亲依旧喜欢张罗事儿，但由于猜忌心重，越是张罗事儿，得罪人越多。就是给人办了好事，人家也不领情。于是恶性循环，使得母亲性情越发不堪。外面做不了事儿，只好往回缩。家里人的关系，也处不大好。对谁都不信任，哪怕是自己的儿子。吩咐你去关窗户，明明关好了，你也跟她明确回复关好了，她就是不放心，最后还得自己去看看。一事当前，先把人家往坏了想，总担心人家算计她，即使最后证实不是那么回事。到了下次，她还是这么想，你举了现成的例子跟她讲，也没有用。

好长一段时间，我们这些做子女的，都不大能理解母亲，埋怨比较多。我们不明白，为何父母的差距会越拉越大。我这个读书最多的儿子，老是试图跟母亲讲道理，争取让她有所改变。有一段我读佛经，还把里面的道理讲给母亲听，母亲听了之后，恢复了她中断已久的长斋，开始念心经。但是性情还是那样，没有根本好转。其实，母亲心里也明白，可创伤已经在那儿了，无论她如何想要克服，都挣扎不出来。

母亲是一个再普通不过的劳动妇女，没有什么文化，也不大爱思考问题。这场"大革命"，对于普通人来说，最大的后果，就是把人与人最基本的信任和情感摧毁了，让他们城堡尽失，从此没有了安全感。在别的地方，这样的摧毁，已经发生很多次了。但是，在地老天荒的北大荒，躲过了初一，没有躲过十五，最终还是在劫难逃。这样的"革命"对人的伤害，比一次大的战争都过分一万倍。父母都是经过抗战和国共内战的人，这两场战争对他们造成的伤害，都赶不上"文革"。

从根本上讲，这样触及灵魂的"革命"给普通人，带来了深深的恐惧。当你的亲情友情，你的人际关系，你的闲聊和家常，一夜之间全变成了批判和揭发，所有人情脸面，在批判和揭发中荡然无存。你八辈子在某个角落的一句闲聊，居然被翻出来添油加醋成了"反动罪证"，而揭发你的，恰是和你向来关系密切的腻友。作为人，总免不了会犯点小错，偶尔背后说点不该说的话。你也知道这样做不好，拿不上台面的，可有时候就是免不了。但是突然之间，这事儿也被翻了出来，让你觉得无地自容。作为一个普通人，遭遇这样的情景，你能怎么样呢？"革命"，就是这样剥光了一个又一个人，让他们颜面扫地。再堂皇的口号和旗帜，其实都是借口。真正触及灵魂的，摧垮社会的，是把人性最恶的部分翻出来，包装成崇高，然后以此为武器，让人们厮杀。自然，人性也因此而荡然无存了。

经过这样的厮杀，不仅血流成河，而且存活下来的人，遍体鳞伤，余生都会生活在莫名的恐惧里。具体到母亲，则是更年期没完没了。

晚年的她，身体大坏，由于摔了一跤，骨折的腿被接上之后，身体每况愈下。有一天，她对我感慨道，你和你的父亲是好人，但我这辈子，做不成好人了。

父亲的赎罪

即使是有幸善终之辈，像我的父亲，心里依旧有着沉沉的痛，人走了，伤口还在流血。

———————————————

父亲还活着的时候，我就动过无数次的念头，想要写一写他。确切地说，还在我刚会看书，可以动笔写几个字的童年，就有这样的冲动了。当时的我，只是觉得自己的父亲，跟别人的都不一样。只可惜那年月赶上了"文革"，课都不上，作文就都免了，后来即使有作文，也都是革命的题目，不像后来的小学生，动辄就被要求写自己的父亲母亲。

我的父亲名叫张季高。我知道，按过去的规矩，别说子女，就是平辈人也不能轻易叫人家的名字的。人的名字，是留给长辈叫的。我的父亲有字，叫萧卿，是祖父找人给他起的。父母在世的时候，母亲高兴了，就喊萧卿。带点杭州腔的普通话，让人听起来像是"爱卿"。刚过门的嫂子，就十分纳闷，一次忍不住问我哥："你妈怎么老叫你爸爱卿？"

我还在小学四年级的时候，父亲的名字，已经满大街被人乱叫了。"文革"时期，所有带所谓历史污点的人，在劫难逃。父亲被打倒揪斗，用教过我语文的一位老师（他是大学生）的话说，是天经地义。一个国民党反动军官，居然混进场部机关，是可忍孰不可忍。其实，他不知道，更早些时候，父亲待的机关更大些，是在位于佳木斯的东北农垦总局。

父亲是浙江上虞人。我的曾祖，据父亲说，是个手艺人，银匠。做银狮子，一绝。闹长毛的时候，曾被掳进南京，为太平天国诸王打造银器。城破之前，幸运地逃了出来。到了祖父这一辈，就被送进钱庄做学徒。当年进钱庄学徒，是需要本钱的，钱庄票号非殷实人家的子弟不收。所以，曾祖看来还是有几个钱的。没准是拐了长毛的银器发了财，也说不定。祖父学徒的钱庄，在上海，出徒之后，就在上海钱庄里做。慢慢升上去，越做越大，做到了好几个钱庄的董事。钱多了，就想开工厂。虽然投资失败，但到了父亲出生之际，家里还相当殷实。只是，祖父把剩余的钱财交给了在上海银行做职员的大伯打理，自己回到了上虞老家做乡绅。父亲在家里是老小，从小被养在乡下的乳母家，长到六岁才回来，但毕竟还是个少爷。

滋润的少爷日子，到了抗战爆发就结束了。侵华的日军，对江浙的扰害是最厉害的，烧杀抢掠淫，无恶不作。接二连三地逃难逃难，逼得父亲成了热血青年，一个人去投军打鬼子。当年兵荒马乱的，他全然不知道，在日本航空士官学校学习的二哥，已经在中共地下党的运作下，投奔了延安。所以，他只是就近找到了忠义救国军。

忠义救国军在中国大大的有名，这要归功于样板戏《沙家浜》。但是，这支由军统建立的队伍，根本不像《沙家浜》里讲的那样，是一支汉奸队伍。正相反，忠义救国军打日本人的积极性特别高，特别热血，牺牲也特别大，当然战绩也不错。

后来，我在台湾找到了一些当年这支军队的资料，回来拿给父亲看，看得他老泪纵横，说他看到了好些老长官老同袍的名字，他们中的好些，当年就已经血洒疆场了。

抗战胜利后，他们的部队合并到赫赫有名的新六军（一支远征印缅的英雄部队），父亲随军开到了东北。到了1948年辽沈战役爆发时，父亲已经是一名少校军需了，随军驻扎在沈阳。战役结束后，新六军稀里糊涂就散了，父亲跟众多同袍一样，做了俘虏。胜利者给了他两个选择，一是回老家去，但路上死生由命；二是到黑龙江开荒，那里，已经有了一个军垦农场，1947年建的九三农场，实际上是个俘房营。

父亲几乎想都没想，就按了第二个键，老老实实开荒去了。

此后，父亲一辈子都认为自己的确是做了反动军官，对人民有罪，并用自己的一生来赎罪。当年的北大荒，地老天荒，人少狼多。监管者和改造者之间，关系比较模糊，换言之，人与人之间的关系比较亲。没过多久，父亲就因为玩命干活，得到了监管者的欣赏，被解放，成了农场的干部，得以发挥他的特长，善于处理数字，既可以做统计，也可以做会计。这个时候，终于接到父亲来信的母亲，也带着我的大哥和大姐，从浙江老家，火车倒到汽车，汽车倒到马车，千里迢迢来到了冰天雪地的北大荒，与父亲团聚，一家人住在一个当年的日本兵营的厕所里。这个上千人的俘房营，母亲是第一个来找丈夫的妻子。多少年之后，父亲对我说，就凭这个，他一辈子都感激母亲。

即使成了农场干部，依旧是个干活的。当时的北大荒农场，异常的艰苦。农场所在地，都是黑龙江最荒芜的地方，千里无人烟。听妈妈讲，当年养鸡养猪基本上是不可能的，狼就住在屋子后面，稍不留神，家禽家畜就全数填了狼的肚子。夏天的蚊子小咬（一种特别小的蚊子），多到成群结队，连蚊帐都挡不住。冬天零下40度的天气，是家常便饭。只要是住平房，还经常碰到这样的事，一早上醒来，发现门已经被大雪封上了，得推开窗户，爬出去把门挖开，才能出门。

其实，父亲也可以有别的选择。当年投奔延安的二伯父，已经做了哈尔滨飞机制造厂的厂长，要父亲到他那里工作。但是，父亲不肯，他做过反动军官，要赎罪。他相信，只要自己肯干，老实改造，终有出头之日。

所以，在我和哥哥姐姐的记忆里，父亲就是一个公家人，没有休息日，总是在加班。家里什么事情，他都不管。那年月的北大荒，在农场的时候，每年的秋天，要把房子整修一遍，墙上抹一层沙泥，还要掏炕，把炕里的烟灰弄出来，否则就烧不热。垒炉灶，修火墙，做窗户上的棉罩。更重要的，家里从做饭到取暖的燃料，都要从山上和沟里去搞来，打柴或者打草。这样的活儿，别人家都是父亲做，只有我们家，是母亲带着哥哥姐姐做。妈妈是个标准的能干的浙江女人，干什么都一阵风。一阵风一刮，家里什么都有了。

父亲算盘打得好，垦区之内没有对手，当年有人用机械计算器跟他比赛，结果还是败在他的手下。毛笔字写得好，但有用得着的，谁都可以找他。刻钢板刻得更好，但凡要出油印小报，就得找他。用复印纸誊写材料，他一次可以复制七层，别人三层就已经了不起了。这样一些技能，在今天早就没有丝毫用处了，但是在当年的北大荒，还是一种了不起的技艺。所以，父亲总是很忙，有段时间，他既是农场的统计，又是会计。同时，农场的这些烂事，又都来找他。都是替别人白干，干好了，人家可以当他的面，把功劳抢走，他笑笑，一声不响；干砸了，当面挨骂，也是笑笑，一声不响。那么些年，他替领导做的所有大事小事，功劳他一丁点儿都没有，但有了差错，全都承担。这样的人，即使是反动军官出身，也没法让领导不喜欢。

那个时候，北大荒这种地方，人太稀少，天荒地老的，内地的政治运动，哪怕原本热火朝天的，到了这种地方，也就是个火星了。加上父亲这种人，口讷，一口上虞土话，即使说了，人家也听不明白。成年累月，就躲在角落里干活，该他干的干，不该他干的也干。所以，一场场运动过来过去，他都没什么事儿，而且一直待在计划部门，接触的都是国家经济的机密。当年东北农垦总局的领导们，好像也没觉得有什么不妥。"文革"前，父亲陪总局和农垦部的领导去黑龙江笔架山劳改农场视察，在那里，他居然见到了他新六军时的老团长。身为劳改犯的团长，在地下捡烟头。父亲见了，不避嫌疑，过去把自己身上的烟还有钱都塞给了他的老长官。由于是跟着大人物来的，看守们，也没有拦着父亲。回来之后，父亲唏嘘不已，工作，更加卖力了。

打记事起，我的家就在"城里"，先是在密山县城，然后是虎林县城，接下来在佳木斯。从九三农垦局，到了铁道部农垦局，然后是东北农垦总局。在佳木斯的时候，楼里面还有抽水马桶，虽然是几家合用，但比起下面的农场，已经相当现代化了。在总局里，吃的用的，都有下面的农场供着，相当不错。可是，父亲面对这些，总是感觉诚惶诚恐。他从来没有想过，他能待在这里，是因为自己能干，总把这些看成是领导对他的特别照顾。

这样的好事，到了1964年，终于结束了。中国政治，阶级斗争这根弦，是越绷越紧。1962年刚刚有个缓冲，马上就开始社会主义教育，"四清"。"阶级斗争年年讲，月月讲，天天讲"。无论领导用着怎样合适，父亲在总局机关是待不下去了。正好，总局的畜牧处长，一个留学日本的专家，也在总局待不住了，自愿下到下面一个畜牧场做场长，顺便，也把父亲带了去。他没有想到，两年之后，"文革"爆发，他的生命就结束在那里，而我父亲，也一直待在那个小小的畜牧场，一直到退休。而在"文革"中，他这个反动军官，在那个人地两生的小地方，显得特别的扎眼，因此，受了不少的苦。

"文革"中，他进了牛棚。牛棚里的遭遇，比当年在俘虏营糟一万倍。北大荒的人际环境，从来没有这样恶劣过，没来由的阶级仇恨，被这场史无前例的运动，煽惑到了没来由的高度。一个小地方，一个国民党王牌军的少校，一个在忠义救国军干过的人，当然是个最凶恶的敌人。不仅父亲进了牛棚，而且连累母亲也进了去。我们的家，被抄了不知多少次，因为有些人总认为在这个破房子的某个地方，一定藏着电台。抄来抄去，抄不出电台，另外一些人改了主意，改打存款和金条什么的主意。要父亲交代，以争取人民的宽大。但这东西跟电台一样，真的没有。

几年之后，父亲从牛棚里出来，我们才发现，他受过很重的伤，尾椎骨被打裂，没有治，自己扛过来的。手上都是嫩嫩的新肉，一问，才知道是烧砖的时候，从未及冷却的砖窑里抢砖烫伤的结果。再问，就什么都不说了。他能活着出来，现在想来，真是一个奇迹。从牛棚出来，下放到农场连队（当时已经变成生产建设兵团），还是劳动改造。父亲，依旧是那样玩命，像牛一样干活。

其实，父亲不会干农活，不仅不会干农活，农家生活的一切，他都不会。后来听说的好些科学家不食人间烟火的轶事，在父亲身上，都演了不知多少次。后来我回父亲的老家，听老辈人讲，父亲当年，很喜欢挽起裤腿跟长工们下田，但弄了一身的泥，什么都干不了。听妈妈讲，在怀我大哥的时候，她想吃点酸的，让父亲上街去买醋，父亲拎着瓶子，转了一大圈，硬是没买到。其实，那是在镇江，中国的南方醋都，满大街都是卖醋的。在农场的时候，很难吃到大米，妈妈一次好不容易弄了点大米，父亲自告奋勇要煮饭，发现米似乎舀多了一点，把碗里的米又倒了回去，结果，倒进了白面的袋子。更神奇的是，这样的事，父亲一连干了两次。关于做饭，他只会把米煮熟，其他的，连面条都不会下。只要妈妈不在，他就只能把萝卜或者土豆煮熟了，沾酱油吃。可见，他干农活，尤其是定量的农活，会干成什么样。但他一直在拼命地干，数九寒天，汗水每每湿透棉袄。回家的时候，冻得邦邦硬。后来，妈妈只好在棉袄的背面，缝上一块羊皮。

我们家里的事儿，包括子女的教育，都是妈妈说了算。多数情况下，父亲连表示赞同的机会都没有。别人的家长学期末都会查看孩子的成绩册，但我们家没这样的事。妈妈从来都想当然地认为，她的孩子学习不会有问题。既没有批评，也没有鼓励。寒暑假的作业，从来没有大人来督促过，爱做不做。这都是妈妈的意思，但父亲对此十二分的赞同，妈妈不问我们的成绩，他也不问。所以，每到快开学那几天，都是我最紧张的时刻，天天赶着做作业，累得半死。即便如此，耽误了妈妈交待的家务活，还是要挨骂。

说良心话，我上学的时候，还是很乖的，学习也不错。比较起来，在全家五个子女之中，父亲最喜欢我。标志性事件有三个。第一个，在虎林的时候，我当时好像是5岁，父亲出差，我缠着不让走。父亲没辙儿，掏出两元钱塞给了我。我很高兴，哥哥们更高兴，那时候两元钱可以买好多好多好吃的。虽然上街买什么，其实都是哥哥们说了算，但钱毕竟得从我这里拿，让我感觉很得意。但是我不知道，这钱给了我，父亲出差到外地，就一分钱都花不了了。

第二件事，是他要教我学算盘。可能在他心目中，这点手艺，足以安身立命了。可是，每次他拎出算盘，我就逃之夭夭，根本不给他一点机会。一个孩子很少见面的父亲，好不容易抽出时间，要教儿子算盘，这对他来说，其实相当不容易。可惜，我却无从体会他的苦心。当然，我不学，他也只好徒呼负负，无可奈何。当年的我，自我感觉是要做大事的，具体做什么大事，我也不知道，但有一点可以肯定，跟算盘不会有一点关系。

第三件事，跟一次老师的家访有关。那年，我跳了一级，本该读三年级的下半学期，直接进入到四年级读下半学期。班主任老师，是个男的，有口音，好像是河南人。那时，"文革"还没开始，但这个老师不知为何，就是不喜欢我。记得好像是一次我们班出去劳动，给附近的生产队铲地。半截休息期间，我和一个同学发生了争执。其实这也不算什么大事，年龄小，个子小，在班上受欺负很正常，争着争着，就打起来了。这时候老师过来了，明明看着是我吃亏，而且谁都明白是怎么回事，并不怨我，可他却批评我。我当然不服，就跟他争了起来，他发脾气，我就甩手走人。然后他就一路跟着我回到家，兴师问罪。那年月，我们那儿的规矩是，只要老师来找，家长不分青红皂白，就会把自家的孩子揍一顿。显然，我们的班主任，也有这样充分的期待。没想到，很少在家的父亲，恰好在家，大概是回家取什么东西。而经常在家的母亲，却没有在。父亲平静地听完老师的告状之后，居然慈爱地摸摸我的头，说了一句："小鸣，怎么啦？"气得老师一句话没说，转身就走。后来"文革"期间，我这个出身不错的班主任，成了学校的红人，为了报这一箭之仇，接二连三地发动同学批判我，重点就是要我交代怎样受反动家庭毒害的。交代不满意，下次再斗。一次，我到牛棚给父亲送东西，看守们闲着没事，拿我们这些犯人家属逗瞌睡，非叫我谈谈对父亲罪行的认识。我一声不响，双方较劲儿，整整憋了一下午。还好，他们居然没有揍我，却毫不犹豫地将我的反动态度，反馈给了学校。而当时学校当家的，恰好是我的班主任，于是，我就被学校开除了。直到一年以后，这位班主任老师被人查出，当年反右的时候，他被划为中右，也垮了台，我才重回学校读书。那时候，有个大人跟我说，你跟你爸爸太不一样了。你爸爸人家怎么整他，打他，折磨他，他都一声不吭，全然顺从。可是你，却总是反抗，哪怕被人打得头破血流，也要跟人对打。

尽管父亲在他所在农场，是挨整最厉害的人。在牛棚是挨打，差点被打死。后来下放劳改，从汽车上摔到水泥晒场上，口鼻流血，昏迷不醒。没有人管，妈妈拖着他，拦了一辆顺道的汽车，送到医院，才算是从阎王爷那里又转回来了。但他对整他的组织，真的一丁点怨气也没有。他坚持认为，自己是个做过反动军官的人，在新社会是个罪人。无论人家怎么整他，都是应该的。他一直都相信组织，相信群众，一次又一次地交代自己的所有问题。不仅交代自己的问题，连自己妹妹小时候上庙里烧香扶乩，做扶乩童子的事也说了出来，害得我姑姑被所在单位整，非说她是一贯道。"文革"后期，我无意中看了他写给我三伯父（也被划为右派）的一封信，在信里说，我们现在是在做狗，但我们要争取做成人。其实，他不知道，在那个社会格局中，他一辈子也都变不了人。漫说他，一个有钱人家的少爷，一个国民党军官，就算是他的儿子我，也一个样，只能做狗，不，狗崽子。"文革"前，就算是父亲很受重用的年月，学习成绩很好的大姐，也不能考大学，只好选择上了中师。

"文革"结束后，牛棚的看守和打手，被作为替罪羊，当所谓的三种人来整。上面要父亲检举都是谁打了他。父亲只淡淡地说了一句话，我都忘了，记不得。他非常清楚当年主导整人的都是哪个，前面打人的都干了些什么，但他一个都不打算追究，也没有追究的兴趣。我从来没见过他这辈子埋怨抱怨过任何人，整他的，打他的，他不追究。帮了人家，人家反过来抱怨他，骂他，也无所谓，他甚至连申辩都懒得说一句。活儿再忙，再累，只要有一点空隙，哪怕五分钟，他倒下就可以睡得着。我真的不知道，他的心能有多大。

晚年妈妈老是说，这个家，如果没有我，你们几个都长不大。凭你爸爸，根本养不活你们。别的不讲，每个月的工资，开了之后马上就会被借走。因为你爸爸是个滥好人，不管谁来跟他诉苦，他都会感动得一塌糊涂，然后就把钱借给人家。的确，小时候我亲眼所见，有人来借钱，当时妈妈不在家，爸爸刚好发了工资，就都借给人家了。回来妈妈问他借给谁了，他想了半晌，说不认识。从那以后，妈妈到父亲的单位，强调了一项纪律：以后开支，由妈妈来领。

退休之后，父亲一直在编写场史。那一阵儿，全国各个县，各个单位，都在做这个事情。修完场史之后，他又去编写黑龙江国营农场志，写完初稿，带着稿子去佳木斯，半道整个包被偷走。当时没有电脑，所有的稿子，都是手写的。搁在别人身上，上百万字的稿子丢了，死的心都有，他好像什么事都没有，回来重新开始。这本很厚的书，最后出版了。主编是农场总局的宣传部长，父亲是副主编。在我的记忆中，这是父亲的名字，第一次出现在铅印的出版物上。虽然妈妈告诉我，其实你爸爸以前也投过好些稿，发表了不少。但问妈妈发表在哪里，妈妈说不清，问父亲，父亲笑笑，一言不发。

那些年，黑龙江农场效益不好，一年一年的不发工资。只有离休人员才能按时给钱，别的退休人员，只能发点粮食和油，让你活着。当时，所谓离休和退休的标准是这样的，在1949年10月1日之前参加工作的，算离休。之后参加工作的，算退休。妈妈说，你从俘虏营出来，被批准参加工作，是在这个杠杠之前哪，你应该算离休，去找他们。父亲摇了摇头说，我是俘虏。俘虏，哪里会有离休的资格。

当然，父母亲当时没有生活之忧，毕竟他们还有几个在外面工作的儿子。但是我知道，即使没有儿子的接济，父亲也不会去要求离休待遇。他的内心里，依旧认为自己是新中国的罪人，反动军官。人家把他抗战那段抹掉了，他自己也抹掉了。尽管他作为军人参与内战，只是前一段投身抗战的自然延续，但是，他却在内心认同统治者的逻辑，他就是一个反动军官，永远也赎不完罪的反动军官。

农场志写完之后，父亲不知怎么，迷上了中医按摩。像《黄帝内经》和《针灸甲乙经》这种中医经典，都被他翻烂了。他一辈子对我唯一的请求，就是给他买一套中医经典，我尽我之所能，能搜罗到的，都买给他了。自学中医按摩，感觉学出了一点名堂之后，父亲就开始帮人按摩。一来二去，竟然有了点名声。周围四里八乡的人，都来找他。他从不收费，一按摩，短则一小时，长则数小时。后来，我按他教我的方式，给周围人试过手，才知道按摩一小时要付出多大的辛劳。来找他的人，有认识的，更多的则素不相识。他也不问来者何人，略问一下病状，上手就按。完事就让人离开，连感谢都懒得听。有些人这回有病来看，下次还来，不仅自己来，还拉着亲戚来，连句好听的都不说。但也有些人会偷偷地搁下一只鸡，一瓶酒，一小袋的米。事后发现了，父亲也不知道是谁搁下的，自然没法子退，也就算了。

再后来，父母亲岁数都大了，我们将他们接到北京。走的时候，送行的人满坑满谷，到处都是人。绝大多数，我不认识，父亲也不认识。他们都说，受过父亲的惠，有几个老人，还说他们的腰椎间盘脱出的顽疾，都被父亲医好了。我当时根本不信，姑妄听之而已。

晚年的最后岁月，父母亲过得都不太顺。先后都摔断了腿，接上之后，行动也不大方便。父亲的状况好一点，也是一瘸一瘸的。但只要感觉好一点，就要求我们给他打个广告，免费按摩。我说，在北京不比乡下，什么人都有，如果有个差池，人家缠上你打官司，受不了的。父亲没办法，只好把他的本事，都用在了母亲身上，成天给妈妈按摩。母亲也是遭了一辈子罪的人，浑身都是病，90岁摔断了腿，状况更差，后来又能多活好几年，多亏了父亲。最后岁月的母亲，神志有点不清醒，只要身体不舒服，就叫起父亲给她按摩，别人，谁也替代不了，经常白天黑夜父亲都得不到休息。等到母亲去了，父亲的身体也垮了。但尽管如此，母亲死后，他还是央求我们，能不能让他给周围人按摩，哪怕就是我们的熟人都行。得到我们决然的回答之后，他就开始写书，把他按摩的经验，都写在了一本十多万字的书里，让我找地方出版。父亲的这个心愿，我当然没有理由拒绝，但是，书出版不久，父亲就被查出了晚期胃癌，没有挺多长时间，就故去了。临终的时候，他跟我说，你妈叫我去了，再晚了，下辈子就做不成夫妻了。

晚年的父亲，也知道他的儿子写了好些东西，看中医书，给母亲按摩之余，会把我在报上发的豆腐块文章，一个一个地剪下来，收集起来。后来文章太多了，根本收不过来，他也照样剪。但他好像并不太明白我说的一些道理，而我忙，也想过跟他聊聊，谈谈心，但一直到他去世，都没有像样地谈过。

我知道，直到死，父亲心里的"罪"，也并没有赎完。其实，像我父亲这样的人，无论他的儿子怎么说，他都解不开自己的结，自己那个反动军官的结在"文革"后期，我曾经问过父亲："你这辈子做过什么亏心的事吗？"父亲想了一下说："有。那是我刚当兵的时候，在连里做文书，司务长卷款逃跑，我恰好有事找他，结果，惊动了上司，派人把他抓了回来，枪毙了。除此之外，就是走错了路，一辈子都赎不回来，连累你们也跟着受苦。"

父亲已经故去一年多了，他至死还背负的包袱，还压在我的身上。这个包袱，不是他一直在乎的"罪"，而是他对这个所谓罪的在乎。

自打抗战投军之后，父亲再也没有回过家乡。多少次问他，他都说不忙。到后来岁数大了，行动不便，也就算了。每次，我去上虞，拍些照片拿回来给他看，他都看了又看，但对叶落归根这件事，却从不表态。我知道，尽管含垢忍辱大半辈子了，其实他的自尊心极强。他不愿意这个样子去见祖坟，见家乡的父老。只好，做一辈子的游子。

后记　我的野读生活

　　毋庸讳言，我是一个读书人，虽然有时候朋友圈子里有人会拿我曾经做过兽医这事儿开玩笑，说我是个兽医。说良心话，当年我做兽医乃至猪倌的时候，其实比今天更像读书人，对书的痴迷，比今天不知要高几个数量级。那是个没书读，要读也只能读毛选的年月。我养猪、做兽医的时候，手边只有一套1970年左右重印的《红楼梦》和一套线装石印的《三国演义》，都是我伯父从上海给我弄来的。没书可读时就每天翻，都快背下来了。幸好我所在的兵团连队，居然有一套《鲁迅全集》，没人看，就搁在有名无实的图书室，钥匙在出纳手里。我三磨两磨，借将出来，如获至宝。

　　说实在的，当年的我，对鲁迅印象一般。课本上选的鲁迅文章，剑拔弩张加尖酸刻薄，看多了，并没有觉得怎么好。但是由于没书可读，不得不把全集都读了——先读小说，然后散文，再则杂文，最后连译文和学术著作也读了。每篇文章，至少看三遍。有些篇章，看过的次数，没法统计了。从此往后，我就变成鲁迅迷。

说起来，我的读书生活，起点恰好在"文革"开始的时候。那一年我9岁，不知怎么搞的，就学会了看没有图的大人的书。字识得不多，连蒙带唬往下顺。父母都忙，加之我学习成绩一直不错，所以没有人干涉我读"课外书"。这其实是一种大不幸，因为恰在这个时候，开始烧书了。凡是铅印的东西，如果是西方的，则是资本主义和帝国主义，如果是俄国或者苏联的，则是修正主义，如果是中国古代的，则是封建主义。1949年以后的革命文学作品，也是修正主义。反正除了毛选、马列和鲁迅的书，统统得烧。记得当时手头正在看绥拉菲靡维奇的《铁流》，这本曾经的革命文学经典，也被老师判为修正主义，非烧不可，只好交出去烧了。这么一来，一下子天底下没有书了。对于我这个刚刚学会看书的人来说，简直太难受了。学校基本上也停课了，即使上课，老师也就是读读语录，学生也不乐意听，疯打疯闹。而我这样的狗崽子，下了课也没有人跟我玩，再没有书看，简直就像受刑一样。后来，疯狂烧书的风头过了，我在我家的箱子底下，发现了几本残破的苏联小说。现在名字我都忘记了，只有一本，记得好像是叫《小家伙》，都是竖排繁体字的，看起来很费劲。没有书看，再费劲也得看。硬着头皮读下去，居然也磕磕绊绊地顺下去了。这几本小说看完，就把哥哥姐姐用过的课本翻出来，看完了语文，看历史，看完了历史，看地理，最后，连生物课本，也看完了（数理化实在看不懂）。

1969年九大之后，"文革"最初的疯狂大体过去。我发现，跟我同样爱读书的人，还是有一些的。当年我所在的黑龙江国营农场，中层干部多为军队中专业的小知识分子，家里多少都会有几本书。在烧书狂潮之中，拼了命保存了下来，把封面撕掉，换上保护色，明明是

《安娜·卡列尼娜》，但包着的书皮上却写上《鲁迅文选》，或者毛选第四卷，然后大家私下里偷偷互相换着看。有几个"文革"初期疯狂抄人家的造反者，突然之间又被当成"五一六"分子抓了，家里积攒了不少抄来的文学名著，我们几个爱书的小伙伴，就用沙果、香瓜，以及毛的像章一本本换出来。我们当年对书的感觉，就像杰克·伦敦笔下那个饿惨了的水手，见到食物就想疯狂地占有，狼吞虎咽，实在吃不下了就偷偷藏起来。我曾经为了跟人家借一本小说，在人家的门口，死皮赖脸地站上大半天，逼得人家不得不把书借给我。期限非常紧，为了能按期还书我能三个小时吞下一本三百页的小说。如果人家宽限一点时间，第一个冲动，就是把书抄下来。

在那个时候，"文革"前出版的大多数世界文学名著，我其实都看过了。但由于没有封面，不知道作者，有的书破损得厉害，有头无尾，看了也不知道这些书居然都是名著。直到"文革"后，再次接触这些书的时候，才恍然大悟，原来都是我看过的。有的书，如果分上中下的话，你第一次拿到的，就不知道是哪一册了，反正拿到哪册，就从哪册看起。记得《三国演义》，我就是从中册开始看的，一上来，庞统就被射死在落凤坡了。那个年月，有作者比较完整的书也看到过。那是1971年"九一三"事件之后，社会上革命的热情已经不再。我被扔进了一个山沟里的五七中学，老师大多是知青，只有一位是老资格的教师。但是没想到他的家里有藏书，有高尔基的三部曲、郭沫若的《沫若文集》，还有一套线装的《汉书》。那些知青，从北京、上海，陆续以学校的名义，搞来了好些"文革"前出版的古籍，从《诗经》《楚辞》一直到唐宋散文、宋代的话本、周一良的《世界通史》、范文澜的《中国通史》，还有像《说岳全传》和《老残游记》这样的小说，但是这些书只有老师才能看。那个时候老师很缺，由于我学习比较好，所以学校经常拿我当老师用。因此我就有了特权，可以看这些书。我就把这些书借出来，放在宿舍和课堂上看，反正老师在上面讲什么，跟我也没关系，那种薄薄的课本，我早就自习就看明白了。当然，老师也从来不管我，由此练就了一副可以在课堂上读课外书的本事，抗噪音能力超强，最后连工地打夯，我都可以照看不误。

"文革"中偷偷看书的人中，其实最流行的，是几本中国作家的作品，比如《林海雪原》《烈火金刚》《平原枪声》《苦菜花》。只是我们几个书痴，很快就不满足了，越走越远。到了手抄本《第二次握手》《少女的心》问世，我们根本就不屑一顾。尽管如此，那时候，时代还是能给我们的认识打上自己的烙印。比如说，我对《铁流》就不大满意——怎么把我们敬仰的苏联红军，写得跟叫花子似的？看雨果的《九三年》，对里面主人公革命不彻底的行为，也表示不解。美国记者夏伊勒的《第三帝国兴亡》，甚至一度令我愤怒，怎么苏联跟纳粹德国还瓜分过波兰？革命领袖斯大林怎么可能跟希特勒勾勾搭搭？一怒之下，我把书丢在一边不看了。过了一会儿，心里痒，手也痒，还是抓起来看，直到读完，心里感觉还是怪怪的。

"文革"中读书，一直都摆脱不了这样的纠结。没有书读的日子，哪怕碰到带字的，就会抓起来看。那时的两报一刊，我期期都不落。上海著名的大批判杂志《学习与批判》，我是自己订阅的。"文革"中间出版的几本有限的革命小说，如《金光大道》第三部《牛田洋》，我买过。郭沫若的《李白与杜甫》、章士钊的《柳文指要》，我也都认真读了。那个时候即使是"林彪事件"之后，受《五七一工程纪要》的震惊，怀疑起了"文革"，但却不敢怀疑革命。有的时候，还觉得《学习与批判》上的文章，写得挺来劲的。

幸运的是，"文革"这十年正好是我从童年长大成人的十年。所读的书中，有相当一部分，都是西方富有人道主义情怀的名著，其中托尔斯泰的《复活》和《战争与和平》、雨果的《巴黎圣母院》和

《悲惨世界》、司汤达的《红与黑》、莫泊桑的《羊脂球》以及陀思妥耶夫斯基的《罪与罚》，给我注入了浓烈的人道主义情怀。让我此后的生活，因此而获益，也因此而受苦。不管怎么说，我至今不悔。

当年看过的小说此后再也没看过，包括我曾经反复阅读过的鲁迅著作。生活的经历，让我变成了一个所谓的学者，需要花大量的精力去翻阅史料。但是，只要能抽出时间来，能抓到的书，还是会拿来读。一天不看一会儿书，浑身难受。有人恭维说，我是学者里面最用功的几个人之一。其实，我哪里是用功，不过是习惯而已。只是，无论怎么用功，当年那种饥渴的感觉，那种读了好书狂喜的兴奋，再也没有了。我的朋友兼师长，北大教授李零说，那是一种读野书的感觉，这种感觉，只能是那时候才会有。

马上扫描读客二维码，并回复"近代史"，免费内容立即发送到你手机，预读《重说中国近代史》开头一万字！

266